MEURTRE EN MÉSOPOTAMIE

Collections de romans d'aventures
créées par Albert Pigasse
www.lemasque.com

Agatha Christie

MEURTRE EN MÉSOPOTAMIE

Traduction révisée de Robert Nobret

ÉDITIONS DU MASQUE
17, rue Jacob, 75006 Paris

Titre original :

Murder in Mesopotamia
publié par HarperCollins*Publishers*

ISBN : 978-2-7024-3653-0

© Conception graphique et maquette : WE-WE

*À mes nombreux amis archéologues
d'Irak et de Syrie.*

AVANT-PROPOS

PAR GILES REILLY, MÉDECIN

Les événements relatés dans ces pages ont eu lieu voici environ quatre ans. Les circonstances exigent, selon moi, qu'un compte rendu objectif en soit aujourd'hui livré au grand public. Les rumeurs les plus extravagantes ont porté à croire, entre autres absurdités, que des preuves importantes avaient été escamotées. La presse américaine, en particulier, s'est fait largement l'écho de ces inventions.

Pour des raisons évidentes, il était souhaitable que ce récit ne fût pas rédigé par un membre de la mission, susceptible d'être taxé de partialité.

Mlle Amy Leatheran me paraissait toute désignée pour cette tâche, aussi lui suggérai-je de l'assumer. Dotée d'une rare conscience professionnelle, elle n'avait aucun lien antérieur avec la mission en Irak de l'université de Pittstown et serait exempte de parti pris. Elle s'était en outre révélée un témoin oculaire attentif et avisé.

La convaincre ne fut pas une mince affaire, ce fut même une des plus rudes corvées de ma carrière, et, son devoir accompli, Mlle Leatheran manifesta une réticence étrange à me laisser lire le manuscrit. Je devais bientôt découvrir que sa gêne s'expliquait en partie par les remarques sévères qu'elle se permettait sur ma fille Sheila. Je réglai la question en lui assurant que, les enfants ne se privant pas, de nos jours, de critiquer allègrement leurs parents dans les colonnes des journaux, lesdits parents ne pouvaient que se réjouir de voir leur progéniture à son tour sur la sellette ! Mlle Leatheran émettait également les plus grandes réserves quant à la qualité de sa prose et escomptait que je « corrigerais la grammaire et tout ce fourbi ». Je me suis, bien au contraire, refusé à modifier le moindre mot. Le style de Mlle Leatheran est, à mon humble avis, hardi, personnel et d'une grande justesse de ton. Sa façon d'appeler Hercule Poirot « Poirot » dans un paragraphe et de lui donner du « monsieur » dans le suivant me paraît une variation intéressante et suggestive. Tantôt elle « se rappelle les bonnes manières », comme on dit – et Dieu sait combien les infirmières anglaises sont pointilleuses sur ce chapitre –, tantôt elle s'oublie jusqu'à planter là coiffe et manchettes et à raconter la suite des événements « avec ses tripes ».

Pour ma part – et aidé en cela par une lettre que m'avait obligeamment remise une amie de Mlle Leatheran –, je me suis borné à rédiger un chapitre d'introduction, une sorte de frontispice censé esquisser à grands traits le portrait de la narratrice.

1

FRONTISPICE

Dans le hall du *Tigris Palace Hotel*, à Bagdad, une infirmière terminait une lettre. Sa plume courait avec entrain sur le papier.

Voilà, ma chère, c'est tout ce que j'avais à te raconter. Je suis ravie d'avoir vu du pays – mais, pour moi, l'Angleterre, il n'y a que ça de vrai. La saleté et la pagaille de Bagdad sont inimaginables – et cela n'a rien de romantique, comme on pourrait le croire quand on lit Les Mille et Une Nuits *! D'accord, du côté du fleuve, c'est assez joli, mais la ville elle-même est affreuse et on n'y trouve pas une boutique digne de ce nom. Le major Kefsey m'a escortée au bazar – qu'il soit pittoresque, on ne peut pas dire le contraire ! Mais ce n'est que camelote et compagnie, martèlements d'étameurs à vous donner la migraine et ustensiles dont je ne me servirais pour rien au monde à moins de savoir qui les a nettoyés. On ne se méfie jamais assez du vert-de-gris, pour les casseroles en cuivre.*

Je t'écrirai pour te dire s'il y a du nouveau à propos de la place dont m'a parlé le Dr Reilly. Il m'a dit que l'Américain en question était en ce moment à Bagdad et qu'il risquait de passer me voir cet après-midi. Il s'agirait de s'occuper de son épouse – elle a des « lubies », d'après le Dr Reilly. Il ne m'en a pas raconté plus, mais tu sais comme moi ce qu'on entend généralement par là (j'espère que ça ne va pas jusqu'au delirium tremens !). Le Dr Reilly est resté bouche cousue, mais il a eu un regard, si tu vois ce que je veux dire. Son Pr Leidner est archéologue et dirige des fouilles sur un tumulus, quelque part dans le désert, pour le compte de Dieu sait quel musée américain.

Cette fois, ma chère, je te quitte. Ce que tu m'as raconté sur le petit Stubbins m'a fait mourir de rire ! Comment a bien pu réagir la surveillante ?

C'est tout pour aujourd'hui.

Bien à toi,
Amy Leatheran

Glissant la lettre dans une enveloppe, elle l'adressa à Mlle Carshaw, St Christopher Hospital, Londres.

Elle revissait le capuchon de son stylo quand un des grooms indigènes de l'hôtel s'approcha d'elle :

— Il y a monsieur demander vous voir. Le Pr Leidner.

Mlle Leatheran se retourna. Elle vit un homme de taille moyenne, aux épaules légèrement tombantes, à la barbe châtain et au regard doux et las.

De son côté, le Pr Leidner vit une femme dans les 35 ans au port énergique, au visage avenant, aux yeux bleus un peu globuleux et aux cheveux d'un brun soyeux. Elle lui parut le type même de l'infirmière appelée à s'occuper d'un cas de névrose : enjouée, solide, avisée et les pieds sur terre.

Mlle Leatheran, se dit-il, ferait l'affaire.

2

JE ME PRÉSENTE : AMY LEATHERAN

Je ne prétends pas être écrivain et connaître quoi que ce soit à la rédaction. Je ne fais ça que parce que le Dr Reilly me l'a demandé – et allez savoir pourquoi, quand le Dr Reilly vous demande quelque chose, on n'a pas envie de refuser.

— Mais, voyons, docteur, ai-je protesté, je ne suis pas littéraire – pas littéraire pour deux sous.

— C'est idiot ! a-t-il répliqué. Traitez cela comme un dossier médical si ça vous chante.

C'est évidemment une façon de voir les choses.

Le Dr Reilly n'en est pas resté là. Il a ajouté qu'un compte rendu honnête et sans fioriture de l'affaire de Tell Yarimjah devenait indispensable.

— Si c'est un des protagonistes qui le rédige, ça ne convaincra personne. On criera à la manipulation.

Évidemment, c'était vrai. Moi, je n'avais pas été dans le coup, comme dit l'autre, mais j'avais été mêlée de près à l'affaire.

— Pourquoi vous ne l'écrivez pas vous-même, docteur ?

— Je n'étais pas sur place ; vous, si. Et puis, ma fille ne me laisserait pas faire, a-t-il soupiré.

Si ce n'est pas malheureux de le voir filer doux devant cette chipie ! J'étais sur le point de le lui dire quand j'ai vu la petite étincelle dans ses yeux... C'était ça le pire, avec le Dr Reilly : on ne savait jamais s'il plaisantait ou pas. Il usait toujours du même ton un peu geignard mais, une fois sur deux, il y avait la petite étincelle dans ses yeux.

— Ma foi, ai-je dit mollement. Je pourrai peut-être y arriver.

— Ça va de soi.

— Seulement, je ne vois pas bien comment m'y prendre.

— Les précurseurs ne manquent pas. Commencez par le commencement, allez jusqu'à la fin et le tour est joué.

— Je ne sais même pas très bien où et quand cette histoire a commencé...

— Croyez-moi, mademoiselle, la difficulté de commencer n'est rien à côté de celle de savoir s'arrêter. C'est du moins là que le bât blesse chaque fois que je me lance dans un discours. Il faut toujours que quelqu'un me tire par les basques pour me forcer à me rasseoir.

— Oh ! vous plaisantez, docteur.

— Je n'ai jamais été plus sérieux. Eh bien, qu'est-ce que vous décidez ?

Il y avait encore autre chose qui me tracassait. Après avoir hésité un moment, je me suis décidée :

— Vous comprenez, docteur, j'ai peur de me laisser aller parfois à... à dire ce que je pense de certaines personnes.

14

— Mais bon sang, ma pauvre fille ! Plus vous direz le fond de votre pensée, mieux ça vaudra ! Dans cette histoire, il s'agit d'êtres humains, pas de pantins ! Donnez votre opinion, prenez parti, montrez-vous rosse à l'occasion, soyez tout ce que vous voudrez ! Racontez les choses à votre manière. Il sera toujours temps de supprimer les passages diffamatoires après coup ! Allez-y. Vous êtes une femme de bon sens, vous donnerez de l'affaire un compte rendu qui se tiendra.

Que répondre à ça ? J'ai promis de faire de mon mieux.

Me voici donc à la tâche. Mais, comme je l'ai dit au docteur, ce n'est pas commode de savoir par quel bout commencer.

Je devrais peut-être dire un petit mot sur mon compte. J'ai 32 ans, et je m'appelle Amy Leatheran. J'ai appris mon métier au St Christopher, ensuite j'ai passé deux ans en maternité. J'ai acquis par la suite une bonne expérience d'infirmière à domicile avant d'exercer quatre ans à la clinique de Mlle Bendix, Devonshire Place. Mon voyage en Irak, je l'ai fait avec une de mes clientes : Mme Kelsey. Je m'étais occupée d'elle à la naissance de son bébé. Elle devait partir pour Bagdad avec son mari et avait déjà engagé sur place une nourrice qui avait travaillé là-bas quelques années chez des gens qu'elle connaissait. Leurs enfants rentrant en Angleterre pour leur scolarité, la nourrice avait accepté de passer au service de Mme Kelsey après leur départ. Mme Kelsey était de santé fragile, et elle s'inquiétait à la perspective du voyage avec un nourrisson, aussi le major Kelsey avait-il pris ses dispositions pour que je les accompagne et que je m'occupe d'elle et du bébé. Mon retour me serait payé à moins que je ne trouve, pendant le voyage, quelqu'un qui réclame mes services.

Que dire des Kelsey ? Le bébé était un amour et Mme Kelsey facile comme tout malgré sa propension à se ronger les sangs. La traversée me plut beaucoup. C'était mon premier long voyage en mer.

Le Dr Reilly était à bord. Cheveux noirs et visage allongé, il passait son temps à débiter des plaisanteries d'une voix d'outre-tombe. Je crois qu'il éprouvait un malin plaisir à me faire marcher et qu'il sortait des énormités pour voir si je les prendrais pour argent comptant. Il était médecin à Hassanieh, village perdu situé à une journée et demie de Bagdad.

Cela faisait une semaine que j'étais à Bagdad quand il me tomba dessus et me demanda à quelle date je quittais les Kelsey. C'était drôle qu'il me pose cette question parce qu'en fait les Wright – ces gens que connaissaient les Kelsey – rentraient en Angleterre plus tôt que prévu et que leur nourrice était par conséquent disponible tout de suite.

Il était au courant du changement de programme des Wright et c'était justement pour ça qu'il avait cherché à me voir.

— En fait, mademoiselle, j'ai peut-être un travail à vous proposer.

— Une malade ?

Il eut une moue, comme pour nuancer l'épithète :

— Malade n'est pas le mot. Mettons que la dame a... appelons ça des lubies.

— Oh ! laissai-je échapper.

(Tout le monde sait ce qui se cache d'ordinaire sous ces mots : alcool ou drogue !)

Il se montra très discret et ne s'étendit pas.

— Oui, se contenta-t-il de dire. Il s'agit d'une Mme Leidner. Le mari est américain – américano-suédois, pour être précis. Il est à la tête d'un important chantier de fouilles.

Et il m'expliqua comment cette mission américaine explorait le site d'une vaste cité assyrienne, dans le genre de Ninive. Le camp de base de la mission n'était guère éloigné d'Hassanieh mais néanmoins isolé, et le Pr Leidner se faisait depuis quelque temps du souci pour la santé de sa femme.

— Il ne s'est pas montré très explicite, mais il semblerait qu'elle soit en proie à des accès de terreurs nerveuses à répétition.

— Est-ce qu'elle est seule du matin au soir avec les indigènes ?

— Oh, non ! Ils sont tout un groupe, sept ou huit. Et ça m'étonnerait qu'elle soit jamais seule. Mais elle a quand même réussi à s'abîmer les nerfs. Leidner croule sous les responsabilités, mais il est fou de sa femme et s'inquiète de la voir dans cet état-là. Il serait soulagé qu'une personne de bon sens et médicalement qualifiée la surveille.

— Et qu'est-ce que Mme Leidner elle-même pense de ça ?

— Mme Leidner est une créature absolument exquise, répondit le Dr Reilly, sérieux comme un pape. Elle change d'avis comme de chemise. Mais au fond, l'idée ne lui déplaît pas. C'est une femme étrange, ajouta-t-il. Elle a de la tendresse à revendre, mais je la soupçonne aussi d'être une fieffée menteuse. Leidner semble néanmoins convaincu que ses angoisses sont bien réelles.

— Et elle, qu'est-ce qu'elle vous a dit, docteur ?

— Oh, je ne l'ai pas eue en consultation ! De toute façon, et pour un tas de raisons, je n'ai pas l'heur de lui plaire. C'est Leidner qui est venu me parler de son idée. Eh bien, mademoiselle, qu'en dites-vous ? Le chantier est prolongé de deux mois : ça vous donnerait l'occasion de connaître un peu le pays avant de rentrer chez vous. Et des fouilles, ça ne manque pas d'intérêt.

Hésitante, je restai un moment à tourner et retourner la proposition dans ma tête.

— Après tout, finis-je par répondre, je vais me laisser tenter.

— Formidable ! s'exclama le Dr Reilly en se levant. Leidner est justement à Bagdad. Je vais lui dire de passer vous voir pour arranger ça.

Le Pr Leidner vint me rendre visite à l'hôtel l'après-midi même. C'était un homme entre deux âges, assez nerveux et peu sûr de lui. Ses manières aimables ne cachaient pas son désarroi.

Il semblait très attaché à sa femme, mais se montrait on ne peut plus évasif quant à ce qui n'allait pas chez elle.

— Voyez-vous, me dit-il en tiraillant sa barbe d'un air indécis – tic qui finirait par me devenir familier –, ma femme est dans un état de nerfs épouvantable. Je... je me fais beaucoup de mauvais sang pour elle.

— Physiquement, ça va ?

— Oui... oh, oui, je crois. Non, je n'ai pas l'impression que quelque chose cloche sur le plan physique. Mais elle... enfin... elle s'imagine des choses.

— Quel genre de choses ?

Il se déroba à ma question, préférant murmurer vaguement :

— Elle se fait des montagnes d'un rien... Je ne vois rigoureusement aucun fondement à ses peurs.

— Quel type de peurs, professeur Leidner ?

— Des terreurs d'origine nerveuse, c'est tout, fit-il, toujours évasif.

18

Dix contre un qu'elle se drogue, me dis-je en moi-même. Et il n'y voit que du feu ! Un grand classique ! Et après ça, le mari se demande pourquoi sa femme est aussi irritable et tellement lunatique.

Je lui demandai si Mme Leidner approuvait ma venue.

Son visage s'éclaira :

— Oui. Ça m'a d'ailleurs étonné. Très agréablement étonné. Elle m'a dit que c'était une très bonne idée. Et qu'elle se sentirait beaucoup plus en sécurité.

Cette expression insolite me frappa. *Plus en sécurité*. Drôle d'expression. J'en vins à me demander si Mme Leidner n'était pas un peu folle.

Il enchaîna avec un enthousiasme assez puéril :

— Je suis sûr que vous vous entendrez à merveille. C'est vraiment une femme adorable. (Il eut un sourire désarmant.) Elle vous imagine déjà comme son réconfort. Et j'ai moi-même eu cette impression dès que je vous ai vue. Vous respirez, si je puis me permettre, la santé et le bon sens. Vous êtes pour Louise la personne rêvée.

— On peut toujours essayer, professeur, dis-je gaiement. Je suis sûre que je saurai être utile à votre femme. Peut-être a-t-elle peur des autochtones et des gens de couleur, non ?

— Absolument pas ! s'écria-t-il en secouant la tête et en trouvant apparemment l'idée saugrenue. Ma femme aime beaucoup les Arabes ; elle apprécie leur naturel et leur sens de l'humour. Ce n'est que sa seconde saison ici – nous sommes mariés depuis deux ans à peine –, mais elle se débrouille déjà très bien en arabe.

Je gardai le silence un instant, puis revins à la charge :

— Professeur Leidner, vous ne pouvez pas m'expliquer de quoi votre femme a peur au juste ?

Il hésita.

— J'espère… je crois…, déclara-t-il lentement, qu'elle vous dira ça elle-même.

Ce fut tout ce que je pus en tirer.

3

COMMÉRAGES

Il avait été convenu que je me rendrais à Tell Yarimjah la semaine suivante.

Mme Kelsey emménageait dans sa maison d'Alwiyah, et c'est avec plaisir que je la déchargeai un peu de sa tâche.

À cette occasion, j'eus droit à deux ou trois allusions à l'expédition Leidner. C'est ainsi qu'un jeune commandant, ami de Mme Leidner, s'exclama, l'air ébahi :

— Mona Louisa ? Elle n'en manque pas une ! (Il se tourna vers moi :) C'est le surnom qu'on a donné à Louise Leidner, mademoiselle. Personne ne l'appelle plus autrement que Mona Louisa.

— Elle est si fascinante que ça ? demandai-je.

— On ne fait que se rallier à son avis sur la question. *Elle* s'estime fascinante.

— Ne soyez pas mauvaise langue, John, intervint Mme Kelsey. Vous savez parfaitement que Louise n'est pas la seule à en être persuadée ! Elle a fait tourner la tête à plus d'un.

— Peut-être que vous êtes dans le vrai. Elle n'est plus de première jeunesse, mais elle ne manque pas de chien.

— Elle vous a ébloui comme tous les autres, ajouta Mme Kelsey en riant.

Le commandant rougit et avoua, la mine penaude :

— C'est qu'elle sait y faire ! Quant à Leidner, il vénère la poussière sous ses pas ; et tous les membres de la mission sont instamment priés d'en faire autant.

— Combien sont-ils ? demandai-je.

— On y rencontre de tout, et de toutes les nationalités, m'expliqua le commandant, affable. Un architecte anglais, un missionnaire français – c'est lui qui déchiffre les inscriptions, les tablettes et tout ce qui s'ensuit. Et puis, il y a Mlle Johnson. Elle est anglaise, elle aussi – c'est le factotum maison. Plus un petit rondouillard qui fait les photos. Américain, lui. Et les Mercado. Dieu sait d'où ils sortent, ces deux-là, des métèques quelconques ! Elle, elle est très jeune – style Gorgone – et qu'est-ce qu'elle peut détester Mona Louisa ! On trouve encore deux jeunes – et on a fait le tour. Il y en a vraiment pour tous les goûts, mais dans l'ensemble ils sont plutôt sympathiques ; pas vrai, Pennyman ?

— Oui, oui… c'est exact, très sympathiques. Pris séparément, s'entend. Évidemment, Mercado est un drôle d'énergumène…

— Il a une barbe tout ce qu'il y a de bizarre, glissa Mme Kelsey. Et puis, c'est une vraie chiffe molle.

— Les jeunes sont charmants tous les deux, poursuivit le major Pennyman sans relever l'interruption. L'Américain n'est pas bavard et le petit Anglais l'est un peu trop. Curieux, d'habitude c'est le contraire. Leidner lui-même est un type exquis. Simple et sans prétention. Oui, pris séparément, ce sont tous des gens charmants. Je peux me tromper, mais, la dernière fois que je les ai vus, j'ai eu la curieuse impression que quelque chose ne tournait pas rond. Difficile de dire quoi au juste… Personne n'avait l'air dans son assiette. L'atmosphère était du genre électrique. Ils se passaient tous un peu trop la pommade, si vous voyez ce que je veux dire.

— Lorsque les gens vivent les uns sur les autres, cela finit par leur taper sur les nerfs, fis-je, rougissant un peu car je n'aime guère imposer mes vues. C'est ce que m'a appris mon expérience à l'hôpital.

— C'est juste, acquiesça le major Kelsey, mais le chantier redémarre à peine ; il est trop tôt pour que ce genre d'exaspération ait déjà gagné.

— Une mission de ce genre, c'est un condensé de notre civilisation, déclara le major Pennyman. Ça comporte ses clans, ses jalousies et ses rivalités.

— Je me suis laissé dire que, cette année, les nouvelles recrues ne manquaient pas, hasarda le major Kelsey, histoire de dire quelque chose.

— Voyons voir, récapitula le commandant qui les énuméra sur ses doigts. Le jeune Coleman est un bleu, Reiter aussi. Emmott, lui, était sur le terrain l'année dernière, tout comme les Mercado. Le père Lavigny est une nouvelle recrue. Il remplace le Pr Byrd, souffrant, qui n'a pas pu faire le voyage cette année. Carey est un vieux de la vieille. Il est à pied d'œuvre depuis le début, voilà cinq ans. Et Mlle Johnson est presque aussi ancienne que lui dans la mission.

— Moi qui avais toujours pensé qu'ils s'entendaient à merveille, à Tell Yarimjah ! reprit le major Kelsey. On aurait juré une famille heureuse, ce qui est assez étonnant quand on connaît le genre humain. Vous n'êtes pas de mon avis, mademoiselle Leatheran ?

— Ce n'est pas moi qui irai vous contredire, fis-je. Quand je pense aux prises de bec auxquelles j'ai assisté à l'hôpital ! Et les trois quarts du temps pour des brouilles !

— On a tendance à prendre la mouche pour un rien, quand on vit en vase clos, renchérit le major Pennyman. N'empêche, j'ai l'impression qu'il y a autre chose, dans cette histoire. Leidner est un type si calme, si réservé, si plein de tact… Il a toujours su faire régner l'harmonie parmi les membres de sa mission. Pourtant, j'ai bel et bien senti une tension dans l'air, l'autre jour.

Mme Kelsey éclata de rire :

— Et vous n'en voyez pas la cause ? Elle crève pourtant les yeux !

— Que voulez-vous dire ?

— Mme Leidner, bien sûr !

— Voyons, Mary, protesta son époux, c'est une femme charmante, qui n'a rien d'une querelleuse.

— Je n'ai jamais dit qu'elle était querelleuse. J'ai dit qu'elle *provoquait* les querelles !

— Comment ça ? Et pourquoi diable ?

— Pourquoi ? Parce qu'elle s'ennuie. Elle n'est pas archéologue, elle s'est contentée d'en épouser un. Et elle se retrouve coincée loin de tout ce qui serait susceptible de la distraire. Du coup, elle crée son propre spectacle. Elle s'amuse à semer la zizanie.

— Mary, vous dites n'importe quoi. Tout ça est le fruit de votre imagination.

— Bien sûr que c'est le fruit de mon imagination ! Mais vous verrez que je ne suis pas loin du compte. Ce n'est pas pour rien que Mona Louisa ressemble à Mona Lisa ! Elle ne pense pas à mal, mais elle se frotte quand même les mains en guettant le résultat.

— Jamais elle n'irait tromper Leidner.

— Je n'ai pas non plus parlé d'histoires sordides. Mais cette femme est une allumeuse, c'est tout.

— Ah, les bons sentiments que les femmes éprouvent pour leurs congénères ! fit le major Kelsey.

— Évidemment. Chipies et compagnie, voilà ce que ricanent les hommes. Mais ce qu'il y a de sûr, c'est que nous nous trompons rarement sur le compte de nos meilleures amies.

— Tout de même, dit le major Pennyman, songeur, à supposer que les peu charitables conjectures de Mme Kelsey soient fondées, elles ne suffiraient pas à expliquer l'étrange malaise que j'ai ressenti : comme si un orage risquait d'éclater à tout bout de champ.

— N'effrayez pas notre infirmière, intervint Mme Kelsey. Elle va là-bas dans trois jours et vous pourriez la faire changer d'avis.

— Ce n'est pas avec ça que vous allez m'impressionner ! rétorquai-je en riant.

Quand même, je réfléchis un bon moment à tout ce qui venait de se dire. L'emploi étrange de l'expression « plus en sécurité », par le Pr Leidner, me revint en mémoire. Les peurs secrètes de sa femme – avouées ou inavouées – se répercutaient-elles sur le reste de la mission ? Ou bien était-ce la tension générale – ou sa cause inconnue – qui réagissait sur ses nerfs à elle ?

J'allai chercher dans le dictionnaire le mot allumeuse utilisé par Mme Kelsey mais n'en compris toujours pas le sens.

« Ma foi, me dis-je à part moi, on verra bien. »

4

J'ARRIVE À HASSANIEH

Trois jours après, je quittai Bagdad.

J'étais triste d'abandonner Mme Kelsey et le bébé – un amour qui profitait à vue d'œil et gagnait ses centimètres toutes les semaines. Le major m'accompagna à la gare et agita sa casquette. Le lendemain matin, je serais à Kirkuk, où on devait venir me chercher.

Je dormis mal – je dors toujours mal en train – et fis de mauvais rêves. Mais en regardant par la vitre au petit matin, je vis que la journée serait belle et me mis à m'intéresser aux gens que j'allais rencontrer.

Comme je faisais le pied de grue sur le quai en regardant autour de moi, un jeune homme vint à ma rencontre. Il avait le visage rose et poupin et paraissait sortir tout droit d'un roman de P. G. Wodehouse.

— Bonjour, bonjour, bonjour ! lança-t-il. Vous êtes mademoiselle Leatheran ? Oui, ça ne peut être que vous... ça saute aux yeux. Ha, ha ! Je m'appelle Coleman. C'est le Pr Leidner qui m'envoie. Vous vous sentez comment ? Atroce, le voyage, non ? Je les connais, ces trains ! Enfin, vous voilà arrivée. Vous avez pris un petit déjeuner ? Ce sont vos bagages ? Pas grand-chose, hein ? Mme Leidner promène une malle et quatre valises – sans parler d'un carton à chapeaux, d'un oreiller spécial, de ceci, de cela et de tout ce qui s'ensuit. Est-ce que je parle trop ? Suivez-moi jusqu'à la guimbarde.

Devant la gare stationnait ce que j'entendis plus tard baptiser une « familiale ». Ça tenait de la fourgonnette,

25

du char à bancs et un tout petit peu de la voiture. M. Coleman m'aida à monter et me conseilla la place à côté du chauffeur pour être moins secouée.

Secouée ! Étonnant que le tout ne tombe pas en pièces, oui ! Et rien qui ressemble à une route ; juste une espèce de piste faite de creux et de bosses. Parlons-en, des splendeurs de l'Orient ! Rien qu'au souvenir de notre merveilleux réseau routier anglais, j'en avais le mal du pays.

M. Coleman n'arrêtait pas de se pencher de son siège, derrière moi, pour me brailler des informations aux oreilles.

— La piste est en drôlement bon état ! vociféra-t-il comme nous venions tout juste de nous cogner le crâne au plafond.

Et selon toute apparence, il parlait sérieusement.

— Excellent pour la santé… ça vous requinque le foie ! fit-il. Une infirmière doit savoir ça.

— À quoi bon stimuler le foie, si c'est pour se fracturer le crâne ? grommelai-je.

— Vous devriez voir ce que ça donne après une averse ! Sensationnelles, les embardées ! À tous les coups, on va dans le décor.

Je jugeai inutile de relever.

Bientôt, il nous fallut traverser le fleuve, ce que nous fîmes à bord du bac le plus délabré qu'on puisse imaginer. Un vrai miracle que nous soyons arrivés de l'autre côté, mais tout le monde avait l'air de trouver ça normal.

Il nous fallut environ quatre heures pour atteindre Hassanieh qui, à ma surprise, était une ville assez importante. Assez jolie aussi, avant qu'on ne traverse le fleuve : toute blanche, assez féerique avec ses minarets. Une fois passé le pont, il y avait de quoi déchanter.

Cette odeur, ce délabrement, cette pagaille, cette crasse, partout !

M. Coleman m'emmena chez le Dr Reilly qui, paraît-il, m'attendait pour le déjeuner.

Le docteur se montra aussi charmant que d'habitude, et sa maison était charmante elle aussi, avec une salle de bains qui brillait comme un sou neuf. Je pris un bon bain et, le temps de réendosser mon uniforme et de redescendre, je me sentis redevenir moi-même.

Le déjeuner était prêt et nous passâmes à table tandis que le Dr Reilly s'excusait pour sa fille, qui d'après lui était toujours en retard. Nous finissions des œufs en sauce délicieux quand elle fit son entrée.

— Je vous présente ma fille Sheila, me dit le docteur.

Elle me serra la main, espérant que j'avais fait bon voyage, lança son chapeau sur une chaise, adressa un petit signe de tête à M. Coleman et s'assit.

— Quoi de neuf, Bill ? fit-elle.

Il se mit à lui parler d'une vague soirée qui devait avoir lieu au club, et j'en profitai pour la jauger.

Je ne peux pas dire que je fus séduite. Un peu trop sans-gêne à mon goût. Désinvolte, mais jolie. Brune aux yeux bleus, teint pâle et inévitable rouge à lèvres. Son ton cavalier, sarcastique, m'agaça. J'avais eu sous mes ordres une stagiaire dans son genre, une fille qui se débrouillait bien, certes, mais dont les manières m'avaient toujours hérissée.

J'avais l'impression très nette que M. Coleman en pinçait pour elle. Il bafouillait et sa conversation était devenue encore plus stupide qu'avant, si c'était possible ! On aurait dit un gros chien pataud en train de remuer la queue histoire d'être aimable.

Après le déjeuner, le Dr Reilly partit pour l'hôpital, M. Coleman s'en fut faire des courses en ville et

27

Mlle Reilly me demanda si je voulais faire un peu de tourisme ou si je préférais rester à la maison. M. Coleman, ajouta-t-elle, repasserait me prendre d'ici une heure.

— Il y a quelque chose à voir ? demandai-je.

— Il y a des coins pittoresques, mais ça m'étonnerait qu'ils vous plaisent. Ils sont crasseux.

Sa façon de le dire eut le don de m'irriter. Je n'ai jamais réussi à comprendre en quoi le pittoresque excusait la saleté.

En définitive, elle m'emmena au club, qui n'était pas mal du tout : il donnait sur le fleuve et on y trouvait des journaux et des magazines anglais.

Quand nous rentrâmes à la maison, M. Coleman n'était pas encore de retour, aussi bavardâmes-nous un peu. Ce ne fut guère facile.

Elle me demanda si j'avais déjà rencontré Mme Leidner.

— Non, dis-je. Seulement son mari.

— Je serai curieuse de savoir ce que vous allez en penser.

Comme je restais de glace, elle poursuivit :

— J'aime beaucoup le Pr Leidner. Tout le monde l'aime, en fait.

« Autant dire, pensai-je, que tu n'aimes pas sa femme. »

Mais je ne desserrai toujours pas les dents et elle finit par me demander tout à trac :

— Qu'est-ce qu'elle a ? Le Pr Leidner vous l'a dit ?

Je n'allais pas me mettre à cancaner sur le dos d'une patiente que je n'avais même pas encore rencontrée.

— J'ai cru comprendre qu'elle était un peu fatiguée, me contentai-je de dire d'un ton évasif. Et qu'elle avait besoin qu'on s'occupe d'elle.

Elle éclata de rire ; un rire dur, assez méchant :

— Bonté divine ! Neuf personnes pour s'occuper d'elle, ça ne lui suffit pas ?

— J'imagine qu'ils ont tous leur travail à faire.

— Leur travail ? Bien sûr qu'ils ont tous leur travail. Mais Louise passe avant... et je vous prie de croire qu'elle y veille.

« Non, me dis-je encore. Décidément, tu ne l'aimes pas. »

— De toute façon, poursuivit Mlle Reilly, je ne vois pas ce qu'elle peut attendre d'une infirmière professionnelle. Un amateur quelconque ferait mieux son affaire ; pas quelqu'un qui va arriver avec un thermomètre, lui tâter le pouls et qui ne se laissera pas raconter d'histoires.

La curiosité l'emporta.

— Vous croyez qu'elle n'a rien ? demandai-je.

— Bien sûr que non ! Elle est forte comme un bœuf. « Louise chérie n'a pas dormi. » « Louise chérie a des cernes sous les yeux. » Grâce au crayon à maquillage, oui ! N'importe quoi pour attirer l'attention, pour que tout le monde la dorlote, pour qu'on en fasse tout un plat !

Il y avait probablement du vrai là-dedans. Quelle infirmière n'a pas rencontré de ces hypocondriaques qui n'aiment rien tant qu'avoir une ribambelle de gens à leur chevet ? Qu'un médecin ou une infirmière s'avise de leur dire : « Vous n'avez rien ! » et les voilà qui, en toute bonne foi, grimpent sur leurs grands chevaux.

Après tout, il était bien possible que ce soit le cas de Mme Leidner. Le mari serait, bien entendu, le premier à s'y être laissé prendre. Rien de plus crédule que les maris, croyez-en mon expérience, dès qu'il est question de maladie. Cependant, ça ne collait pas tout à fait avec ce que j'avais entendu. Et pas du tout, en particulier, avec l'expression « plus en sécurité ».

Curieux comme ces trois mots m'étaient restés en tête.

Tout en y repensant, je demandai :

— Mme Leidner est-elle du genre inquiet ? A-t-elle peur, par exemple, de vivre loin de tout ?

— De quoi aurait-elle peur ? Seigneur, ils sont dix ! Et ils ont des gardes, à cause des antiquités. Oh non ! elle ne panique sûrement pas... à moins que...

Apparemment frappée par une pensée soudaine, elle s'interrompit un instant avant de poursuivre :

— C'est drôle que vous disiez ça.

— Pourquoi ?

— L'autre jour, nous sommes allés y faire un tour en voiture, le capitaine Jervis – c'est un aviateur – et moi. C'était le matin. La plupart étaient sur les fouilles. Elle écrivait une lettre et j'imagine qu'elle ne nous avait pas entendus venir. Le boy qui joue les portiers n'était pas là pour une fois et nous avons foncé droit sur la véranda. Elle a dû voir l'ombre portée du capitaine Jervis sur le mur et elle a bel et bien poussé un hurlement ! Elle s'est excusée, bien sûr. Elle a dit qu'elle avait cru qu'il s'agissait d'un inconnu. Un peu bizarre, non ? Même s'il s'agissait d'un inconnu, pourquoi une telle frayeur ?

Je hochai la tête, songeuse.

Mlle Reilly, qui s'était tue, lâcha soudain :

— Je me demande ce qu'ils ont, cette année. Ils ont tous les nerfs à vif. Johnson fait tellement la tête que c'est à peine si elle desserre les dents. David n'ouvre la bouche que contraint et forcé. Bill, évidemment, n'arrête pas, et on dirait que plus il parle, plus les autres s'énervent. Carey se promène au milieu de tout ça avec l'air

30

de quelqu'un qui s'attend à ce que ça craque d'une seconde à l'autre. Et ils s'observent tous comme si... comme si... Oh ! je n'en sais rien, mais c'est bizarre.

Je fus frappée de voir que deux personnes aussi différentes que Mlle Reilly et le major Pennyman éprouvaient la même impression.

À ce moment précis, M. Coleman entra comme un chien fou. C'est bien l'expression qui convient : pour un peu, on se serait attendu à ce que sa langue se mette à pendre et qu'il remue la queue.

— Youpi-i-ie ! fit-il. Le champion incontesté des garçons de courses est de retour parmi vous ! Avez-vous montré les splendeurs de la ville à notre infirmière préférée ?

— Ça ne l'a pas impressionnée pour deux sous, fit Mlle Reilly, caustique.

— Loin de moi l'idée de lui jeter la pierre ! s'écria M. Coleman, compatissant. Ce patelin est un trou pourri qui tombe en morceaux !

— Vous n'êtes guère amateur de pittoresque ou d'antique, pas vrai, Bill ? C'est à se demander pourquoi vous êtes archéologue.

— Je n'y suis pour rien. Prenez-vous-en à mon tuteur. C'est une espèce d'érudit, d'agrégé en pantoufles, le nez toujours fourré dans les grimoires... vous voyez le genre. Rude coup pour lui que d'avoir un pupille comme moi.

— Je vous trouve bien bête de vous laisser imposer un métier qui ne vous intéresse pas, décréta sans ambages la jeune fille.

— Imposer, imposer, comme vous y allez ! Le vieux m'a tout bonnement demandé si j'avais une vocation quelconque et, comme je n'en savais rien, il s'est débrouillé pour me trouver un travail ici pour la saison.

— Mais vous n'avez vraiment aucune idée de ce que vous aimeriez faire ? Vous devriez !

— Bien sûr que si. Mon idée, ce serait d'envoyer promener le boulot, d'avoir plein d'argent et de me lancer dans la course automobile.

— Vous êtes complètement idiot ! fit Mlle Reilly. Elle avait l'air furieuse.

— Oh, je sais très bien que c'est hors de question, continua allègrement M. Coleman. Mais à partir du moment où il faut que je fasse quelque chose, tout m'est égal à condition de ne pas moisir dans un bureau du matin au soir. Voir du pays ne me déplaisait pas. Vas-y, me suis-je dit, et j'ai débarqué ici.

— Et c'est fou ce que vous devez être utile, j'imagine !

— Vous ne croyez pas si bien dire. Moi aussi, je suis capable de rester planté sur un chantier en braillant « Inch'Allah » comme tout le monde ! Et même je ne suis pas trop maladroit en dessin. Imiter l'écriture des autres, c'était ma spécialité, au collège. J'aurais fait un faussaire du tonnerre. Il n'est pas dit que je n'y viendrai pas ! Si un beau jour ma Rolls vous éclabousse pendant que vous attendez le bus, vous saurez que j'ai opté pour le crime.

— Vous ne croyez pas qu'il serait temps de partir plutôt que de rester là à dire des âneries ? coupa Mlle Reilly, cinglante.

— Voilà de l'hospitalité ou je ne m'y connais pas, pas vrai, chère infirmière ?

— Je suis sûre que Mlle Leatheran est pressée d'arriver.

— Vous êtes toujours sûre de tout, répliqua M. Coleman en souriant d'une oreille à l'autre.

Ça, elle ne l'avait pas volé ! Quelle chipie, cette gamine, et quelle arrogance !

— Nous ferions peut-être bien d'y aller, monsieur Coleman, fis-je, un peu pincée.

— Vous avez raison, jolie infirmière.

Je serrai la main de Mlle Reilly, la remerciai, et nous partîmes.

— Sacrément séduisante, Sheila, non ? me confia M. Coleman. Dommage qu'elle se croie toujours obligée de vous rembarrer.

Nous quittâmes la ville et empruntâmes bientôt une sorte de piste bordée de cultures où nous cahotâmes d'ornière en ornière.

Au bout d'une demi-heure, M. Coleman pointa son doigt en direction d'un tumulus qui se dressait au loin, sur les berges du fleuve :

— Tell Yarimjah.

J'apercevais de petites silhouettes noires qui y grouillaient comme des fourmis.

Je les observais toujours quand elles se mirent soudain à dévaler la pente comme un seul homme.

— Débrayage, commenta M. Coleman. La journée est finie. On stoppe une heure avant le coucher du soleil.

Le camp de base était situé un peu en retrait sur la berge.

Le chauffeur vira à angle droit, la voiture bringuebala dangereusement sous un porche étroit... Nous étions arrivés.

Les bâtiments étaient érigés autour d'une cour. La maison proprement dite n'en avait occupé, à l'origine, que le côté sud, assortie de quelques appentis à l'est. Les membres de la mission avaient prolongé la construction sur deux autres côtés. La disposition des lieux revêtant par la suite une importance particulière, j'en joins ici un plan succinct.

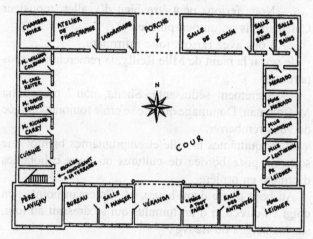

Toutes les chambres donnaient sur la cour, ainsi que la plupart des fenêtres – à l'exception du bâtiment sud d'origine dont quelques baies regardaient les environs. Lesdites baies étaient cependant protégées par des barreaux. Dans l'angle sud-ouest, un escalier livrait accès à un toit en terrasse, bordé d'un parapet, sur toute la longueur de l'aile sud, plus élevée que les autres.

M. Coleman me fit traverser la cour par le côté est et me conduisit à la véranda ouverte au centre de l'ancien bâtiment. Il poussa une des portes latérales et nous pénétrâmes dans une vaste pièce où plusieurs personnes étaient réunies autour d'une table dressée pour le thé.

— You-la-la-i-tou ! yoddla M. Coleman. Sœur Sourire est parmi nous.

La femme assise à la place d'honneur se leva pour m'accueillir.

Ce fut ma première rencontre avec Mme Leidner.

5

TELL YARIMJAH

Pourquoi ne pas l'avouer ? Mme Leidner me causa la plus vive surprise. On se fait toujours des idées sur les gens dont on a entendu parler. Je m'étais persuadée que Mme Leidner était une brune plutôt acariâtre. Une femme aux nerfs à vif. Et je m'attendais aussi à la trouver… un tantinet vulgaire.

Elle n'avait rien à voir avec ce que j'avais imaginé ! D'abord, elle était blonde comme les blés. Elle n'était pas suédoise, comme son mari, mais elle aurait pu l'être, avec cette blondeur scandinave qu'on ne rencontre pas si souvent. Ce n'était plus une gamine. Je lui donnai entre 30 et 40 ans. Elle avait le visage très marqué, et quelques fils gris se mêlaient à ses cheveux dorés. Mais ses yeux étaient magnifiques. Des yeux comme je n'en avais jamais vus chez aucune autre femme : de vrais yeux violets. Immenses, ils étaient soulignés d'un léger cerne. Elle était menue et d'apparence fragile, et si je dis qu'elle donnait à la fois une impression d'infinie lassitude et de vitalité débordante, cela paraîtra aberrant, mais ce fut pourtant mon sentiment sur le moment. Je la jugeai en outre grande dame jusqu'au bout des ongles. Et ça signifie quelque chose… même de nos jours.

Elle me tendit la main en souriant. Elle avait la voix douce et l'accent américain :

— Je suis ravie que vous ayez accepté de venir, mademoiselle. Prendrez-vous une tasse de thé ? À moins que vous ne préfériez voir d'abord votre chambre ?

Je répondis que je prendrais volontiers du thé, et elle me présenta aux gens assis autour de la table :

— Voici Mlle Johnson… et M. Reiter. Mme Mercado. M. Emmott. Le père Lavigny. Mon mari ne va pas tarder. Asseyez-vous entre le père Lavigny et Mlle Johnson.

J'obéis et Mlle Johnson se mit à me poser mille et une questions sur mon voyage.

Je la trouvai sympathique. Elle me rappelait une surveillante d'étage que j'avais eue à l'époque où j'étais stagiaire. Nous l'admirions toutes et elle aurait pu nous demander n'importe quoi.

Mlle Johnson, autant que j'en pus juger, frisait la cinquantaine. D'allure plutôt masculine, elle avait les cheveux gris et coupés court. Quoique bourrue, sa voix – qui descendait dans les basses – était agréable. Au milieu d'un visage taillé à coups de serpe, elle avait le nez comiquement retroussé – nez qu'elle frottait avec fureur chaque fois qu'elle était troublée ou intriguée. Elle portait un tailleur de tweed de coupe masculine. Elle ne tarda pas à m'apprendre qu'elle était née dans le Yorkshire.

Le père Lavigny me parut un peu inquiétant. Très grand, il arborait barbe noire et pince-nez. J'avais entendu Mme Kelsey dire qu'un moine français faisait partie du groupe et je découvrais maintenant qu'il portait une soutane de lainage blanc. Le tout m'étonnait passablement : j'avais cru jusque-là que les moines vivaient dans des couvents et ne mettaient jamais le nez dehors.

Mme Leidner lui parlait la plupart du temps en français, mais il s'adressa à moi dans un anglais correct. Je remarquai qu'il dardait sur tout le monde un regard aigu et inquisiteur.

J'avais les trois autres en face de moi. M. Reiter était un petit blond, rond et à lunettes. Il avait les cheveux longs et bouclés, et les yeux bleus en bouton de bottine. Bébé, il devait être à croquer, mais ce n'était vraiment plus le cas ! On aurait dit un goret. L'autre jeune homme, coiffé en brosse, avait un long visage espiègle, des dents très saines, et devenait très beau chaque fois qu'il souriait. Peu loquace cependant, il se contentait de hocher la tête ou de répondre par monosyllabes quand on lui adressait la parole. Tout comme M. Reiter, il était américain. La dernière personne était Mme Mercado, et je ne pouvais la détailler à mon aise, car chaque fois que je risquais un œil dans sa direction, je la trouvais occupée à me dévorer du regard à tel point que c'en était gênant. On aurait dit qu'une infirmière était le plus étrange animal qu'elle eût jamais vu. Aucune éducation !

Très jeune – pas plus de 25 ans –, elle avait un teint de pruneau et le genre aguichant, si vous voyez ce que je veux dire. Jolie à sa façon, elle n'en avait pas moins l'air de ce que ma mère aurait qualifié de « basané ». La couleur de son vernis à ongles était assortie à celle de son pull-over criard. Elle avait une bouche pincée et soupçonneuse, et de grands yeux de braise qui mangeaient son étroit visage d'oiseau.

Le thé était excellent – bon mélange bien corsé qui n'avait rien à voir avec la fade tisane chinoise dont nous gratifiait Mme Kelsey et que j'avais toujours eu du mal à avaler. Il était servi avec toasts, confiture, gâteaux secs et tranches de cake. Fort courtois, M. Emmott me passait les plats. Aussi taciturne fût-il, il n'en réagissait pas moins dès que mon assiette était vide.

M. Coleman arriva bientôt en trombe et s'assit de l'autre côté de Mlle Johnson. Lui, au moins, il n'avait pas l'air au bord de la dépression nerveuse. Il se mit à parler pour dix.

À un moment donné, Mme Leidner soupira et lui jeta un regard exaspéré qui lui fit l'effet d'un cataplasme sur une jambe de bois. Il ne fut pas davantage découragé par l'attitude de Mme Mercado, à laquelle il s'adressait pourtant la plupart du temps et qui était tellement occupée à me regarder sous le nez qu'elle ne lui répondait que pour la forme.

Nous finissions de prendre le thé quand le Pr Leidner et M. Mercado revinrent des fouilles.

Le Pr Leidner me salua avec l'amabilité que je lui connaissais déjà. Je vis son regard anxieux se poser sur sa femme, mais il parut soulagé par l'expression de son visage. Puis il s'assit à l'autre bout de la table tandis que M. Mercado optait pour la place vide à côté de Mme Leidner. C'était un grand échalas mélancolique au teint cireux, nettement plus âgé que sa femme et affublé d'une drôle de barbe, à la fois rare et hirsute. Je me réjouis de son arrivée, car sa femme cessa de me fixer pour le couver des yeux avec une impatience fébrile somme toute assez étrange. Quant à lui, il remuait sa cuillère dans sa tasse sans mot dire, complètement ailleurs. Il ne touchait même pas à la tranche de cake posée dans son assiette.

Il restait encore une place vide et la porte ne tarda pas à livrer passage à un homme.

Dès que je vis Richard Carey, je me dis que c'était le plus bel homme que j'aie vu de longtemps – et en même temps je me demande si tel était bien le cas. Prétendre à la fois qu'un homme est beau et préciser que son visage ressemble à une tête de mort peut paraître contradictoire, mais c'était pourtant ça. On aurait juré qu'il avait la peau des joues tendue à craquer sur les méplats – de bien jolis méplats. Sa mâchoire, ses tempes et son front étaient si merveilleusement sculptés qu'il me faisait penser à un bronze antique. Dans ce visage hâlé brillaient deux yeux du bleu le plus vif que j'aie jamais observé. Il ne mesurait pas loin d'un mètre quatre-vingts et je lui donnais un peu moins de 40 ans.

— Voici M. Carey, notre architecte, mademoiselle, me dit le Pr Leidner.

Le nouveau venu marmonna quelques mots de bienvenue, inaudibles ainsi qu'il sied à un Anglais de bonne éducation, et s'assit auprès de Mme Mercado.

— Je suis désolée, le thé est un peu froid, monsieur Carey, dit Mme Leidner.

— Oh, ça n'a aucune importance, répondit-t-il. Je n'avais pas à être en retard. Mais je tenais à terminer le relevé des murailles.

— Un peu de confiture, monsieur Carey ? proposa Mme Mercado.

Quant à M. Reiter, il poussa les toasts dans sa direction.

Je me remémorai soudain l'expression du major Pennyman : *Personne n'avait l'air dans son assiette... Ils se passaient tous un peu trop la pommade, si vous voyez ce que je veux dire.*

Oui, il y avait là quelque chose de bizarre...

Un peu trop de cérémonie...

On aurait dit une réunion de parfaits inconnus – et pas de gens qui, pour certains d'entre eux, se connaissaient depuis des années.

6

PREMIÈRE SOIRÉE

Après le thé, Mme Leidner me mena à ma chambre. Une brève description de l'agencement des lieux ne serait pas inutile. Rien de compliqué, comme vous pourrez le constater en vous reportant au plan.

De part et d'autre de la véranda, deux portes communiquaient avec les pièces principales. Celle de droite donnait sur la salle à manger, là où nous avions pris le thé. Celle de gauche sur une pièce symétrique (que je baptise « pièce à tout faire »), qui servait tout à la fois de salon et d'atelier improvisé, à savoir qu'une partie des dessins (exception faite des relevés strictement architecturaux) y étaient exécutés et qu'on y entreposait les tessons des poteries les plus délicates avant de les reconstituer. De là on passait à la salle des antiquités où le produit des fouilles s'accumulait partout : étagères, casiers, tables et tréteaux. La salle des antiquités n'avait pas d'autre issue que la porte de la pièce à tout faire.

Au-delà de la salle des antiquités, mais avec une porte ouvrant sur la cour, se trouvait la chambre de Mme Leidner. Comme les autres pièces de ce bâtiment, ses deux fenêtres ouvraient sur des champs cultivés. À la suite et au coin, mais sans porte de communication, il y avait la chambre du Pr Leidner. C'était la première des pièces de l'aile est. Venait ensuite celle qui m'était destinée. Puis celle de Mlle Johnson, suivie des deux chambres des Mercado. Et enfin les deux prétendues salles de bains.

(Lorsqu'il m'arriva d'utiliser cette expression en présence du Dr Reilly, il se moqua de moi : une salle de bains était une salle de bains ou n'en était pas une ! N'empêche, pour une personne habituée à la tuyauterie et aux robinets modernes, cela fait un drôle d'effet d'entendre affubler deux réduits aux murs de pisé et dont l'équipement se résume à un baquet en fer-blanc et à de l'eau fangeuse dans de vieux bidons à pétrole du nom de *salles de bains*.)

L'aile est avait été ajoutée par le Pr Leidner à la maison arabe d'origine. Les chambres, toutes sur le même modèle, avaient chacune une porte et une fenêtre donnant sur la cour. Le bâtiment nord abritait la salle de dessin et, de l'autre côté du porche, le laboratoire, l'atelier de photographie et la chambre noire.

La partie ouest du camp de base était à peu près symétrique. La salle à manger communiquait avec le bureau où étaient tapés et archivés les dossiers et répertoriés les produits des fouilles. La chambre du père Lavigny faisait pendant à celle de Mme Leidner. On lui avait attribué la plus vaste, car il s'en servait aussi pour décrypter – si tant est que le mot convienne – les tablettes.

Dans l'angle sud-ouest, un escalier menait à la terrasse. L'aile ouest, c'était d'abord la cuisine, puis quatre petites chambres occupées par les jeunes gens : Carey, Emmott, Reiter et Coleman.

L'angle nord-ouest était occupé par la chambre noire à laquelle on accédait par l'atelier de photographie. Le laboratoire était adossé au porche voûté par lequel j'étais arrivée. Les logements des domestiques indigènes, le corps de garde et les écuries des chevaux de corvée d'eau étaient à l'extérieur du camp. La salle de dessin flanquait le porche au nord-est.

Je me suis étendue ici – et en détail – sur la configuration des lieux car je ne veux pas avoir à y revenir plus tard.

Ainsi que je l'ai signalé, Mme Leidner en personne me fit faire le tour du bâtiment avant de m'installer dans ma chambre et de me dire qu'elle souhaitait que je m'y plaise et qu'elle espérait que je ne manquerais de rien.

La pièce était agréablement – quoique chichement – meublée : un lit, une commode, une table de toilette et une chaise.

— Les boys vous apporteront de l'eau chaude avant le déjeuner et le dîner ; et le matin, bien entendu. Si vous en voulez à un autre moment, sortez sur le pas de votre porte, frappez dans les mains et, quand le boy arrive, dites-lui : *jib mai'har*. Vous pourrez retenir ça ?

Je lui répondis par l'affirmative et le répétai en bégayant un peu.

— C'est bien ça. Mais n'ayez pas peur de crier. Les Arabes ne comprennent rien à ce qu'on leur dit, sinon.

— C'est drôle, les langues, dis-je. On ne peut pas se faire à l'idée qu'il y en ait tant.

Mme Leidner sourit :

— Il y a une église, en Palestine, où le Pater Noster est écrit en… quatre-vingt-dix langues différentes, je crois.

— Ça alors ! m'écriai-je. Il faut que j'écrive cette histoire à ma vieille tante. Je parie que ça va l'intéresser !

Mme Leidner promena un doigt distrait sur le broc et la cuvette et déplaça le porte-savon de deux ou trois centimètres.

— J'espère que vous vous plairez ici, et que vous ne vous ennuierez pas trop.

— Je ne m'ennuie pas souvent, la rassurai-je. La vie est trop courte pour ça.

Elle ne me répondit pas. Elle continuait de tripoter la garniture de la table de toilette d'un air absent.

— Qu'est-ce que mon mari vous a dit au juste, mademoiselle ?

À des questions comme ça, il n'y a pas trente-six réponses.

— J'ai cru comprendre que vous étiez un peu déprimée, madame Leidner, fis-je d'un ton dégagé. Et que tout ce que vous souhaitiez, c'est que quelqu'un s'occupe de vous et vous décharge de tout souci.

Elle inclina la tête, lentement et d'un air songeur :

— Oui. Oui… ça marchera très bien.

C'était pour le moins énigmatique, mais loin de moi l'idée de lui demander de s'expliquer.

— J'espère que vous me laisserez vous aider à tenir la maison, dis-je. Il ne faudrait pas que je sombre dans l'oisiveté.

Elle esquissa un sourire.

— Merci, mademoiselle.

Sur quoi elle s'assit sur le lit et, à mon grand étonnement, commença à se livrer à un interrogatoire serré. Quand je dis que cela m'a grandement étonnée, c'est qu'à première vue j'aurais volontiers juré que Mme Leidner était une dame. Et une dame, d'après moi, ne met pas son nez dans les affaires des autres.

Mais Mme Leidner semblait brûler du désir de tout savoir sur mon compte. Où j'avais fait mes études et il y a combien de temps. Ce qui m'avait conduite au Moyen-Orient. Comment il se faisait que le Dr Reilly m'avait recommandée. Elle me demanda même si j'avais jamais été aux États-Unis ou si j'y avais de la famille. Une ou deux autres questions me parurent

43

dénuées de sens sur le moment – je ne devais en comprendre l'intérêt que plus tard.

Et puis, brusquement, ses manières changèrent du tout au tout. Elle me sourit – un sourire merveilleusement chaleureux – et me dit avec une grande gentillesse qu'elle était très heureuse de ma venue et qu'elle était certaine que je lui serais d'un grand réconfort.

— Est-ce que vous aimeriez monter sur la terrasse pour voir le coucher du soleil ? me proposa-t-elle en se levant du lit. D'habitude, c'est très beau, à cette heure-ci.

J'acceptai bien volontiers.

— Il y avait beaucoup de gens avec vous, dans le train de Bagdad ? Des hommes ?

Je n'avais remarqué personne en particulier ; seulement deux Français au wagon-restaurant la veille au soir. Et un groupe de trois hommes qui, d'après leur conversation, avaient quelque chose à voir avec le pipeline.

Elle hocha la tête et un petit soupir lui échappa. Comme un soupir de soulagement.

Nous montâmes ensemble sur le toit-terrasse.

Mme Mercado s'y trouvait, assise sur le parapet, et le Pr Leidner, penché sur des alignements de cailloux et de tessons, les passait en revue d'un œil scrutateur. Il y avait de gros machins qu'il appelait des meules, et des pilons, et des éolithes, et des haches de pierre, et plus de tessons de poterie réunis que je n'en avais jamais rencontrés un par un.

— Venez par ici ! nous lança Mme Mercado. Est-ce que vous ne trouvez pas ça trop divin ?

En effet, c'était un beau coucher de soleil. De loin, Hassanieh était vraiment féerique dans les derniers feux du crépuscule, et le Tigre, coulant entre ses larges rives, prenait de faux airs de fleuve de rêve.

— C'est splendide, non, Éric ? dit Mme Leidner.

Le professeur releva la tête d'un air absent, murmura « splendide, splendide » pour la forme et retourna à ses tessons.

— Les archéologues ne s'intéressent qu'à ce qui se trouve sous leurs pieds, nous confia Mme Leidner avec un sourire. Le ciel et la voûte céleste n'existent pas pour eux.

Mme Mercado pouffa :

— Ce sont des gens très bizarres… Vous ne tarderez pas à vous en apercevoir.

Elle s'interrompit, puis ajouta :

— Nous sommes tous si heureux que vous soyez là, mademoiselle. Nous nous sommes fait tant de souci pour notre chère Louise… n'est-ce pas, Louise ?

— Vraiment ?

La « chère Louise » avait lâché le mot d'un ton fort peu encourageant.

— Oh, oui ! Elle a vraiment été très mal. Toutes sortes d'alertes en tout genre. Vous savez, quand on me dit de quelqu'un : « Ce n'est rien, ce ne sont que les nerfs », je réponds toujours : « Mais que peut-il y avoir de pire ? » Les nerfs sont le cœur et le noyau de l'être humain, vous n'êtes pas de mon avis ?

« Toi, tu en rajoutes », me dis-je en moi-même.

— Eh bien, vous n'aurez plus à vous inquiéter sur mon compte, Marie, fit Mme Leidner d'un ton coupant. Mademoiselle va s'occuper de moi.

— Oh que oui ! lançai-je avec un bel entrain.

— Je suis sûre que ça va tout changer, reprit Mme Mercado. Nous nous disions tous qu'elle devrait voir un médecin, faire quelque chose. Elle avait vraiment les nerfs dans un état épouvantable, n'est-ce pas, Louise chérie ?

— À tel point que ça avait l'air de rejaillir sur les vôtres, grinça Mme Leidner. Si nous évoquions un sujet plus intéressant que mes petites misères ?

Je compris aussitôt que Mme Leidner était le genre de femme à se faire des ennemis. Elle avait mis dans son ton – et loin de moi l'idée de lui jeter la pierre – une froideur polaire qui fit rougir Mme Mercado sous son teint olivâtre. Elle bafouilla trois mots, mais Mme Leidner s'était déjà levée pour rejoindre son mari à l'autre bout de la terrasse. Je doute qu'il s'en soit rendu compte avant qu'elle ne lui pose la main sur l'épaule. Il releva alors brusquement la tête. Il y avait de l'affection dans son regard, et une sorte d'interrogation pathétique.

Mme Leidner hocha la tête avec douceur. Ils s'éloignèrent alors bras dessus bras dessous et disparurent par l'escalier.

— Vous voyez comme il y tient ? dit Mme Mercado.

— Oui. C'est attendrissant.

Elle me regardait en coin, d'un drôle de regard plein de curiosité.

— À votre avis, quel est au juste son problème, mademoiselle ? me demanda-t-elle à mi-voix.

— Rien de bien méchant, répondis-je, toujours pleine d'entrain. Elle est un peu fatiguée, d'après moi.

Ses yeux me sondaient toujours comme pendant le thé, et elle me demanda tout à trac :

— Vous êtes infirmière psychiatrique ?

— Mon dieu, non ! Qu'est-ce qui vous fait croire ça ?

Je désapprouve le fait de cancaner sur le compte d'un patient. À côté de ça, je sais par expérience qu'il est souvent difficile d'arracher la vérité à la famille ; or, tant qu'on ne la connaît pas, on travaille à l'aveuglette et on ne fait rien de bon. Bien entendu, quand votre malade est suivi par un médecin, celui-ci vous dit ce qu'il est indispensable que vous sachiez. Mais, dans le cas présent, il n'y avait pas de médecin traitant. Le Dr Reilly n'avait jamais été consulté à titre professionnel. Et, dans le fond, je n'étais pas sûre que le Pr Leidner m'ait dit tout ce qu'il aurait pu me dire. Il est courant que le mari se montre discret – c'est d'ailleurs tout à son honneur. Néanmoins, plus j'en saurais, mieux je saurais quelle ligne de conduite adopter. Mme Mercado – en qui je ne voyais guère qu'une petite garce doublée d'une mauvaise langue – mourait visiblement d'envie de parler. Et franchement, tant sur le plan humain que professionnel, je voulais entendre ce qu'elle avait à dire. Mettez ça sur le compte de la curiosité pure et simple si ça vous chante.

— J'ai cru comprendre que Mme Leidner n'avait pas été au mieux ces derniers temps ? dis-je.

— Pas au mieux ? ricana Mme Mercado de façon déplaisante. C'est le moins qu'on puisse dire. Elle nous a fait plusieurs fois une peur bleue. Une nuit, c'était des doigts qui tambourinaient à sa fenêtre. Et puis ç'a été une main coupée. Mais quand on est passé au visage cireux collé contre la vitre – et qui a disparu quand elle s'est précipitée à la fenêtre – eh bien, croyez-moi, on a tous eu la chair de poule.

— Peut-être que quelqu'un voulait lui faire une farce ? suggérai-je.

— Pensez-vous ! Elle a tout inventé. Tenez, il n'y a pas trois jours de ça, ils tiraient des coups de feu, au village, à plus d'un kilomètre d'ici... eh bien, elle a bondi et s'est mise à pousser des hurlements ; de quoi nous faire mourir de peur. Quant au Pr Leidner, il s'est précipité sur elle et s'est conduit de façon grotesque.

47

« Ce n'est rien, ma chérie, ce n'est rien du tout », bafouillait-il. Vous savez, mademoiselle, je trouve que les hommes font tout pour inciter les femmes à se laisser aller à leurs idées folles. C'est ennuyeux parce que c'est mauvais pour elles. On ne devrait jamais encourager les fantasmes.

— À condition que ce soit bel et bien des fantasmes, répliquai-je, très sèche.

— Qu'est-ce que ça pourrait être d'autre ?

Je ne répondis pas car je ne savais pas quoi dire. Drôle d'histoire. Les coups de feu et les cris, c'était compréhensible… de la part de quelqu'un qui aurait les nerfs à vif, s'entend. Mais ces apparitions de spectre et de main coupée, c'était une autre paire de manches. De deux choses l'une : ou Mme Leidner avait tout inventé, comme ces enfants qui cherchent à se faire valoir et à devenir le pôle d'attraction de la famille en débitant des mensonges, ou bien c'était, comme je l'avais suggéré, une farce d'un goût douteux. Tout à fait le genre d'idée qu'un joyeux luron dépourvu d'imagination comme M. Coleman pouvait trouver drôle. Je décidai de l'avoir à l'œil. Une plaisanterie stupide peut déclencher la panique chez un grand nerveux.

— Il y a en elle un je-ne-sais-quoi de très romanesque, vous ne trouvez pas, mademoiselle ? me glissa Mme Mercado avec un regard en coin. C'est le genre de femme à qui il arrive des choses.

— Il lui en est arrivé beaucoup ?

— Son premier mari a été tué à la guerre alors qu'elle n'avait pas 20 ans. C'est follement pathétique et romanesque, non ?

— Façon comme une autre de transformer les citrouilles en carrosses ! ironisai-je.

— Oh, mademoiselle ! Quelle justesse d'expression !

Je n'avais pas tort. Combien de femmes entendez-vous dire : « Si seulement Donald – ou Arthur, ou tel autre – avait vécu ! » Et moi, il m'arrive de penser que, si tel avait été le cas, il y aurait toutes les chances du monde pour qu'il soit devenu un vieux mari ventripotent, grincheux, quinteux et pas romantique pour deux sous !

Il commençait à faire nuit et je suggérai à Mme Mercado de descendre. Elle acquiesça et me demanda si j'aimerais visiter le laboratoire :

— Mon mari doit y être. Occupé à travailler.

Je répondis que cela me ferait très plaisir et nous nous mîmes en route. La pièce était éclairée par une lampe, mais vide. Mme Mercado me montra quelques-uns des appareils, ainsi que des ornements de cuivre qu'on était en train de traiter et des ossements recouverts de cire.

— Où peut bien être Joseph ? fit Mme Mercado.

Elle alla voir dans la salle de dessin, où Carey travaillait. C'est à peine s'il leva les yeux à notre entrée, et je fus frappée par l'immense fatigue qui se lisait sur son visage. En un éclair, je pensai : « Cet homme est au bout du rouleau. Il ne va pas tarder à craquer. » Et je me souvins que quelqu'un avant moi avait déjà remarqué qu'il était à cran.

Comme nous quittions la pièce, je le regardai une dernière fois. Il était penché sur ses papiers, lèvres crispées, pommettes saillantes, peau tendue sur les maxillaires – en un mot plus « tête de mort » que jamais. Peut-être était-ce mon imagination, mais il me fit penser à un de ces chevaliers du temps jadis, partant pour la bataille tout en sachant qu'il allait y mourir.

Et, encore une fois, je sentis l'extraordinaire pouvoir de séduction qui se dégageait de lui sans qu'il en sache rien.

Nous trouvâmes M. Mercado dans la « pièce à tout faire ». Il était en train d'exposer l'idée de je ne sais quel nouveau procédé à Mme Leidner. Assise sur un escabeau de bois, elle brodait des fleurs de soie, et je fus de nouveau frappée par son air étrange, éthéré, hors du monde. Elle ressemblait plus à une créature féerique qu'à un être de chair et de sang.

— Ah, c'est là que tu étais, Joseph ! cria Mme Mercado d'une voix stridente. Nous pensions te trouver au labo.

Il se leva en sursaut, un peu égaré, comme si notre entrée avait rompu un charme.

— Je… il faut que j'y retourne, bégaya-t-il. Je suis en plein milieu… en plein milieu de…

Sans même terminer sa phrase il gagna la porte.

— Il faudra que vous finissiez de m'expliquer ça une autre fois, murmura Mme Leidner de sa voix la plus languissante. C'était tellement intéressant !

Elle nous jeta un regard, nous sourit gentiment quoique d'un air un peu absent et retourna à sa broderie.

Une ou deux minutes plus tard, elle s'adressa à moi :

— Il y a des livres là dans le coin, mademoiselle. Nous avons un assez bon choix. Prenez celui que vous voulez et venez vous asseoir.

Je me dirigeai vers l'étagère. Mme Mercado s'attarda un petit moment puis, tournant les talons sans crier gare, s'éclipsa. Je n'avais eu que le temps de voir son visage quand elle était passée près de moi, mais son expression m'avait troublée. Elle avait l'air folle de rage.

Quelques-unes des insinuations de Mme Kelsey me revinrent malgré moi à l'esprit. Ça m'ennuyait de penser qu'elles étaient fondées, car j'éprouvais de la sympathie pour Mme Leidner, mais ne renfermaient-elles pas un brin de vérité ?

Elle n'en était certes pas responsable, mais il faut bien avouer que cet adorable laideron de Mlle Johnson et l'irascible Mme Mercado ne pouvaient rivaliser question charme et beauté. Et les hommes seront toujours les hommes, où que ce soit. C'est une chose qu'on apprend vite dans ma profession.

Mercado n'était pas une conquête bien reluisante, et j'imagine que Mme Leidner s'en moquait comme de sa première chemise, mais sa femme, elle, ne s'en moquait pas. À moins que je ne me trompe, elle prenait ça aussi mal que possible et ne demanderait sûrement pas mieux que de profiter de la première occasion pour offrir à Mme Leidner un chien de sa chienne.

Je regardai Mme Leidner, assise là à broder ses jolies fleurs, si réservée, tellement lointaine, tellement distante. J'éprouvais une sorte de besoin de la mettre en garde. Elle ne savait peut-être pas combien la jalousie et la haine peuvent être stupides, aveugles, dévastatrices – et combien il en faut peu pour les déchaîner.

Et puis je réfléchis : « Tu es une idiote. Mme Leidner n'est pas née d'hier. Elle a bien la quarantaine et ne doit plus avoir grand-chose à apprendre de la vie. »

Pourtant, je ne pouvais pas m'empêcher de penser le contraire.

Elle avait l'air si étrangement virginale.

Quelle avait été sa vie ? Je savais qu'elle n'avait épousé le Pr Leidner que deux ans plus tôt. Or, à en croire Mme Mercado, son premier mari était mort depuis une quinzaine d'années.

J'allai m'installer près d'elle avec un livre, puis regagnai au bout d'un moment ma chambre pour me laver les mains avant le dîner. Un bon dîner, avec un curry délicieux. Tout le monde alla se coucher de bonne heure et j'en fus heureuse, car j'étais épuisée.

Le Pr Leidner m'accompagna jusqu'à ma chambre pour voir si j'avais tout ce qu'il fallait.

Il me serra chaleureusement la main et me dit d'un ton vibrant :

— Vous lui êtes sympathique, mademoiselle. Vous lui avez plu d'emblée. Je suis ravi. Je crois que tout ira bien, désormais.

Son entrain était presque enfantin.

Moi aussi, j'avais l'impression d'avoir plu tout de suite à Mme Leidner, et j'étais ravie qu'il en soit ainsi.

Mais je ne partageais pas tout à fait la confiance du professeur. Je sentais confusément que tout n'était pas aussi simple qu'il l'imaginait.

Il y avait *quelque chose* – quelque chose que je n'arrivais pas à cerner mais qui était dans l'air.

Mon lit était douillet, mais je n'en dormis pas bien pour autant. Je fis trop de rêves.

Les vers d'un poème de Keats, qu'il m'avait fallu apprendre par cœur lorsque j'étais enfant, me trottaient dans la tête. Je butais toujours sur le même passage et cela m'empoisonnait. Je l'avais toujours détesté, ce poème, sans doute parce qu'il m'avait fallu le rabâcher, que ça me plaise ou non. Mais, Dieu sait pourquoi, en m'éveillant dans le noir, je lui trouvai enfin une sorte de beauté.

Oh ! dis-moi quelle souffrance est la tienne, chevalier en armes, solitaire et qui… – et qui quoi, déjà ? – *et qui, livide, s'en va errant…* Pour la première fois, je vis dans ma tête le visage du chevalier : c'était le visage de M. Carey, sévère, tiré, tanné, pareil à celui de tant de jeunes hommes dont je gardais le souvenir depuis la guerre… et j'en eus de la peine pour lui ; puis je sombrai de nouveau dans le sommeil et je vis que la Belle Dame sans Merci était Mme Leidner et qu'elle était couchée en travers d'une selle sur un cheval au galop, son ouvrage de broderie entre les mains ; et soudain le cheval trébuchait et tout, alentour, n'était plus qu'ossements enrobés de cire. Sur quoi je me réveillai avec la chair de poule et toute secouée de frissons. Décidément le curry ne m'avait jamais réussi le soir.

7

L'HOMME DEVANT LA FENÊTRE

Je préfère vous le dire tout net : ne vous attendez pas à la moindre touche de couleur locale dans mon récit. En plus je ne connais rien à l'archéologie et ne m'en porte pas plus mal. Aller farfouiller dans des ruines et remuer les ossements de gens morts et enterrés depuis belle lurette, ça me dépasse. M. Carey passait son temps à me dire que je n'avais pas la fibre archéologique et je le crois sans peine.

Dès le lendemain de mon arrivée, il me demanda si je n'avais pas envie de visiter le palais dont il… *levait les plans* – je crois que ce sont ses mots. Quoique je me demande bien comment on peut songer à établir des plans pour quelque chose qui a disparu depuis la nuit des temps ! Enfin ! Je lui répondis que j'en serais ravie et, honnêtement, l'idée m'emballait assez. Ce palais avait près de trois mille ans, à ce qu'il paraît. Je me demandais quelle sorte de palais ils pouvaient bien avoir à cette époque-là et si ça ressemblerait aux photos que j'avais vues du mobilier de la tombe de Toutankhamon. Mais, croyez-le ou non, il n'y avait rien à voir que de la boue ! D'affreux murs de boue agglomérée de cinquante centimètres de haut, un point c'est tout. M. Carey me promena au milieu de tout ça en m'assommant d'explications : ici, la cour d'honneur ; là, des salles de je ne sais quoi et un étage supérieur, et encore des pièces donnant sur la cour d'honneur. Et tout ce que je me disais, c'était : « Comment peut-il le savoir ? », mais je suis trop bien élevée pour lui avoir posé la question. En tout cas, pour une déception, ç'a été une déception ! Le chantier de fouilles tout entier ressemblait pour moi à un immense bourbier – pas de marbre, pas d'or, rien de beau... Question ruines, la maison de ma tante à Cricklewood aurait fait plus d'effet ! Et dire que ces Assyriens, ou je ne sais trop qui, se baptisaient *rois*. Lorsque M. Carey m'eut montré ses « palais », il me confia au père Lavigny, qui me fit visiter le reste du tumulus. J'en avais une peur, du père Lavigny ! C'était un moine, et un étranger, et il avait une voix si caverneuse... Mais il se montra très gentil, quoiqu'un peu vague. J'eus plus d'une fois l'impression que tout ça n'avait pas plus de réalité pour lui que pour moi.

Mme Leidner m'expliqua plus tard pourquoi. Le père Lavigny ne s'intéressait qu'aux « documents écrits », comme elle disait. Ces gens-là écrivaient tout sur de l'argile, avec des signes étranges et barbares mais qui avaient, paraît-il, un sens. Il y avait même des tablettes scolaires : leçon du maître d'un côté et devoir de l'autre.

J'avoue que ça m'intéressa un peu, ça avait un côté si humain, si vous voyez ce que je veux dire.

Le père Lavigny fit le tour du chantier avec moi et me montra ce qui était temples ou palais et ce qui était maisons, ainsi qu'un endroit qu'il décrivit comme un cimetière akkadien primitif. Il parlait d'une drôle de façon décousue, lâchant des petits bouts d'information et mélangeant tous les sujets.

— C'est bizarre qu'on vous ait demandé de venir ici, dit-il par exemple. Mme Leidner serait donc réellement malade ?

— Pas exactement malade, répondis-je prudemment.

— C'est une femme étrange. Une femme dangereuse, je crois.

— Comment ça, dangereuse ?

Il hocha la tête d'un air entendu :

— Je la crois impitoyable. Oui, je crois qu'elle serait capable de se montrer absolument impitoyable.

— Pardonnez-moi, le coupai-je, mais je crois que vous divaguez.

Il hocha de nouveau la tête :

— Vous ne connaissez pas les femmes comme je les connais.

Voilà une remarque pas banale pour un moine ! Mais évidemment, il en avait sans doute entendu de belles en confession. N'empêche que sa réaction m'intriguait parce que je me demandais si les moines confessaient, ou seulement les prêtres. Avec cette longue robe en lainage qui balayait la poussière, ce chapelet et tout, ça devait quand même bien être un moine !

— Oui, elle serait capable de se montrer impitoyable, reprit-il, pensif. J'en suis sûr. Et pourtant, bien qu'elle soit si dure – comme de la pierre, comme du marbre –, oui, pourtant, elle a peur. Peur de quoi ?

C'est ce que tout le monde aimerait bien savoir ! me dis-je.

À tout prendre, il n'était pas exclu que son mari le sache, mais les autres sûrement pas.

Le père Lavigny me fixa soudain de son regard sombre et comme enfiévré :

— Est-ce que l'atmosphère est bizarre, ici ? Est-ce qu'elle vous paraît bizarre ? Ou parfaitement normale ?

— Pas complètement normale, non, dis-je après réflexion. Sur le plan matériel, il n'y a pas de problème… mais il y a quelque chose dans l'air.

— Moi, ça me met mal à l'aise. J'ai l'impression qu'un malheur nous guette. Le Pr Leidner non plus n'est pas dans son assiette. Il s'inquiète, lui aussi.

— La santé de sa femme ?

— Peut-être. Mais il y a plus. Il y a, comment dire ?… une espèce de malaise.

C'était bien le cas de le dire, il y avait un malaise.

Nous n'eûmes pas le temps d'en dire davantage, car le Pr Leidner se dirigeait vers nous. Il me montra une tombe d'enfant qu'on venait juste de mettre au jour. Spectacle assez attendrissant : de petits os, une ou deux poteries, quelques grains – au dire du professeur, les débris d'un collier de perles.

Ce furent les ouvriers qui me poussèrent à rire. Nulle part ailleurs vous n'auriez vu pareille troupe d'épouvantails avec leurs longues robes déguenillées et leurs têtes emmaillotées comme s'ils avaient une rage de dents. De temps en temps, tout en transbahutant des paniers de terre, ils se mettaient à chanter – du moins je suppose que c'était censé être du chant – une espèce de mélopée bizarre qui n'en finissait pas. Je remarquai qu'ils avaient presque tous les yeux dans un état épouvantable – suppurants et collés – et qu'un ou deux d'entre eux

56

semblaient à moitié aveugles. J'étais en train de penser qu'ils formaient une bien pitoyable équipe quand le Pr Leidner me fit remarquer : « Ils ont fière allure, n'est-ce pas ? » Dans quel monde étrange vivions-nous et comment deux personnes voyant la même chose pouvaient-elles porter un regard si contraire ?

Au bout d'un moment, le Pr Leidner décréta qu'il retournait au camp de base prendre la tasse de thé qui coupait sa matinée. Nous nous y rendîmes ensemble et il m'apprit des tas de choses. Quand c'était lui qui expliquait, c'était tout différent. Je pouvais pour ainsi dire tout *voir* – les rues, les maisons – et il me montra des fours où ils cuisaient le pain et m'apprit que les Arabes utilisaient quasiment les mêmes aujourd'hui.

À notre arrivée, nous trouvâmes Mme Leidner debout. Elle semblait mieux, ce jour-là, moins frêle et moins épuisée. Le thé fut servi presque aussitôt et le professeur raconta à sa femme les découvertes de la matinée. Puis il retourna au travail et Mme Leidner me demanda si j'aimerais voir quelques-unes de leurs trouvailles. Il va de soi que j'acquiesçai, et elle m'entraîna dans la salle des antiquités. Tout un tas de choses y étaient rangées, surtout des poteries cassées et d'autres recollées et rafistolées. En ce qui me concerne, la totalité du lot aurait pu finir à la poubelle.

— Mon Dieu, mon Dieu, fis-je, dommage qu'elles soient toutes en mille morceaux, non ? Vous croyez que ça vaut vraiment la peine de les garder ?

Mme Leidner eut l'ombre d'un sourire :

— Ne dites jamais ça devant Éric. Les poteries l'intéressent plus que tout, et certaines de ces pièces sont les plus anciennes que nous possédions ; elles remontent à sept mille ans au bas mot.

Elle m'expliqua que plusieurs d'entre elles provenaient d'une très profonde « carotte » prélevée au cœur du tumulus et comment, il y avait des milliers d'années, elles avaient été brisées et mêlées à du bitume, montrant ainsi que les gens de l'époque ne savaient pas plus estimer leurs biens qu'on ne le faisait aujourd'hui.

— Et maintenant, dit-elle, je vais vous faire voir quelque chose de bien plus fascinant.

Elle descendit une boîte d'une étagère et me montra un splendide poignard en or au manche constellé de pierres bleu foncé.

Je poussai un cri d'admiration.

Mme Leidner se mit à rire.

— Oui, tout le monde aime l'or ! Excepté mon mari.

— Pourquoi ?

— D'abord, ça revient cher. Il faut le payer au poids de l'or à l'ouvrier qui le déterre.

— Seigneur Dieu ! m'écriai-je. Pourquoi ça ?

— C'est l'habitude. Et puis ça évite le vol. Vous comprenez, s'il leur arrivait de voler un objet quelconque, ce ne serait pas pour sa valeur archéologique mais pour la valeur du métal. Ils pourraient le fondre. Aussi leur facilite-t-on le fait d'être honnêtes.

Elle descendit un autre casier et me fit admirer une superbe coupe en or qu'ornaient des têtes de béliers.

Je m'émerveillai de nouveau.

— Oui, c'est beau, n'est-ce pas ? Celle-ci provient d'un tombeau princier. Nous avons mis au jour d'autres tombes royales, mais la plupart avaient été pillées. Cette coupe est notre plus belle trouvaille. C'est la plus jolie qui ait jamais été découverte où que ce soit. Akkadien primitif. Unique.

Soudain, sourcils froncés, Mme Leidner approcha la coupe de ses yeux et, de l'ongle, la gratta délicatement.

— C'est incroyable ! Il y a de la cire dessus. Quelqu'un a dû venir ici avec une bougie.

Elle détacha une petite écaille de cire et remit la coupe à sa place.

Après quoi elle me montra de curieuses figurines de terre cuite, presque toutes obscènes. Ces primitifs étaient vraiment des obsédés, c'est moi qui vous le dis !

Quand nous regagnâmes la véranda, nous y trouvâmes Mme Mercado qui se faisait les ongles. Elle tenait les mains à hauteur de regard pour admirer l'effet. D'après moi, il était difficile d'imaginer rien de plus atroce que ce rouge orangé.

Mme Leidner avait rapporté de la salle des antiquités une fine soucoupe en miettes, qu'elle se mit en devoir de reconstituer. Je la regardai faire un petit moment avant de lui proposer mon aide.

— Bien sûr ! Il y en a encore des tas.

Elle alla faire une ample moisson de tessons et nous nous mîmes au travail. J'eus vite fait d'attraper le coup de main et elle me félicita pour mon habileté. Je pense que la plupart des infirmières sont habiles de leurs doigts.

— Comme tout le monde s'active ! s'exclama Mme Mercado. Ça me donne l'impression d'être affreusement oisive. Mais c'est vrai : je suis affreusement oisive.

— Pourquoi pas, si ça vous plaît ? commenta Mme Leidner.

Elle avait parlé sur le ton de la plus totale indifférence.

À midi, nous déjeunâmes. Après quoi le Pr Leidner et M. Mercado nettoyèrent des poteries à l'aide d'une solution d'acide chlorhydrique. Un vase vira vers une ravissante couleur prune tandis qu'un autre laissa apparaître un motif de cornes de taureau. C'était vraiment magique. La gangue de boue séchée qui aurait résisté à tous les lavages disparaissait dans le bouillonnement de l'acide.

M. Carey et M. Coleman partirent pour les fouilles, et M. Reiter s'enferma dans l'atelier de photographie.

— Qu'est-ce que tu comptes faire, Louise ? demanda le Pr Leidner à sa femme. Une petite sieste, non ?

J'en déduisis que Mme Leidner avait l'habitude de s'étendre en début d'après-midi.

— Je me reposerai une heure. Et puis j'irai peut-être faire un petit tour.

— C'est bien, ça. Vous l'accompagnerez, mademoiselle, n'est-ce pas ?

— Bien sûr, dis-je.

— Non, non, protesta Mme Leidner, j'adore me promener seule. Il ne faut pas que notre demoiselle se croie sur le pied de guerre du matin au soir.

— Mais je serais ravie d'y aller, insistai-je.

— Non, je vous assure, je ne préfère pas. (Elle était très ferme, presque péremptoire.) J'ai besoin d'être seule de temps en temps. Ça m'est indispensable.

Je n'insistai pas, bien sûr. Mais comme je me retirais pour faire moi-même un somme, une idée me frappa : bizarre que Mme Leidner, qui souffrait de terreurs névrotiques, éprouve une telle envie de se promener seule, sans protection.

Quand je sortis de ma chambre à 15 h 30, il n'y avait personne dans la cour à l'exception du boy qui lavait les poteries dans un baquet de cuivre et de M. Emmott qui les triait. Je me dirigeais vers eux quand Mme Leidner, de retour de promenade, apparut sous le porche. Elle était plus rayonnante que jamais. Ses yeux brillaient, elle semblait en pleine forme, presque guillerette.

60

Le Pr Leidner sortit du laboratoire et alla à sa rencontre. Il lui montra un plat orné de cornes de taureau.

— Les couches préhistoriques fourmillent d'objets, dit-il. Jusqu'ici, la campagne a été bonne. Trouver ce tombeau dès le début, ç'a été un coup de chance. La seule personne qui pourrait se plaindre, c'est le père Lavigny. Nous n'avons pour ainsi dire pas encore trouvé de tablettes.

— Il n'a pas non plus tiré grand-chose de celles que nous avons déjà, ironisa Mme Leidner. C'est peut-être une sommité de l'épigraphie, mais il mériterait d'être aussi célèbre pour sa paresse. Il passe ses après-midi à dormir.

— Byrd nous manque, reconnut le Pr Leidner. Lavigny ne m'a pas toujours l'air très orthodoxe, bien que je n'aie pas la compétence pour en juger. Une ou deux de ses transcriptions m'ont paru surprenantes, pour ne pas dire plus. J'ai peine à croire, par exemple, qu'il soit dans le vrai pour cette brique gravée de l'autre jour... Mais, après tout, c'est lui qui doit savoir.

Après le thé, Mme Leidner me proposa un tour jusqu'au fleuve. Peut-être craignait-elle de m'avoir vexée en refusant que je l'accompagne un peu plus tôt.

Histoire de lui faire comprendre que je n'étais pas du genre susceptible, j'acceptai aussitôt.

Ce début de soirée était exquis. Un sentier se faufilait entre les champs d'orge et les vergers en fleurs. Nous arrivâmes sur les bords du Tigre. À notre gauche se dressait le tumulus où les ouvriers chantaient leur bizarre mélopée ; un peu à droite, la grande noria émettait son grincement. Au début, ce bruit m'avait porté sur les nerfs. Puis j'avais fini par l'aimer et trouver qu'il produisait sur moi un effet lénifiant. En aval de la noria s'étendait le village d'où venait la majeure partie des ouvriers.

— C'est assez beau, non ? me dit Mme Leidner.

— Tellement paisible. Ça me fait tout drôle d'être si loin de tout.

— Loin de tout, répéta Mme Leidner. Oui. Ici, au moins, il est permis de se croire en sécurité.

Je lui jetai un coup d'œil en coin, mais je crois qu'elle se parlait à elle-même plutôt qu'à moi et qu'elle ne s'était pas rendu compte qu'elle avait prononcé des mots aussi révélateurs.

Nous revînmes sur nos pas.

Soudain, Mme Leidner se cramponna à mon bras avec une telle violence que je faillis pousser un cri.

— Qui est-ce ? Qu'est-ce qu'il fait ?

Un peu plus loin, juste à l'endroit où le sentier longeait les bâtiments, un inconnu venait de s'arrêter. Il était vêtu à l'européenne et, dressé sur la pointe des pieds, semblait chercher à jeter un coup d'œil par une des fenêtres.

Comme nous le regardions, incrédules, il s'en rendit compte et, reprenant aussitôt sa marche, vint dans notre direction. Je sentis l'étreinte de Mme Leidner se resserrer davantage.

— Mademoiselle, chuchota-t-elle. Mademoiselle …

— Il n'y a rien à craindre, lui dis-je pour la rassurer. Absolument rien à craindre.

L'homme nous croisa et s'éloigna. C'était un Irakien et, dès qu'elle l'eut vu de près, Mme Leidner se détendit.

— Ce n'est qu'un Irakien, soupira-t-elle, soulagée.

Nous poursuivîmes notre route. En passant devant les fenêtres, j'y jetai un coup d'œil. Non seulement elles étaient munies de barreaux, mais elles étaient trop hautes pour qu'on puisse voir à l'intérieur, car le sentier se trouvait en contrebas par rapport à la cour.

— Simple élan de curiosité, dis-je.

Mme Leidner hocha la tête :

— Ce doit être ça. Mais, pendant un instant, j'ai cru...

Elle s'interrompit.

En moi-même, je me mis à marmonner : « Vous avez cru *quoi* ? C'est ça que j'aimerais savoir. Qu'est-ce que vous avez cru ? »

Mais je savais maintenant une chose : c'était d'un être de chair et de sang et d'une personne bien précise que Mme Leidner avait peur.

8

ALERTE NOCTURNE

Il n'est pas très facile de décider quels sont les événements notables survenus au cours de ma première semaine à Tell Yarimjah.

Quand je regarde en arrière avec tout ce que je sais aujourd'hui, je remarque un tas de petits indices et de détails qui ne m'avaient certes pas sauté aux yeux à l'époque.

Mais pour raconter cette histoire comme il faut, je crois que je dois m'efforcer de me replacer dans mon état d'esprit d'alors, quand j'étais troublée, inquiète, hantée par l'impression de plus en plus nette qu'il se passait quelque chose d'anormal.

Car une chose était certaine : cette curieuse sensation de malaise et de tension n'avait rien d'imaginaire. Elle était bien réelle. Même l'indécrottable Bill Coleman y faisait des allusions marquées.

— Cet endroit commence à me taper sur les nerfs, l'entendis-je déclarer un jour. Est-ce que ces gens font éternellement cette tête d'enterrement ?

Il parlait à David Emmott, l'autre assistant. J'avais un faible pour M. Emmott, sa réserve n'avait rien d'inamical, j'en étais persuadée. Il se dégageait de lui une rassurante impression de solidité dans cette atmosphère où chacun s'interrogeait sur ce que l'autre était en train de penser ou de ressentir.

— Non, répondit-il à M. Coleman. L'année dernière, ce n'était pas comme ça.

Mais il ne s'étendit pas davantage sur le sujet et ne chercha pas à prolonger la conversation.

— Ce que je n'arrive pas à comprendre, c'est de quoi il retourne, insista M. Coleman d'un ton chagrin.

Emmott haussa les épaules sans répondre.

J'eus une conversation assez édifiante avec Mlle Johnson. Je l'aimais beaucoup. Elle était compétente, intelligente et elle avait les pieds sur terre. Elle admirait le Pr Leidner jusqu'à la vénération et ça se voyait comme le nez au milieu de la figure.

À cette occasion, elle me raconta la vie du professeur depuis sa plus tendre enfance. Elle connaissait tous les sites qu'il avait explorés et le résultat de toutes ses explorations. Je parierais même qu'elle aurait pu citer des pans entiers des conférences qu'il avait données. À l'entendre, c'était le plus grand archéologue vivant.

— Et avec ça, il est simple. Si totalement détaché des contingences. Il ne sait pas ce que c'est que la prétention. Seul un grand homme peut se montrer aussi modeste.

— C'est vrai, acquiesçai-je. Les gens de valeur n'ont aucun besoin de se faire valoir.

— Et il est si gai… vous ne pouvez pas imaginer ce qu'on a pu s'amuser, Richard Carey, lui et moi, au cours des premières années de fouilles sur ce site. Nous formions une si joyeuse bande. Richard Carey avait travaillé avec lui en Palestine, bien sûr. Leur amitié remontait déjà à une dizaine d'années. Moi ? Ça fait sept ans que je le connais.

— Ce qu'il est bel homme, M. Carey, glissai-je.

— Oui… peut-être bien.

Elle avait dit ça d'un ton plutôt bref.

— Mais il est un petit peu renfermé, non ?

— Il n'a pas toujours été comme ça, fit-elle avec vivacité. C'est seulement depuis…

Elle s'interrompit.

— Seulement depuis… ? insistai-je.

— Bah ! (Elle eut un haussement d'épaules qui en disait long.) Tant de choses ont changé, au jour d'aujourd'hui.

Je ne relevai pas. J'espérais qu'elle continuerait sur sa lancée ; ce qu'elle fit, non sans annoncer son commentaire par un petit rire, comme pour en minimiser l'importance.

— J'ai bien peur de n'être plus qu'une vieille rabat-joie d'un autre âge. Je me dis parfois que si la femme d'un archéologue ne s'intéresse pas à ses travaux, elle ferait mieux de ne pas accompagner la mission. Ça ne peut qu'engendrer des frictions.

— Mme Mercado…, suggérai-je.

— Oh, elle ! (Mlle Johnson balaya de la main mon idée et Mme Mercado.) C'est à Mme Leidner que je pensais. C'est une femme qui a beaucoup de charme, et tout le monde peut comprendre pourquoi le Pr Leidner en est tombé amoureux. Mais je ne peux pas m'empêcher de penser qu'elle n'est pas à sa place ici. Elle... ça crée des problèmes, quoi !

Mlle Johnson était donc d'accord avec Mme Kelsey pour dire que « Mona Louisa » était responsable de la tension ambiante. Mais alors que venaient faire là ses accès de terreur ?

— Tout ça le perturbe, lui, insista Mlle Johnson. Bien sûr, je sais que je me conduis comme un vieux chien fidèle qui ne peut pas s'empêcher d'être jaloux. Mais je n'aime pas le voir à ce point harassé et fou d'angoisse. Il faudrait qu'il puisse se consacrer entièrement à son œuvre, au lieu d'être accaparé par sa femme et ses terreurs idiotes ! Si ça l'effraie de vivre hors des sentiers battus, elle n'a qu'à rester chez elle. Je n'ai aucune patience avec les gens qui débarquent quelque part et qui ne font plus que ronchonner une fois qu'ils sont dans la place.

Craignant sans doute d'avoir été un peu trop loin, elle ajouta :

— Ce n'est pas que je ne l'admire pas. Au contraire. C'est une très jolie femme et elle sait se montrer adorable quand l'envie lui en prend.

La conversation retomba. Et en resta là.

Je me dis alors que c'était vraiment toujours la même chanson : partout où des femmes se retrouvent ensemble, il y a de la jalousie dans l'air. Mlle Johnson n'aimait manifestement pas l'épouse de son patron – ce qui était sans doute dans l'ordre des choses – et, à moins

que je ne m'abuse, Mme Mercado la haïssait cordiale-
ment.

Si une autre personne encore n'aimait pas
Mme Leidner, c'était bien Sheila Reilly. Elle vint à
plusieurs reprises sur le site, une fois en voiture et deux
fois avec un jeune homme à cheval. Je veux dire qu'il
y avait deux chevaux bien sûr. Je m'étais même mis
une idée en tête : elle avait un faible pour notre jeune
Américain taciturne, M. Emmott. Quand il travaillait sur
le chantier, elle traînait dans les parages pour bavarder
avec lui, et j'ai comme l'impression que lui aussi avait
un faible pour elle.

Un jour, au cours du déjeuner, Mme Leidner évoqua
le sujet d'une façon que je jugeai un peu déplacée.

— La petite Reilly court toujours après David, fit-
elle avec un rire bref. Mon pauvre David, elle vous
relance jusqu'au chantier ! Ce que les filles peuvent être
bêtes !

M. Emmott ne répliqua pas, mais il rougit violemment sous son hâle. Il leva les yeux et la fixa droit dans
les siens avec une expression étrange ; un regard
appuyé, assuré et comme lourd de défi.

Elle esquissa un sourire et se détourna.

Le père Lavigny marmonna quelque chose d'incom-
préhensible, mais quand je lançai « Pardon ? », il se
contenta de hocher la tête au lieu de répéter ce qu'il
avait dit.

Cet après-midi-là, il me fit des confidences :

— Pour tout vous dire, au début, je ne l'aimais pas
tellement, Mme Leidner. Elle avait la manie de me sauter
sur le poil chaque fois que j'ouvrais la bouche. Mais je
commence à la comprendre un peu mieux. C'est une des
femmes les plus aimables que j'ai jamais rencontrées.

Vous vous surprenez à lui confesser vos incartades sans même l'avoir prémédité. Elle a une dent contre Sheila, je sais, mais il faut dire que Sheila a été rudement grossière avec elle une ou deux fois. C'est ça le pire, avec Sheila : elle n'a aucun savoir-vivre. Sans parler de son caractère de cochon !

Ça, je le croyais sans peine. Le Dr Reilly l'avait pourrie.

— Bien sûr, comme elle est la seule fille du coin, elle a un peu tendance à se croire tout permis. Mais ça n'excuse pas qu'elle parle à Mme Leidner comme si c'était son arrière-grand-mère. Mme Leidner n'est plus une jeunette, mais c'est une fichtrement belle femme. Un peu du genre de ces créatures surnaturelles qui surgissent des marais dans un halo et qui vous embobinent avec leurs sortilèges. Sheila, elle, ce n'est pas le genre sortilèges et séductions, ajouta-t-il non sans amertume. Tout ce qu'elle sait faire, c'est rembarrer les garçons.

Je ne me souviens que de deux autres incidents de quelque intérêt.

Le premier eut lieu quand j'allai au laboratoire prendre de l'acétone pour me nettoyer les mains, poissées par la colle dont nous nous servions pour recoller les tessons. M. Mercado était assis dans un coin, la tête sur les bras, et je crus qu'il dormait. Je pris le flacon que je cherchais et l'emportai avec moi.

Ce soir-là, à ma stupeur, Mme Mercado m'attendait au tournant :

— Vous avez pris un flacon d'acétone au labo ?

— Oui, dis-je. C'est exact.

— Vous savez parfaitement qu'il y en a toujours une fiole dans la salle des antiquités ! fit-elle, furibonde.

— Ah bon ? Je n'en savais rien.

— Bien sûr que si, vous le saviez ! Vous êtes venue espionner, un point c'est tout. Je les connais, les infirmières.

Je la regardai droit dans les yeux.

— Je ne vois pas à quoi vous faites allusion, madame, dis-je avec dignité. Ce que je sais, c'est que je n'ai aucune intention d'espionner qui que ce soit.

— Ben voyons ! Bien sûr que non. Vous croyez peut-être que j'ignore le but de votre présence ici ?

Ma parole, pendant un moment, je crus qu'elle avait bu. Je m'éloignai sans ajouter un mot. Mais ça m'avait fait un drôle d'effet.

Le deuxième incident ne fut qu'une broutille. J'étais en train d'essayer d'apprivoiser une pauvre bête de chien avec un morceau de pain. Il était très craintif, comme tous les chiens arabes, et semblait convaincu que je ne lui voulais pas de bien. Il détala et je le suivis sous le porche puis, une fois dehors, jusque de l'autre côté de la maison. Mais je pris si mal mon virage qu'avant d'avoir eu le temps de rien voir, j'avais déjà percuté, tête baissée, le père Lavigny et un homme qui lui tenait compagnie – tout ça pour m'apercevoir tout d'un coup qu'il s'agissait de l'individu que Mme Leidner et moi avions surpris en train d'essayer de regarder par la fenêtre.

Je me confondis en excuses, le père Lavigny sourit et, après un mot d'adieu à l'homme en question, revint avec moi jusqu'à la maison.

— Tel que vous me voyez, me dit-il, je suis mort de honte. Je suis censé tout connaître des langues orientales et aucun des ouvriers du chantier ne me comprend. Vous ne trouvez pas ça humiliant ? J'étais en train d'essayer de tester mon arabe sur cet individu, qui est citadin, pour voir si ça marchait mieux, mais je n'ai pas eu beaucoup de succès. Leidner prétend que mon arabe est trop classique.

Ce fut tout. N'empêche que je trouvai bizarre que le même homme soit encore à rôder dans les parages.

Cette nuit-là, ce fut la panique.

Il ne devait pas être loin de 2 heures du matin. J'ai le sommeil léger, ainsi qu'il est indispensable à une bonne infirmière. Ce qui fait que j'étais réveillée et assise dans mon lit quand la porte de ma chambre s'ouvrit.

— Mademoiselle, mademoiselle !

C'était la voix de Mme Leidner, basse et pressante. Je craquai une allumette et allumai ma bougie.

Elle était sur le seuil, dans un long peignoir bleu. Elle avait l'air à demi morte d'épouvante :

— Il y a quelqu'un... quelqu'un... dans la pièce à côté de ma chambre... Je l'ai entendu... je l'ai entendu gratter au mur.

Je sautai à bas de mon lit et la rejoignis.

— Voyons, je suis là. N'ayez pas peur.

— Allez chercher Éric, chuchota-t-elle.

Je hochai la tête et courus frapper à la porte du professeur. En un rien de temps, il arriva tout courant. Assise sur mon lit, Mme Leidner cherchait son souffle entre les hoquets.

— Je l'ai entendu, psalmodiait-elle. Je l'ai entendu... il grattait contre le mur.

— Quelqu'un dans la salle des antiquités ? s'écria le Pr Leidner.

Il se rua dehors, et m'apparut alors la différence de leurs réactions. Mme Leidner n'avait jamais peur que pour elle, tandis que le professeur avait tout de suite pensé à ses précieux trésors.

— La salle des antiquités ! respira enfin Mme Leidner. Bien sûr ! Ce que je peux être bête !

70

Elle se releva et, resserrant son peignoir autour d'elle, m'intima l'ordre de la suivre. Elle était loin, la peur panique !

Nous arrivâmes à la salle des antiquités pour y trouver le Pr Leidner ainsi que le père Lavigny. Ce dernier avait lui aussi entendu un bruit, s'était levé pour voir ce qui se passait et avait cru distinguer une lumière dans la salle des antiquités. Enfiler ses pantoufles et trouver sa torche électrique lui avait fait perdre du temps, et il n'avait trouvé personne en arrivant sur les lieux. La porte, qui plus est, était dûment fermée à clef, comme il se devait pendant la nuit.

Le temps qu'il s'assure que rien n'avait été volé et le Pr Leidner l'avait rejoint.

Impossible d'en savoir davantage. Le portail était bouclé. Le poste de garde jura ses grands dieux que personne n'avait pu entrer, mais comme les hommes dormaient probablement tous à poings fermés, ce n'était pas très concluant. On ne trouva en tout cas aucune trace d'intrusion, et rien n'avait été dérobé.

Il était possible que Mme Leidner n'ait rien entendu d'autre que le bruit fait par le père Lavigny quand il avait descendu quelques boîtes des étagères pour s'assurer que tout était en ordre.

Seulement le père Lavigny ne démordait pas d'avoir (a) entendu des pas devant sa fenêtre et (b) vu vaciller une lumière, peut-être celle d'une torche électrique, dans la salle des antiquités.

Parmi les autres, personne n'avait rien vu ni rien entendu.

Cet incident joue un rôle important dans mon récit parce qu'il poussa Mme Leidner à me faire des confidences, le lendemain.

9

L'HISTOIRE DE MME LEIDNER

Nous venions de finir de déjeuner. Mme Leidner gagna sa chambre pour sa sieste habituelle. Je l'installai sur son lit parmi ses oreillers, lui donnai son livre, et j'allais quitter la pièce quand elle me rappela :

— Ne partez pas, mademoiselle, j'aimerais vous parler.

Je pivotai sur mes talons.

— Fermez la porte.

J'obtempérai.

Elle se leva de son lit et se mit à arpenter la chambre. Je compris qu'elle essayait de peser le pour et le contre, et je me gardai bien d'intervenir. Elle était manifestement dans un état de profonde indécision.

En fin de compte elle parut avoir pris son parti. Elle se tourna vers moi et me dit tout à trac :

— Asseyez-vous.

Je m'installai près de la table sans desserrer les dents.

— Vous devez vous demander le pourquoi de ce qui se passe, préluda-t-elle d'un ton haché.

Je me contentai de hocher la tête sans mot dire.

— J'ai décidé de tout vous raconter… tout ! Il faut que je vide mon cœur devant quelqu'un ; sans ça je vais devenir folle.

— Ma foi, dis-je, je crois que c'est ce qui vaut le mieux. Ce n'est jamais facile de savoir où mettre les pieds quand on est en plein brouillard.

Elle arrêta son va-et-vient indécis et me fit face :

— Vous savez de quoi j'ai peur ?

— D'un homme, dis-je.

— Exact. Mais je n'ai pas dit « de qui ? »… j'ai dit « de quoi ? ».

J'attendis sans broncher.

— *J'ai peur d'être assassinée !*

Bon, c'était enfin sorti. Pas question que j'en fasse tout un plat. Elle était déjà assez troublée comme ça.

— Allons bon ! fis-je, placide. Alors c'est donc ça ?

Elle se mit soudain à rire. À rire, à rire… tant et si bien que les larmes lui ruisselèrent le long des joues.

— La façon dont vous avez dit ça ! hoqueta-t-elle. La façon dont vous l'avez dit…

— Allons, voyons, la grondai-je. Nous voilà bien avancées.

Je la fis asseoir sur une chaise, allai chercher une éponge humectée sur la table de toilette et lui baignai le front et les poignets.

— Assez de sottises, poursuivis-je. Soyez raisonnable et racontez-moi tout ça calmement.

Elle se reprit. Elle se redressa sur sa chaise et parla de sa voix habituelle :

— Vous êtes incroyable, mademoiselle. Avec vous, j'ai l'impression d'avoir cinq ans. Je vais tout vous raconter.

— Voilà qui est bien. Prenez votre temps, ne vous pressez pas.

Elle commença son récit d'une voix lente et mesurée :

— Quand j'ai eu 20 ans, je me suis mariée. Avec un garçon qui travaillait au département d'État. C'était en 1918.

— Je sais, Mme Mercado m'en a parlé. Il a été tué à la guerre.

Mais Mme Leidner secoua la tête :

— C'est ce qu'elle croit. C'est ce que tout le monde croit. La vérité, c'est autre chose. J'étais une patriote enragée, à cet âge-là, enthousiaste, idéaliste. Et je n'étais pas mariée depuis plus de quelques mois quand j'ai découvert, par le plus grand des hasards, que mon mari était un espion à la solde des Allemands. J'ai appris, entre autres, que les renseignements qu'il avait transmis avaient bel et bien provoqué le torpillage d'un navire de transport américain et la perte de centaines de vies humaines. Je ne sais pas ce que la plupart des gens auraient fait... mais voilà ce que j'ai fait, moi. Je suis allée trouver mon père, qui travaillait au ministère de la Guerre, et lui ai fait part de la vérité. À la suite de quoi Frederick a bien été tué au cours de la guerre... mais pas au front : aux États-Unis... fusillé comme espion.

— Oh, mon Dieu, mon Dieu ! m'écriai-je. Mais c'est épouvantable !

— Oui, fit-elle. Ç'a été épouvantable. Et dire qu'il était si gentil... si doux... Et que pendant tout ce temps... Mais je n'ai pas hésité une seconde. Peut-être que j'ai eu tort.

— C'est difficile à dire. Je ne sais vraiment pas ce qu'on peut faire dans ces cas-là.

— Ce que je vous raconte là n'a jamais filtré hors du département d'État. Officiellement, mon mari a été tué au front. En tant que veuve de guerre, j'ai eu droit aux condoléances d'usage et à la sympathie générale.

Il y avait de l'amertume dans sa voix, et je dodelinai de la tête d'un air compatissant.

— J'ai reçu des tas de demandes en mariage, que j'ai toujours repoussées. Le choc avait été trop rude. J'avais l'impression que je ne pourrais plus jamais faire confiance à personne.

— Oui, je pense que j'aurais réagi comme vous.

— Et puis je suis tombée amoureuse d'un garçon.
J'ai failli dire oui. Et puis il s'est produit une chose
stupéfiante ! J'ai reçu une lettre anonyme – de Frederick
– disant que si jamais j'en épousais un autre, il me
tuerait !

— De Frederick ? Votre défunt mari ?

— Oui. Oh, bien sûr, j'ai d'abord cru que j'étais
tombée sur la tête, ou que c'était un cauchemar… J'ai
fini par aller voir mon père. Il m'a avoué la vérité. Mon
mari n'avait pas été fusillé. Il avait réussi à s'évader,
mais son évasion ne lui avait pas servi à grand-chose :
il avait été victime d'une catastrophe ferroviaire quelques semaines plus tard et son cadavre avait été identifié
parmi d'autres. Mon père m'avait caché son évasion et,
comme il était mort, il n'avait pas cru bon de me dire
quoi que ce soit.

» Mais la lettre que j'avais reçue remettait tout en
question. Était-il possible que mon mari soit encore
vivant ?

» Mon père a repris l'affaire depuis le début. Il s'est
livré à des recherches approfondies et m'a assuré que,
pour autant qu'on puisse humainement le savoir, le
corps qui avait été inhumé était bien celui de Frederick.
Il avait été en partie défiguré, ce qui interdisait toute
certitude absolue, mais il m'a réitéré son absolue conviction : Frédérick était mort, et cette lettre, un canular
aussi cruel que malveillant.

» Le même processus s'est reproduit, et pas qu'une
fois. Sitôt que je semblais m'attacher à un homme, je
recevais une lettre de menaces.

— De l'écriture de votre mari ?

— Difficile d'en être sûre. Je ne possédais pas de
lettres de lui. Je ne pouvais me fier qu'à ma mémoire.

— Il n'y avait aucune allusion, aucune tournure de phrase qui aurait pu vous donner une certitude ?

— Non. Certains détails – des surnoms tendres connus de nous seuls, par exemple – auraient pu dissiper mon incertitude, mais il n'y en avait pas.

— Oui, fis-je, pensive. C'est bizarre. Ça pourrait donner l'impression qu'il ne s'agissait pas de votre mari. Mais est-ce que ça aurait pu être quelqu'un d'autre ?

— Il y a une possibilité. Frederick avait un frère cadet – un gamin de 10-12 ans au moment de notre mariage. Il idolâtrait Frederick et Frederick l'adorait. Ce qu'est devenu ce gosse – il s'appelait William –, je n'en sais rien. Mais étant donné son adoration pour son frère aîné, il n'est pas exclu qu'il ait grandi avec dans la tête l'idée que j'étais responsable de sa mort. Il s'était toujours montré jaloux de moi : pourquoi n'aurait-il pas inventé ce stratagème pour me punir ?

— Oui, pourquoi pas ? murmurai-je. C'est incroyable ce qui peut rester gravé dans la mémoire des enfants qui ont subi un choc.

— Je sais. Ce gosse peut avoir voué sa vie à la vengeance.

— Poursuivez, je vous en prie.

— Il n'y a plus grand-chose à dire. J'ai rencontré Éric il y a trois ans. Pas un instant je n'avais songé à l'épouser. Il m'a fait changer d'avis. Jusqu'au matin même de notre mariage, je me suis attendue à recevoir une lettre de menaces. Rien. J'en ai conclu que – quel qu'il puisse être – l'auteur des lettres était mort ou s'était lassé de son jeu cruel. Mais deux jours après notre mariage, j'ai reçu ceci.

Déverrouillant une petite mallette posée sur la table, elle en sortit une lettre qu'elle me tendit.

L'encre en était un peu pâlie. L'écriture, assez fémi-nine, était penchée vers la droite.

Tu m'as désobéi. Cette fois-ci, tu ne t'en tireras pas comme ça. Tu resteras la femme de Frederick Bosner, et de personne d'autre ! Tu vas mourir.

— J'étais terrorisée – mais peut-être pas autant que j'aurais dû. Le fait d'être avec Éric me rassurait. Et puis, au bout d'un mois, j'ai reçu une deuxième lettre : *Je n'ai pas oublié. Je parfais mes plans. Tu vas mourir. Pourquoi m'as-tu désobéi ?*

— Votre mari est au courant de tout ça ?

— Il sait que j'ai reçu des menaces, répondit Mme Leidner avec lenteur. À l'arrivée de la seconde, je lui ai montré les deux lettres. Il avait tendance à penser qu'il s'agissait d'un canular. Ou alors que quelqu'un vou-lait me faire chanter en prétendant que mon premier mari était vivant.

Elle s'interrompit un instant, puis reprit :

— Quelques jours après l'arrivée de la deuxième lettre, nous avons réchappé de justesse à une intoxica-tion par le gaz. Quelqu'un s'était introduit dans notre appartement pendant notre sommeil et avait ouvert le robinet. Par chance, je me suis réveillée et j'ai senti l'odeur à temps. C'est là que j'ai craqué. J'ai raconté à Éric comment j'avais été persécutée des années durant, et je lui ai dit que j'étais persuadée que ce fou avait bel et bien l'intention de me tuer. Je crois que c'est là, pour la première fois, que j'ai été sûre et certaine qu'il s'agis-sait bien de Frederick. Il y avait toujours eu quelque chose d'implacable sous sa douceur.

» Éric s'est montré, je crois, moins inquiet que moi. Il voulait se contenter d'alerter la police. Naturellement, il n'en était pas question pour moi. Alors nous avons décidé que je l'accompagnerais ici et que, par précaution, je passerais l'été entre Londres et Paris au lieu de regagner les États-Unis.

» Nous avons fait ce que nous avions dit, et tout s'est bien passé. À partir de là, je me suis cru délivrée. Après tout, nous avions mis la moitié du globe entre mon ennemi et nous.

» Et puis soudain il y a un peu plus de trois semaines, j'ai reçu une lettre, postée en Irak.

Elle me tendit une troisième lettre.

Tu as cru que tu pourrais m'échapper. Tu as eu tort. Pas question que tu vives en m'étant infidèle. Je te l'avais toujours dit. Ta mort est proche, très proche.

— Et puis, il y a une semaine… *ça !* Posé là sur la table. Ça n'avait même pas transité par la poste.

Je lui pris le papier des mains. Trois mots y étaient griffonnés :

Je suis là.

Elle me regarda dans les yeux :

— Vous avez vu ? Vous comprenez, maintenant ? Il va me tuer. C'est peut-être Frederick… c'est peut-être le petit William… *mais il va me tuer.*

Sa voix s'était faite frémissante. Je lui pris le poignet.

— Allons… allons…, la grondai-je. Ne vous laissez pas aller. Nous sommes tous là à veiller sur vous. Vous n'auriez pas des sels ?

Elle me désigna la table de toilette, et je lui en fis respirer une généreuse rasade.

— Là, ça va tout de suite mieux, lui dis-je en voyant la couleur lui revenir aux joues.

— Oui, je me sens mieux. Mais, oh ! mademoiselle, vous comprenez pourquoi je suis dans un tel état ? Quand j'ai vu cet homme regarder par la fenêtre, je me suis dit : ça y est, c'est lui… Même quand c'est vous qui êtes arrivée, j'ai eu des soupçons. J'ai cru que vous étiez peut-être un homme déguisé.

— Quelle idée !

— Oh, je sais que ça peut paraître grotesque. Mais vous auriez pu être en cheville avec lui… et ne pas être du tout infirmière.

— Mais c'est absurde !

— Peut-être bien. Mais est-ce que je sais encore ce qui est absurde et ce qui ne l'est pas ?

Frappée par une idée soudaine, je lui demandai :

— Votre ancien mari, vous le reconnaîtriez, j'imagine ?

— Je n'en sais rien, répondit-elle lentement. Ça remonte à plus de quinze ans. Je serais bien capable de ne pas reconnaître son visage.

Elle frissonna :

— Je l'ai vu une nuit… mais c'était une tête de mort. J'avais entendu tambouriner à la fenêtre. Et soudain j'ai vu une tête derrière la vitre, une tête de mort, horrible, grimaçante. J'ai hurlé comme une folle… Et ils m'ont juré qu'il n'y avait rien du tout !

Je me souvins des racontars de Mme Mercado.

— Vous ne croyez pas que vous avez rêvé tout ça ?

— Je suis sûre que non !

J'en étais moins persuadée. C'était le genre de cauchemar tout ce qu'il y a de vraisemblable étant donné les circonstances et qui pouvait, au réveil, être pris pour la réalité. Mais ma règle est de ne jamais contrarier mes patients. Je la calmai tant bien que mal et lui fis remarquer que si un étranger débarquait dans le voisinage, il ne passerait pas inaperçu.

Je la laissai, un peu rassérénée, je crois, et partis à la recherche du professeur pour lui rapporter notre conversation.

— Je suis heureux qu'elle se soit confiée à vous, me dit-il, plutôt détaché. J'étais horriblement inquiet. Je suis sûr que ces histoires de visage au carreau et de coups frappés à la fenêtre, elle les a inventées de toutes pièces. Mais je ne savais pas quoi faire. Qu'est-ce que vous pensez de tout ça ?

Je ne compris pas pourquoi il parlait sur ce ton-là, mais je répondis du tac au tac :

— Il n'est pas exclu que ces lettres ne soient qu'un affreux canular.

— Oui, c'est bien probable. Mais que pouvons-nous faire ? Ça la rend folle. Je ne sais plus que penser.

Je n'en savais rien moi non plus. Il n'était pas impossible qu'il y ait une femme derrière tout ça. Ces lettres avaient quelque chose de féminin. Dans un coin de ma tête, je songeai à Mme Mercado.

Supposons qu'elle ait appris par hasard la vérité sur le premier mariage de Mme Leidner. Elle aurait pu satisfaire sa rancune en terrorisant sa rivale.

Je ne m'aventurai pas à faire part de cette hypothèse au Pr Leidner. C'est tellement difficile de savoir comment les gens peuvent réagir à ce genre de chose.

— Allons ! fis-je d'un ton enjoué, faisons confiance à l'avenir. Après s'être confiée, votre femme m'a paru soulagée. Ça fait toujours du bien, vous savez. C'est de tout garder pour soi qui use les nerfs.

— Je suis très heureux qu'elle vous ait dit tout ça, répéta-t-il. C'est bon signe. Ça prouve qu'elle vous aime bien et qu'elle vous fait confiance. Je ne savais plus à quel saint me vouer.

J'avais ça sur le bout de la langue : lui demander s'il avait pensé à prévenir discrètement la police locale, mais, après coup, je fus bien contente de m'être abstenue.

Car voici ce qui arriva. Le lendemain, M. Coleman devait se rendre à Hassanieh pour y chercher la paie des ouvriers. Il en profiterait pour remettre notre courrier à la poste aérienne.

Sitôt nos lettres écrites, nous les déposions dans un coffret de bois placé sur l'appui de fenêtre de la salle à manger. Ce soir-là, M. Coleman les prit et les tria par paquets qu'il entoura d'élastiques.

Soudain, il poussa une exclamation.

— Qu'y a-t-il ? demandai-je.

Hilare, il me tendit une enveloppe :

— Encore un coup de Mona Louisa... Pas de doute, elle devient vraiment folle. La voilà qui adresse une lettre à quelqu'un 42nd Street, Paris, France. Ça ne m'a pas l'air de coller, non ? Ça ne vous ennuierait pas d'aller lui demander ce qu'elle voulait mettre au juste ? Elle vient d'aller se coucher.

Je pris l'enveloppe et courus chez Mme Leidner, qui rectifia l'adresse.

C'était la première fois que je voyais son écriture, et je me demandai où j'avais bien pu la voir avant, parce qu'elle m'était tout ce qu'il y a de familière.

Ce n'est qu'au milieu de la nuit que ça me revint.

Si on néglige le fait qu'elle était plus large et beaucoup plus irrégulière, *elle ressemblait comme deux gouttes d'eau à celle des lettres anonymes*.

Mon cerveau était en ébullition.

Mme Leidner avait-elle écrit ces lettres elle-même ?

Et le Pr Leidner s'en doutait-il ?

10

SAMEDI APRÈS-MIDI

Mme Leidner s'était épanchée un vendredi.

Le samedi matin, l'ambiance générale semblait s'être rafraîchie.

Mme Leidner, en particulier, eut tendance à jouer avec moi les indifférentes et à éviter ostensiblement toute possibilité de tête-à-tête. Je n'en fus pas étonnée. C'est toujours la même chose : les femmes du monde racontent des tas de choses à leur infirmière dans un élan d'abandon et puis, après, elles se sentent gênées et regrettent leurs confidences ! C'est la nature humaine qui veut ça.

Je pris bien garde de ne faire aucune allusion à ce qu'elle m'avait dit la veille. Je me cantonnai dans les domaines les plus terre à terre.

M. Coleman, qui, cette fois, conduisait lui-même la fourgonnette, était parti pour Hassanieh au petit matin, le courrier dans un sac. Il était chargé de deux ou trois courses pour les membres de l'expédition. Et, comme c'était jour de paie, il devait passer chercher à la banque monnaie et petites coupures. Ce n'était pas une mince affaire et il ne comptait pas être de retour avant le courant de l'après-midi. Je le soupçonnai d'avoir prévu de déjeuner avec Sheila.

Les jours de paie, l'activité sur le chantier se relâchait un peu l'après-midi, car on commençait la distribution à partir de 15 h 30.

Abdallah, le boy chargé de laver les poteries, était installé comme d'habitude au milieu de la cour et avait repris sa mélopée nasale. Le Pr Leidner et M. Emmott avaient décidé de faire je ne sais trop quoi aux poteries en attendant le retour de M. Coleman, et M. Carey prit le chemin des fouilles.

Mme Leidner alla s'étendre dans sa chambre. Je l'installai comme à l'accoutumée, puis me rendis chez moi en emportant un livre, car je n'avais pas sommeil. Il n'était pas loin de 12 h 45 et je passai fort agréablement les deux heures suivantes. Je lisais *Meurtre à la clinique*, un roman des plus captivants, même si d'après moi l'auteur n'en connaissait pas lourd sur le fonctionnement d'une clinique ! En tout cas, je n'avais jamais vu pareille clinique ! J'avais très envie d'écrire à l'auteur pour lui suggérer les corrections indispensables.

Lorsque je refermai enfin mon livre – c'était la femme de chambre qui avait fait le coup, une rouquine que je n'avais pas soupçonnée une minute ! –, j'eus la surprise de voir à ma montre qu'il était 14 h 40 !

Je me levai, rajustai mon uniforme et sortis dans la cour.

Abdallah était encore à récurer ses poteries tout en moulinant sa rengaine déprimante, et David Emmott, debout près de lui, triait les vases nettoyés et rangeait les tessons dans des boîtes en attendant la restauration. Je marchais dans leur direction quand je vis le Pr Leidner qui descendait l'escalier de la terrasse.

— Nous n'avons pas perdu notre après-midi ! fit-il, tout joyeux. J'ai fait pas mal de nettoyage par le vide, là-haut. Louise sera contente. Elle qui se plaignait du manque de place pour se promener ! Je vais lui annoncer la bonne nouvelle.

Il alla à la porte de sa femme, frappa et entra.

Je crois qu'il ne se passa guère plus d'une minute et demie avant qu'il ne ressorte. Je regardais justement par là. Ce fut comme dans un cauchemar. Il était entré heureux, ravi. Il ressortit comme un homme ivre, incapable de se tenir sur ses jambes, le visage hébété.

— Mademoiselle… ! m'appela-t-il d'une drôle de voix, étranglée. Mademoiselle…

Je vis tout de suite que quelque chose n'allait pas et me précipitai. Il était dans tous ses états, visage blafard, ravagé, et semblait sur le point de tourner de l'œil.

— Ma femme…, balbutia-t-il. Ma femme… oh ! mon Dieu…

Je l'écartai et me ruai dans la chambre. J'en eus le souffle coupé.

Mme Leidner était recroquevillée par terre, au pied du lit, dans une posture atroce.

Je me penchai sur elle. Elle était bien morte, et depuis une heure au moins. La cause du décès sautait aux yeux : un coup terrible asséné sur le devant du crâne, juste au-dessus de la tempe droite. Elle avait dû se lever de son lit et être abattue à l'endroit même où elle était tombée.

Je touchai le moins possible au cadavre.

Je jetai un coup d'œil autour de moi pour voir s'il n'y avait pas un indice quelconque, mais rien ne semblait avoir été touché, rien ne paraissait en désordre. Les fenêtres étaient fermées au loquet et il n'y avait pas la moindre cachette où aurait pu se dissimuler le meurtrier. Apparemment, il avait filé depuis un bon moment.

Je sortis en fermant la porte derrière moi.

Le Pr Leidner avait fini par s'évanouir. David Emmott, qui était près de lui, leva vers moi un visage blême et interrogateur.

En quelques mots prononcés à voix basse, je lui expliquai ce qui s'était passé.

Comme je l'avais toujours pensé, c'était la personne idéale sur qui se reposer en cas de problème. Il possédait un calme et un sang-froid parfaits. Ses yeux bleus étaient écarquillés, mais à part ça, il ne laissait deviner aucun trouble.

Il réfléchit deux secondes, puis me dit :

— Il faudrait prévenir la police le plus tôt possible. Bill devrait rentrer d'une seconde à l'autre. Qu'est-ce qu'on va faire de Leidner ?

— Aidez-moi à le porter dans sa chambre.

Il hocha la tête.

— Il vaudrait peut-être mieux boucler d'abord cette porte, non ?

Il tourna la clef de Mme Leidner, l'ôta de la serrure et me la tendit :

— Il me semble que c'est à vous de la garder, mademoiselle. Et maintenant, allons-y !

Ensemble, nous soulevâmes le Pr Leidner, le transportâmes jusqu'à sa chambre et l'installâmes sur son lit. M. Emmott courut chercher du brandy. Il revint, escorté de Mlle Johnson.

Elle avait la mine anxieuse et les traits tirés, mais elle restait calme et efficace, et je fus soulagée de pouvoir abandonner le professeur entre ses mains.

Je me ruai dans la cour : la « familiale » passait le porche. Je pense que nous eûmes tous un choc en voyant le visage rond et rose de Bill qui sauta de son siège en poussant son cri de guerre habituel :

— Salut la compagnie ! V'là vos sous !

Il enchaîna sur le même ton :

— Non, mais vous vous rendez compte ? Même pas eu droit à l'attaque de la diligence !

Puis il s'arrêta net :

— Hé ! Qu'est-ce qui se passe ici ? Qu'est-ce qui vous arrive ? Le chat a bouffé le canari ou quoi ?

M. Emmott ne tourna pas autour du pot :

— Mme Leidner est morte. Elle a été tuée.

— Quoi ?

Le visage jovial de Bill changea clownesquement du tout au tout. Les yeux lui sortaient maintenant de la tête.

— La mère Leidner, morte ? Vous me faites marcher !

— Morte ? entendis-je en même temps crier dans mon dos d'un ton suraigu.

Je me retournai, c'était Mme Mercado :

— Vous dites que Mme Leidner a été tuée ?

— Oui, dis-je. Assassinée.

— Non ! hoqueta-t-elle. Oh, non ! Vous ne me ferez pas croire ça. Elle a dû se suicider.

— Les gens qui se suicident ne le font pas en se tapant sur la tête, fis-je d'un ton coupant. C'est bien un assassinat, madame Mercado.

Elle se laissa choir sur une caisse retournée :

— Oh ! mais c'est horrible… horrible…

Bien sûr, que c'était horrible. Nous n'avions pas besoin qu'elle vienne nous le répéter ! Je me demandai si ce n'était pas le remords qui la rongeait, après toutes les méchancetés qu'elle avait débitées sur le compte de la défunte.

Au bout d'un instant, elle demanda en cherchant son souffle :

— Qu'est-ce que vous allez faire ?

Sans se départir de son calme, M. Emmott prit la direction des opérations :

— Bill, il faudrait que tu retournes à Hassanieh le plus vite possible. Je n'ai aucune idée de la marche à suivre. Le mieux serait d'aller trouver le capitaine Maitland, je crois que c'est lui le patron de la police. Va d'abord voir le Dr Reilly. Il saura ce qu'il faut faire.

M. Coleman hocha la tête. Toute son espièglerie s'était envolée. Il avait maintenant l'air très jeune, et complètement épouvanté. Sans un mot, il sauta dans la « familiale » et démarra.

— Peut-être faudrait-il que nous jetions un coup d'œil un peu partout, dit M. Emmott en hésitant.

Il affermit sa voix et cria :

— Ibrahim !

— *Na'am.*

Le domestique arrivait en courant. M. Emmott lui parla en arabe. Ils eurent un échange plutôt vif. Le boy s'évertuait à nier quelque chose.

— Il soutient qu'il n'a vu personne cet après-midi, dit enfin M. Emmott, perplexe. Aucun étranger, rien. Le type a dû se faufiler ici sans que personne n'y voie que du feu.

— C'est évident, dit Mme Mercado. Il se sera introduit dans la maison pendant que les boys avaient le dos tourné.

— Ce doit être ça, acquiesça M. Emmott.

Mais son ton peu convaincu attira mon attention.

Il se tourna vers Abdallah, notre nettoyeur de poteries en herbe, pour l'interroger.

Le gamin se lança dans de longues explications d'un ton véhément.

M. Emmott fronçait de plus en plus les sourcils.

— Je n'y comprends rien, murmura-t-il. Mais alors, rien du tout.

Mais il ne me dit pas ce qu'il ne comprenait pas.

11

DRÔLE D'AFFAIRE

Je m'efforce, autant que faire se peut, de ne raconter que ce qui concerne mon rôle personnel dans cette affaire. Je passe sur les deux heures qui suivirent, sur l'arrivée du capitaine Maitland, des policiers et du Dr Reilly. Ce fut un beau remue-ménage, avec interrogatoires et tout ce que comporte, j'imagine, la routine de circonstance.

On en vint enfin aux choses sérieuses, à mon humble avis, quand le Dr Reilly me demanda de le suivre dans le bureau, vers 17 heures. Il ferma la porte, s'assit dans le fauteuil du Pr Leidner, me fit signe de m'installer en face de lui et me dit tout de go :

— Et maintenant, mademoiselle, au boulot. Il se passe ici des choses sacrément bizarres.

Je tirai sur mes manchettes et l'interrogeai du regard. Il sortit un calepin.

— Ça, c'est pour avoir les idées claires. Bon, à quelle heure au juste le Pr Leidner a-t-il trouvé le corps de sa femme ?

— 14 h 45 à deux-trois minutes près.

— Et vous savez ça comment ?

— J'ai regardé ma montre en me levant de ma sieste. Il était 14 h 40.

— Faites voir un peu cette montre.

Je l'ôtai de mon poignet et la lui tendis.

— Exacte, à la minute près. Merveilleuse invention. Bon, voilà toujours ça. À présent, est-ce que vous avez cherché à savoir depuis combien de temps elle était morte ?

— Vraiment, docteur, je ne m'aventurerais jamais à répondre à une question pareille.

— Cessez de jouer les professionnelles. Ce que je veux, c'est vérifier si votre estimation concorde avec la mienne.

— Bon, alors je dirais qu'elle était morte depuis au moins une heure.

— Très juste. J'ai examiné le corps à 16 h 30 et je pencherais pour un décès situé entre 13 h 15 et 13 h 45. Disons 13 h 30 environ. C'est déjà une bonne approximation.

Il s'interrompit et pianota sur la table, l'air songeur :

— C'est rudement bizarre, cette affaire. Vous pouvez m'en dire deux mots ? Vous faisiez la sieste, c'est ça ? Vous avez entendu quelque chose ?

— À 13 h 30 ? Non, docteur. Je n'ai rien entendu à 13 h 30, pas plus qu'à un autre moment, d'ailleurs. Je suis restée allongée de 12 h 45 à 14 h 40 et tout ce que j'ai entendu, ce sont les litanies du boy arabe et, de temps en temps, la voix de M. Emmott qui criait quelque chose au Pr Leidner, sur le toit.

— Le boy arabe… oui, fit-il, sourcils froncés.

À ce moment-là, la porte s'ouvrit et le Pr Leidner entra avec le capitaine Maitland. Le capitaine était un petit homme tatillon, doté d'une paire d'yeux gris perspicaces.

Le Dr Reilly se leva et, d'autorité, poussa le Pr Leidner dans son fauteuil :

— Asseyez-vous, mon vieux. Je suis content que vous soyez venu. Nous allons avoir besoin de vous. Il y a quelque chose de très bizarre dans cette affaire.

Le Pr Leidner courba la tête.

— Je sais, fit-il. (Il me regarda.) Ma femme a confié la vérité à Mlle Leatheran. Au point où nous en sommes, il ne faut plus rien dissimuler, mademoiselle, aussi soyez gentille de rapporter au capitaine Maitland et au Dr Reilly ce qui s'est dit hier entre ma femme et vous.

Je me livrai à un compte rendu aussi proche que possible de la réalité.

Le capitaine Maitland ponctua mon récit de quelques exclamations. Quand j'eus terminé, il se tourna vers le professeur :

— Tout ça est vrai, Leidner ?

— Il n'y a pas un mot inexact dans ce que vous a dit Mlle Leatheran.

— Quelle histoire extraordinaire ! s'écria le Dr Reilly. Vous pouvez nous les montrer, ces lettres ?

— On les trouvera certainement dans les affaires de ma femme.

— Elle les a sorties de la mallette qui se trouve sur sa table, précisai-je.

— Alors elles y sont sans doute encore.

Il se tourna vers le capitaine Maitland et son bon visage se fit dur et sévère :

— Il ne saurait être question d'étouffer quoi que ce soit, capitaine Maitland. La seule chose qui compte, c'est de trouver le coupable et de lui faire payer son crime.

90

— Vous croyez qu'il s'agit bien du premier mari de Mme Leidner ? demandai-je.

— Ce n'est pas votre avis, mademoiselle ? s'enquit le capitaine.

— Il est permis d'en douter, dis-je, non sans quelque hésitation.

— En tout cas, décréta le Pr Leidner, cet homme est un assassin et, j'oserais même dire, un fou dangereux. Il faut lui mettre la main dessus, capitaine. Il le faut. Ça ne devrait pas être bien compliqué.

— Ça pourrait l'être plus que vous ne l'imaginez, fit lentement le Dr Reilly.

Le capitaine tirailla sa moustache sans répondre.

Soudain, je sursautai :

— Excusez-moi, mais il y a un incident que je devrais peut-être mentionner.

Je parlai de l'Irakien que nous avions vu regarder par la fenêtre et que j'avais aperçu dans les parages, il y avait de ça deux jours, en train d'essayer de soutirer des renseignements au père Lavigny.

— Parfait, dit le capitaine Maitland, j'en prends note. La police va pouvoir chercher dans cette direction-là. Cet individu a peut-être un lien avec l'affaire.

— Il a sans doute été payé pour espionner, dis-je. Pour signaler quand la voie serait libre.

Le Dr Reilly se frotta le nez avec lassitude.

— C'est bien là le diable, grommela-t-il. Et si la voie n'avait pas été libre... hein ?

Je le dévisageai, l'œil rond.

Le capitaine Maitland, lui, se tourna vers le professeur :

— Je vous demande de m'écouter avec le maximum d'attention, Leidner. Voici le résumé des éléments dont nous disposons jusqu'ici. Après le déjeuner, servi à midi et terminé à 12 h 35, votre femme s'est rendue dans sa chambre en compagnie de Mlle Leatheran, qui l'a installée confortablement. Vous-même êtes monté sur la terrasse, où vous avez passé les deux heures qui ont suivi, c'est bien ça ?

— Oui.

— Êtes-vous descendu à un moment quelconque pendant ce laps de temps ?

— Non.

— Quelqu'un est-il monté vous rejoindre ?

— Oui, Emmott est venu pas mal de fois. Il faisait le va-et-vient entre la terrasse et la cour où le boy lavait les poteries.

— Avez-vous, de votre côté, jeté un coup d'œil dans la cour ?

— À une ou deux reprises, pour appeler Emmott.

— Et, chaque fois, le boy était au milieu de la cour à laver ses poteries ?

— Oui.

— Combien a duré la plus longue absence d'Emmott dans la cour ? Ou sa plus longue visite sur la terrasse, si vous préférez.

Le professeur réfléchit :

— C'est difficile à dire... peut-être dix minutes. Personnellement, je dirais deux-trois minutes, mais je sais par expérience que je n'ai aucun sens du temps quand je suis plongé dans un travail qui m'intéresse.

Le capitaine Maitland consulta le Dr Reilly du regard. Ce dernier hocha la tête :

— Autant en venir au fait.

Le capitaine sortit un calepin et l'ouvrit :

— Écoutez ça, Leidner, je vais vous lire ce que faisait chacun des membres de votre mission entre 13 heures et 14 heures cet après-midi.

— Mais voyons…

— Attendez. Vous allez voir en trois secondes où je veux en venir. D'abord M. et Mme Mercado. M. Mercado dit qu'il travaillait dans son laboratoire. Mme Mercado, qu'elle se faisait un shampooing dans sa chambre. Mlle Johnson affirme qu'elle prenait des empreintes de sceaux-cylindres dans la « pièce à tout faire ». M. Reiter, qu'il développait des plaques dans la chambre noire. Le père Lavigny, qu'il travaillait dans sa chambre. Quant aux deux derniers, Carey et Coleman, le premier était sur les fouilles, et Coleman à Hassanieh. Voilà pour ce qui est des membres de votre expédition. À présent, les domestiques. Le cuisinier – votre Hindou – était assis de l'autre côté du porche, à plumer des volailles et à bavarder avec le planton. Ibrahim et Mansour, les boys du service intérieur, les ont rejoints vers 13 h 15. Ils sont restés tous deux là, à rire et à bavarder, jusqu'à 14 h 30 – *heure à laquelle votre femme était déjà morte.*

Le Pr Leidner se pencha en avant :

— Je ne comprends pas… vous m'intriguez. Qu'est-ce que vous voulez dire ?

— Peut-on accéder à la chambre de votre femme autrement que par la porte sur la cour ?

— Non. Il y a deux fenêtres, mais elles sont munies de barreaux solides – et en plus je crois qu'elles étaient fermées.

Il me jeta un regard interrogateur.

— Elles étaient fermées, confirmai-je aussitôt.

— Quoi qu'il en soit, reprit le capitaine Maitland, même si elles avaient été ouvertes, personne n'aurait pu entrer ou sortir par là. Mes hommes et moi avons vérifié. Même chose pour l'ensemble des fenêtres donnant sur la campagne. Elles sont toutes munies de barreaux de

93

fer, et tous ces barreaux sont en bon état. Pour accéder à la chambre de votre femme, un étranger devait forcément passer par le porche et traverser la cour. Mais nous avons les témoignages concordants de l'homme de garde, du cuisinier et des boys : *ils n'ont vu passer personne.*

Le Pr Leidner sauta sur ses pieds :

— Mais que voulez-vous dire ? Que voulez-vous dire ?

— Reprenez-vous, mon cher, fit le Dr Reilly d'un ton égal. C'est dur à avaler, je le sais, mais il va falloir regarder la vérité en face. Le meurtrier n'est pas venu de l'extérieur ; il faut donc nécessairement qu'il s'agisse de quelqu'un qui se trouvait à *l'intérieur.* Tout porte à croire que Mme Leidner a été assassinée *par un membre de la mission.*

12

« JE N'Y AI JAMAIS CRU... »

— Non ! Non !

Le Pr Leidner bondit et se mit à faire les cent pas avec agitation.

— C'est impossible, ce que vous dites là, Reilly. Rigoureusement impossible. L'un d'entre nous ? Bon sang ! mais il n'y avait pas un seul membre de la mission qui n'adorait pas Louise !

Une drôle de petite moue tira les lèvres de Reilly vers le bas. Vu les circonstances, il lui était difficile de dire ce qu'il pensait ; mais si jamais silence fut éloquent, ce fut bien celui du médecin à ce moment-là.

— Impossible, répéta le Pr Leidner. Ils l'adoraient tous, Louise avait tant de charme. Personne ne pouvait y rester insensible.

Le Dr Reilly toussota :

— Pardonnez-moi, Leidner, mais après tout il ne s'agit là que de votre opinion personnelle. Si un membre de la mission avait éprouvé de l'antipathie pour votre femme, il se serait bien gardé de vous le faire savoir.

Le Pr Leidner parut désarçonné.

— C'est juste… très juste. Mais il n'empêche, Reilly, je ne suis pas de votre avis. Je suis sûr que tout le monde aimait beaucoup Louise.

Il se tut un moment, puis explosa :

— L'idée que vous avez en tête est ignoble ! Elle est… elle est complètement inimaginable.

— Vous ne pouvez pas… euh… ignorer les faits, dit le capitaine Maitland.

— Les faits ? Les faits ? Les mensonges débités par un cuisinier hindou et une poignée de domestiques arabes ? Vous connaissez ces gens-là aussi bien que moi, Reilly, et vous aussi, Maitland. La vérité, ça ne signifie rien pour eux. Ils ne disent jamais que ce qu'on a envie qu'ils disent, histoire d'être polis.

— Dans le cas présent, fit sèchement le Dr Reilly, ils ont plutôt une fâcheuse tendance à dire ce qu'on aurait bien envie qu'ils *ne disent pas*. Et puis je connais les habitudes de la maison. Le devant du porche est un véritable club de rencontres. Chaque fois que je suis venu ici l'après-midi, j'y ai trouvé presque tous vos domestiques. C'est leur coin de prédilection.

— Il n'empêche que vous allez trop loin dans vos déductions. Pourquoi ce type – ce salopard – ne se serait-il pas introduit dans la maison plus tôt, et caché quelque part ?

— J'admets que ce n'est théoriquement pas impossible, concéda le Dr Reilly sans se démonter. Supposons donc qu'un étranger soit effectivement parvenu à entrer sans se faire remarquer. Il lui aurait fallu rester caché jusqu'au moment propice – et il n'aurait pas pu le faire dans la chambre de Mme Leidner, où il n'y a même pas un placard – puis courir le risque d'être repéré quand il pénétrait dans ladite chambre et quand il en ressortait… étant donné qu'Emmott et le boy passent pratiquement leurs journées dans la cour.

— Le boy. J'avais oublié le boy, dit le Pr Leidner. Un petit bout d'homme malin comme un singe. Voyons, Maitland, le boy a quand même bien dû voir le meurtrier pénétrer dans la chambre de ma femme ?

— Nous avons vérifié ça. Le boy a lavé des poteries tout l'après-midi, exception faite d'une – et une seule – interruption. Quelque part autour de 13 h 30 – il n'a pas pu être plus précis que ça –, Emmott est monté vous rejoindre sur la terrasse où il s'est attardé avec vous pendant une dizaine de minutes… C'est exact ?

— Oui. Je serais bien incapable de vous préciser l'heure, mais ce doit être ça.

— Très bien. Bon, durant ces dix minutes, le boy, saisissant l'occasion de flemmarder, file rejoindre les autres pour bavarder. Lorsqu'il redescend, Emmott constate son absence. Furibond, il va l'appeler et lui reproche d'avoir délaissé son travail. Pour autant que je puisse en juger, *votre femme a dû être assassinée au cours de ces dix minutes-là.*

96

Le Pr Leidner s'effondra dans son fauteuil en gémissant et enfouit son visage dans ses mains.

Le Dr Reilly reprit la parole comme si de rien n'était :

— Ce moment cadre avec mes constatations. Elle était morte depuis trois heures environ lorsque je l'ai examinée. La seule question, c'est : qui a fait le coup ?

Il y eut un silence. Le Pr Leidner se redressa et se passa la main sur le front.

— J'admets la pertinence de votre raisonnement, Reilly, dit-il d'une voix étonnamment ferme. Certes, tout semble prouver qu'il s'agit d'un « crime domestique », comme on dit. Mais je demeure convaincu qu'il y a une erreur quelque part. Votre hypothèse est plausible, mais il doit y avoir une faille. Pour commencer, vous admettez l'existence d'une coïncidence extraordinaire.

— Bizarre que ce mot vous vienne aux lèvres, fit remarquer le Dr Reilly.

Sans lui accorder la moindre attention, le professeur poursuivit :

— Ma femme reçoit des lettres de menaces. Elle a des raisons de craindre une personne bien précise. Sur quoi elle est… assassinée. Et vous me demandez de croire qu'elle a été tuée, non pas par cette personne, mais par quelqu'un qui n'a rien à voir ! Je trouve ça grotesque.

— Ça en a tout l'air… oui, acquiesça Reilly, songeur, avant de se tourner vers le capitaine Maitland. Coïncidence, hein ? Alors, Maitland ? Qu'est-ce que vous en dites ? On soumet l'idée à Leidner ?

Le capitaine hocha la tête :

— Allez-y, fit-il, laconique.

— Leidner, avez-vous entendu parler d'un certain Hercule Poirot ?

Le professeur le dévisagea, ahuri :

97

— Je crois qu'on a déjà cité ce nom-là devant moi, en effet. J'ai l'impression d'avoir entendu M. Van Aldin en dire le plus grand bien. Il est détective privé, non ?

— C'est bien lui.

— Mais il doit vivre à Londres. Auquel cas, comment pourrait-il nous aider ?

— Il vit à Londres, c'est vrai, reconnut le Dr Reilly. Mais c'est là qu'intervient ma coïncidence. Il se trouve à l'heure actuelle non pas à Londres, mais en Syrie, et il passera demain par Hassanieh, en route pour Bagdad.

— Qui vous a dit ça ?

— Jean Bérat, le consul de France. Il dînait avec nous hier soir et nous en a parlé. Il vient, semble-t-il, de démêler je ne sais quel scandale militaire en Syrie. Il passe par ici pour aller visiter Bagdad et doit rentrer ensuite à Londres, via la Syrie. Ce n'est pas une coïncidence, ça ?

Le Pr Leidner hésita et regarda le capitaine Maitland d'un air penaud :

— Qu'est-ce que vous en pensez, capitaine ?

— Que toute espèce de coopération serait la bienvenue, s'empressa de répondre le policier. Mes hommes sont parfaitement à la hauteur pour ce qui est de battre la campagne et de débrouiller les vendettas entre Arabes, mais franchement, Leidner, cette enquête n'est pas dans nos cordes. L'affaire me paraît particulièrement louche. Je ne serais pas fâché de voir ce type s'en mêler.

— Vous me suggérez donc de faire appel à ce M. Poirot pour qu'il nous donne un coup de main ? murmura le Pr Leidner. Et s'il refuse ?

— Il ne refusera pas, décréta le Dr Reilly.

— Qu'est-ce que vous en savez ?

— Parce que je suis moi-même un professionnel. S'il se présentait un cas particulièrement compliqué de…

disons de méningite cérébro-spinale et qu'on me priait d'apporter mon concours, je serais bien incapable de refuser. Ce n'est pas un crime ordinaire que nous avons là, Leidner.

— Non, admit le professeur.

Sa bouche se crispa sous l'effet du chagrin :

— Dans ce cas, Reilly, est-ce que vous pourriez prendre contact avec Hercule Poirot de ma part ?

— Bien sûr.

Le Pr Leidner esquissa un geste de remerciement.

— Même maintenant, articula-t-il lentement, je n'arrive pas à admettre que… que Louise est vraiment morte.

Je ne pus me contenir plus longtemps.

— Oh, professeur ! éclatai-je. Je… je suis incapable de vous dire à quel point je suis accablée. J'ai si gravement failli à ma tâche. C'était mon devoir que de veiller sur Mme Leidner… de la protéger du danger.

Le Pr Leidner secoua tristement la tête :

— Non, non, mademoiselle. Vous n'avez rien à vous reprocher. C'est moi, que Dieu me pardonne, qui suis à blâmer… *Je n'y ai jamais cru* ; tout du long je n'y avais pas cru… Je n'ai jamais imaginé un seul instant qu'il y ait un véritable danger…

Il se leva. Son visage se contracta :

— Je l'ai laissée marcher à la mort… Oui, je l'ai laissée marcher à la mort… de par mon incrédulité.

Il sortit de la pièce en titubant.

Le Dr Reilly me regarda :

— Je me sens plutôt coupable, moi aussi. Je croyais tout bonnement que la brave dame lui tapait sur le système !

— Je n'avais pas non plus pris ça au sérieux, avouai-je.

— Nous avons eu tort tous les trois, déclara le Dr Reilly d'un ton grave.

— J'en ai bien l'impression, conclut le capitaine Maitland.

13

HERCULE POIROT ARRIVE

La première fois que j'ai vu Hercule Poirot, je ne suis pas près de l'oublier. Bien sûr, par la suite je m'y suis faite – on se fait à tout –, mais de prime abord ce fut un choc, et on ne m'ôtera pas de l'idée que ça doit être le cas pour tout un chacun.

Je ne sais pas ce que j'avais imaginé… une sorte de Sherlock Holmes grand et mince, respirant l'intelligence. Bien entendu, je savais qu'il était étranger, mais je ne m'attendais pas à ce qu'il soit étranger *à ce point-là*, si vous voyez ce que je veux dire.

Rien qu'à le voir, vous en aviez le fou rire ! On aurait juré qu'il se croyait sur les planches, ou dans un film. D'abord, il ne mesurait guère plus d'un mètre soixante, et c'était un drôle de petit bonhomme grassouillet, vieux comme Hérode, avec une moustache inimaginable et un crâne en forme d'œuf. Il avait tout du coiffeur dans une pièce de boulevard !

Et c'est cet homme-là qui devait découvrir l'assassin de Mme Leidner !

Il faut croire que je n'arrivai pas à cacher tout à fait ma répugnance car il m'apostropha presque aussitôt, le regard plein de malice :

— Ma tête pas ne vous revient, ma sœur ? Rappelez pourtant vous qu'« à bon vin point d'enseigne », comme dit le proverbe.

Drôle de proverbe, belge comme lui, j'en donnerais ma main à couper. Mais enfin, il vaut ce qu'il vaut, même si je n'y croyais qu'à moitié.

Et puis cet accent ! ce charabia ! et aussi cette façon de m'appeler ma sœur en insistant sur le mot, comme si toutes les infirmières anglaises étaient catholiques romaines et avaient prononcé leurs vœux !

Le Dr Reilly l'avait amené en voiture le dimanche après déjeuner, et son premier soin fut de nous réunir.

Nous nous retrouvâmes donc tous autour de la table de la salle à manger. M. Poirot s'assit au bout, flanqué d'un côté du Pr Leidner et, de l'autre, du Dr Reilly.

Dès que nous fûmes tous là, le Pr Leidner s'éclaircit la gorge et commença de sa voix douce et hésitante :

— J'ose croire que vous avez tous entendu parler de M. Hercule Poirot. Il était de passage à Hassanieh pour la journée et a fort aimablement consenti à interrompre son voyage pour nous venir en aide. Le capitaine Maitland et la police irakienne font l'impossible, j'en suis persuadé, mais... mais il y a dans cette affaire des... (Il flancha et jeta un coup d'œil implorant au Dr Reilly.) Je veux dire qu'il se pourrait qu'il y ait des difficultés et...

— Il y a de la louche et de la pas nette... c'est ça ? baragouina le petit homme au bout de la table.

Ma parole ! Il parlait vraiment anglais comme une vache espagnole !

Pour votre confort, dorénavant, je vous corrige ses propos.

— Ohoho ! couina bizarrement Mme Mercado. Il faut qu'il soit arrêté ! Ce serait monstrueux qu'il puisse s'en tirer !

Je remarquai que les yeux du petit étranger la jaugeaient :

— Il ? Qui ça, il, madame ?

— Mais, le meurtrier, voyons !

— Ah ! le meurtrier...

Il avait dit ça comme si le meurtrier était le dernier de ses soucis !

L'œil rond, nous le dévisagions tous. Il nous examina l'un après l'autre.

— J'ai bien l'impression, dit-il enfin, qu'aucun d'entre vous n'a jamais été mêlé à une affaire criminelle ?

Un murmure général d'assentiment lui répondit.

Hercule Poirot sourit et reprit :

— Vous n'avez donc, bien évidemment, pas la moindre idée de ce qui vous attend. Votre situation n'est pas sans désagréments. Oui, elle présente des tas de désagréments. Et, avant même d'entrer dans le détail, citons le poids du soupçon.

— Du soupçon ?

C'est Mlle Johnson qui avait parlé. M. Poirot la regarda, songeur. J'eus l'impression que son œil n'était pas réprobateur. Le petit homme semblait penser : « Voilà une femme raisonnable et qui n'a pas l'air stupide. »

— Oui, mademoiselle, fit-il. Le poids du soupçon. N'y allons pas par quatre chemins. *Vous êtes tous suspects,* dans cette maison. Cuisinier, valet, marmiton, laveur de poteries... oui, et tous les membres de la mission, cela va sans dire.

Mme Mercado fit mine de se lever, visage convulsé :

— Comment osez-vous ? Comment osez-vous dire une chose pareille ? C'est odieux... intolérable ! Professeur Leidner, vous ne pouvez pas laisser cet individu... cet individu...

— Je vous en prie, Marie, dit le professeur d'un ton las, tâchez de garder votre calme.

M. Mercado se leva à son tour. Ses mains tremblaient et ses yeux étaient injectés de sang.

— Je suis d'accord avec elle. C'est scandaleux... c'est une insulte...

— Mais non, mais non, dit M. Poirot. Je ne vous insulte pas. Je vous demande tout bonnement de regarder la réalité en face. Dans une maison où un meurtre a été commis, chaque personne présente a droit à sa part de soupçons. Quelle preuve y a-t-il que le meurtrier soit venu de l'extérieur, je vous le demande ?

— Mais bien sûr que si, il est venu de l'extérieur ! s'époumona Mme Mercado. Ça tombe sous le sens ! Enfin, voyons, le... (Elle s'interrompit et acheva plus lentement :) le contraire serait inimaginable !

— Vous avez sans aucun doute raison, madame, acquiesça Poirot avec une courbette. Je ne fais que vous expliquer comment il convient d'aborder le sujet. Je dois commencer par m'assurer que chacun dans cette pièce est innocent. Après quoi il ne me restera plus qu'à aller chercher le meurtrier ailleurs.

— Vous ne vous demandez pas une seconde s'il ne serait pas un peu tard pour ça ? s'enquit le père Lavigny d'un ton suave.

— C'est la tortue, mon père, qui a battu le lièvre.

Le père Lavigny haussa les épaules.

— Nous sommes entre vos mains, fit-il avec résignation. Persuadez-vous dans les meilleurs délais de notre innocence dans cette abominable affaire.

— Je ferai au plus vite. C'était de mon devoir de vous expliquer clairement les choses, afin que vous ne vous offusquiez pas de l'impertinence de certaines des questions que je pourrais vous poser. Peut-être, mon père, l'Église donnera-t-elle l'exemple ?

— Posez-moi toutes les questions qu'il vous plaira, répondit gravement le père Lavigny.

— C'est votre première campagne ici ?

— Oui.

— Et vous êtes arrivé... quand ?

— Il y a trois semaines, presque jour pour jour. Le 27 février.

— Vous veniez de... ?

— Carthage. L'ordre des Pères Blancs.

— Merci, mon père. Aviez-vous, à une occasion quelconque, rencontré Mme Leidner avant de venir ?

— Non, je n'avais jamais vu cette personne avant de lui être présenté ici même.

— Pouvez-vous me dire ce que vous étiez en train de faire au moment du drame ?

— J'étudiais des tablettes cunéiformes, dans ma chambre.

Je notai que Poirot avait sous le coude un plan succinct des bâtiments.

— C'est la chambre de l'angle sud-ouest, qui est symétrique à celle de Mme Leidner ?

— Oui.

— À quelle heure êtes-vous allé dans votre chambre ?

— Sitôt après le déjeuner. Vers 12 h 40.

— Et vous y êtes resté jusqu'à... ?

— Un peu avant 15 heures. J'avais entendu la four-gonnette revenir… et puis repartir. Je me suis demandé pourquoi, et j'ai mis le nez dehors pour voir.

— Durant tout le temps que vous y avez travaillé, vous est-il arrivé de sortir de votre chambre à un moment quelconque ?

— Non, pas une seule fois.

— Et vous n'avez rien vu ni entendu qui puisse avoir un rapport avec le drame ?

— Non.

— Vous n'avez pas de fenêtre qui donne sur la cour, dans votre chambre ?

— Non, elles ouvrent toutes les deux sur les champs.

— Étiez-vous à même d'entendre ce qui se passait dans la cour ?

— C'est beaucoup dire. Mais j'ai effectivement entendu M. Emmott passer devant ma porte pour monter sur la terrasse. À une ou deux reprises.

— Vous rappelez-vous à quelle heure ?

— Non, absolument pas. J'étais absorbé par mon travail.

— Voyez-vous quoi que ce soit que vous pourriez me suggérer et qui contribuerait à faire la lumière sur cette affaire ? demanda Poirot après un silence. Y a-t-il quelque chose, par exemple, que vous auriez remarqué dans les jours qui ont précédé le meurtre ?

Le père Lavigny parut quelque peu mal à l'aise.

Il adressa un regard hésitant au Pr Leidner.

— C'est une question embarrassante, monsieur, dit-il avec gravité. Puisque vous me le demandez, il faut que je vous réponde franchement qu'à mon avis, Mme Leidner avait manifestement peur de quelque chose ou de quelqu'un. Elle se méfiait indubitablement des étrangers. Il devait bien y avoir une raison à ses angoisses… mais j'ignore laquelle. Elle ne me faisait pas ses confidences.

Poirot s'éclaircit la gorge et consulta les notes qu'il tenait à la main :

— D'après ce que je me suis laissé dire, vous avez eu une alerte au cambriolage, il y a deux nuits de ça ?

Le père Lavigny répondit par l'affirmative et raconta encore une fois comment il avait aperçu de la lumière dans la salle des antiquités et ce qui s'était ensuivi.

— Ainsi, vous croyez qu'un intrus rôdait dans les bâtiments à ce moment-là ?

— Je ne sais que penser, avoua franchement le père Lavigny. Rien n'avait été subtilisé, ni même déplacé. Ça n'était peut-être qu'un des domestiques…

— Ou un des membres de la mission ?

— Ou un des membres de la mission. Auquel cas il n'y aurait eu aucune raison qu'il ne reconnaisse pas les faits.

— Mais ç'aurait également pu être un étranger venu de l'extérieur ?

— Je pense que oui.

— À supposer qu'un étranger se soit bel et bien introduit dans les locaux, aurait-il pu s'y cacher sans encombre toute la journée du lendemain et jusqu'au surlendemain après-midi ?

Il avait posé sa question à la fois au père Lavigny et au Pr Leidner. Les deux hommes prirent le temps de la réflexion.

— J'ai du mal à imaginer que ce soit possible, déclara enfin le Pr Leidner, non sans réticence. Je ne vois pas où il aurait pu se fourrer. Et vous, père Lavigny ?

— Non… non… moi non plus.

Les deux hommes n'avaient paru écarter la suggestion qu'à regret.

Poirot se tourna vers Mlle Johnson :

— Et vous, mademoiselle ? Cette hypothèse vous paraît-elle plausible ?

Après un instant de réflexion, Mlle Johnson secoua la tête :

— Non. Absolument pas. Où pourrait-on se cacher ? Toutes les chambres sont occupées et, c'est le moins qu'on puisse dire, sommairement meublées. La chambre noire, la salle de dessin et le laboratoire ont été utilisés le lendemain… ainsi que toutes ces pièces-ci. Il n'y a ni placards ni recoins. Avec la complicité des domestiques, peut-être…

— C'est possible, mais peu probable, dit Poirot.

Il retourna au père Lavigny :

— Venons-en à un autre point. L'autre jour, Mlle Leatheran vous a vu parler à un homme, dehors. Elle avait déjà surpris l'homme en question à tenter d'espionner par une des fenêtres donnant sur le sentier. Ce qui donnerait à penser qu'il avait une raison précise de rôder dans les parages.

— Ça n'est pas exclu, bien entendu, admit le père Lavigny, pensif.

— Est-ce vous qui l'avez abordé ou bien est-ce lui qui vous a adressé la parole ?

— J'ai l'impression… oui, c'est bien ça, déclara le père Lavigny après un instant de réflexion. C'est lui qui m'a adressé la parole.

— Qu'est-ce qu'il vous a dit ?

Le père Lavigny fit un effort de mémoire :

— Il voulait savoir si c'était bien le camp de base de la mission américaine. Et puis il a fait Dieu sait quel commentaire sur les Américains qui emploient une masse de main-d'œuvre locale. Je n'ai pas très bien compris ce qu'il racontait, mais je me suis efforcé de soutenir la conversation, histoire d'améliorer mon arabe. Comme c'était un citadin, j'espérais qu'il me comprendrait mieux que le personnel des fouilles.

— Vous avez parlé d'autre chose ?

— Pour autant que je m'en souvienne, j'ai dit qu'Hassanieh était une grande ville... nous sommes convenus que Bagdad l'était plus encore... Et puis je crois qu'il m'a demandé si j'étais catholique arménien ou syrien, quelque chose dans ce genre-là.

— Pouvez-vous le décrire ? demanda Poirot après un hochement de tête.

De nouveau, le père Lavigny réfléchit.

— Il était haut comme trois pommes, dit-il enfin, et plutôt râblé. Il était affligé d'un strabisme prononcé et avait le teint clair.

M. Poirot se tourna vers moi :

— Est-ce que ça correspond avec la description que vous en feriez ?

— Pas précisément, répondis-je, peinant à trouver mes mots. Je l'aurais dit plutôt grand que petit, et très foncé de peau. Il m'a semblé plutôt élancé. Et je n'ai pas eu l'impression qu'il louchait.

M. Poirot eut un haussement d'épaules désespéré :

— C'est toujours comme ça ! Si vous étiez dans la police, vous ne le sauriez que trop ! La description du même individu par deux personnes différentes ne coïncide jamais. Il n'y a pas un détail sur lequel vous soyez d'accord.

— Je suis formel pour ce qui est du strabisme, insista le père Lavigny. Mlle Leatheran a peut-être raison sur le reste. Mais, au fait, quand j'ai dit clair, je pensais *pour un Irakien*. J'imagine que Mlle Leatheran qualifierait ça de basané.

— Très basané, m'obstinai-je. Un affreux teint caca d'oie.

Je vis le Dr Reilly se mordre les lèvres et sourire.

Poirot leva les mains :

— Passons ! Cet inconnu en train de rôder, il peut être très important... ou ne pas l'être du tout. De toute façon, il faut mettre la main dessus. Poursuivons nos investigations.

Il hésita une bonne minute, examinant les visages tournés vers lui, puis, d'un bref signe de tête, désigna M. Reiter :

— À nous deux, mon ami. Faites-nous le compte rendu de votre après-midi d'hier.

Le visage poupin de M. Reiter vira à l'écarlate :

— Moi ?

— Oui, vous. Et d'abord, votre nom et votre âge ?

— Carl Reiter, 28 ans.

— Américain, c'est bien ça ?

— Oui, de Chicago.

— C'est votre première campagne ?

— Oui. Je suis chargé de la photographie.

— Ah ! c'est juste. Et hier après-midi, quel a été votre emploi du temps ?

— Eh bien... je ne suis à peu près pas sorti de la chambre noire.

— À peu près pas... hein ?

— Oui. J'ai commencé par développer des plaques. Et après ça, j'ai mis en place des objets à photographier.

— Dehors ?

— Non, bien sûr. Dans l'atelier de photo.

— La chambre noire, on ne peut y accéder que par l'atelier de photo ?

109

— Oui.

— Et l'atelier de photo, vous n'en êtes jamais sorti ?

— Non.

— Avez-vous pu remarquer ce qui se passait dans la cour ?

Le jeune homme secoua la tête :

— J'étais bien trop occupé pour remarquer quoi que ce soit. J'ai entendu rentrer la voiture et, dès que j'ai pu m'interrompre, je suis sorti voir s'il y avait du courrier. C'est là que j'ai… que j'ai su.

— Et vous aviez commencé à quelle heure, à travailler dans l'atelier de photographie ?

— À 12 h 50.

— Connaissiez-vous Mme Leidner avant de vous joindre à cette mission ?

— Non, monsieur, je ne l'avais jamais vue avant d'arriver ici.

— Voyez-vous quoi que ce soit – le moindre fait – susceptible de nous aider ?

Carl Reiter secoua la tête.

— Je ne sais vraiment rien du tout, monsieur, fit-il, désemparé.

— Monsieur Emmott ?

David Emmott s'exprima de sa belle voix douce à l'accent américain. Et il le fit avec clarté et concision :

— Je me suis occupé des poteries de 12 h 45 à 14 h 45, je les ai triées, j'ai supervisé le travail d'Abdallah et il m'est arrivé de monter sur la terrasse donner un coup de main au Pr Leidner.

— Combien de fois y êtes-vous monté ?

— Quatre, je crois bien.

— Pour combien de temps ?

— En général, quelques minutes, pas plus. Mais à un moment donné, après avoir travaillé un peu plus d'une demi-heure, j'y suis resté dix minutes au bas mot, le temps de discuter de ce qu'il fallait garder et de ce qu'on pouvait éliminer.

— Et si je comprends bien, quand vous êtes redescendu, vous avez constaté que le boy avait abandonné son poste, c'est ça ?

— Oui. Je l'ai traité de tous les noms et il est revenu en courant par le portail. Il était sorti discuter avec les autres.

— Ce qui veut dire que c'est la seule fois qu'il a quitté son travail ?

— Non, je l'ai envoyé une ou deux fois sur la terrasse avec des poteries.

Poirot adopta un ton de circonstance :

— Est-il besoin de vous demander, monsieur Emmott, si vous avez vu quelqu'un entrer ou sortir de la chambre de Mme Leidner pendant tout ce temps ?

— Je n'ai vu personne, répondit aussitôt M. Emmott. Et personne n'est sorti dans la cour pendant les deux heures où j'y suis resté.

— Et vous êtes quasiment certain qu'il était 13 h 30 quand vous vous êtes absentés, le boy et vous, laissant la cour déserte ?

— Ça ne pouvait pas en être bien loin. Évidemment, je n'ai aucun moyen de le garantir avec précision.

Poirot se tourna vers le Dr Reilly :

— Est-ce que cela coïncide avec ce que vous estimez être l'heure de la mort, docteur ?

— Tout à fait, oui.

M. Poirot caressa ses énormes moustaches en croc.

— Je crois que nous pouvons en conclure que Mme Leidner a trouvé la mort au cours de ces dix minutes, décréta-t-il d'un ton solennel.

14

L'UN D'ENTRE NOUS ?

Il y eut un court silence, pendant lequel une vague d'horreur nous submergea.

Ce fut à cet instant, je crois, que j'adhérai pour la première fois à la théorie du Dr Reilly.

Je *sentis* que le meurtrier était dans la pièce. Qu'il était assis là parmi nous... qu'il nous écoutait. Que c'était *l'un d'entre nous*.

Peut-être Mme Mercado s'en rendit-elle compte elle aussi. Car elle poussa soudain un cri déchirant.

— C'est plus fort que moi, hoqueta-t-elle. C'est... c'est tellement *effroyable* !

— Courage, Marie, lui dit son époux.

Il nous adressa un regard d'excuse :

— Elle est tellement sensible. Tellement impressionnable.

— Je... j'avais tant d'affection pour Louise, sanglota Mme Mercado.

Je ne sais pas si mon visage exprimait le fond de ma pensée, mais je m'aperçus tout à coup que M. Poirot ne me quittait pas des yeux et que l'ombre d'un sourire flottait sur ses lèvres.

Je le foudroyai d'un regard glacial et il s'empressa de reprendre son enquête :

— Parlez-moi, madame, de la façon dont vous avez employé votre après-midi d'hier.

— Je me suis lavé les cheveux, répondit Mme Mercado entre deux sanglots. C'est atroce d'avoir pu être ainsi insouciante et affairée... sans savoir ce qui se passait pendant ce temps-là.

— Vous étiez dans votre chambre ?

— Oui.

— Et vous ne l'avez pas quittée ?

— Non. Pas avant d'avoir entendu la voiture. C'est à ce moment-là que je suis sortie et que j'ai appris ce qui s'était passé. Oh, ç'a été atroce !

— Ça vous a étonnée ?

Mme Mercado cessa de pleurer. Son œil se chargea de rancune.

— Que voulez-vous dire, monsieur Poirot ? Chercheriez-vous à insinuer... ?

— Insinuer quoi, madame ? Vous venez de nous faire part de votre affection pour Mme Leidner. Elle pourrait s'être confiée à vous.

— Oh ! je vois... Non... non, cette chère Louise ne m'a jamais rien raconté... rien de précis, du moins. Évidemment, je mesurais bien l'angoisse et l'inquiétude qui la rongeaient. Et puis il y avait ces étranges incidents – des mains tambourinant aux fenêtres et tout ça.

— Que vous traitiez de fantasmes, voire d'affabulation pure et simple ! coupai-je, incapable de me retenir plus longtemps.

Je ne fus pas fâchée de constater qu'elle en resta un instant désarçonnée.

Une fois de plus, M. Poirot jeta un coup d'œil amusé dans ma direction.

Puis il récapitula, méthodique :

— En gros, madame, vous vous laviez les cheveux, vous n'avez rien vu et vous n'avez rien entendu. Est-ce qu'il n'y aurait pas un détail qui vous viendrait à l'esprit et qui serait susceptible de nous aider ?

Mme Mercado ne réfléchit pas longtemps :

— Non, bien sûr que non. C'est un mystère complet ! Mais, à mon avis, il ne fait aucun doute — je dis bien *aucun* doute — que le meurtrier est venu du dehors. Cela tombe sous le sens, voyons !

Poirot se tourna vers le mari :

— Et vous, monsieur, qu'avez-vous à dire ?

M. Mercado sursauta. Il se mit à tirailler sa barbe d'un geste machinal :

— Ça ne peut être que ça. Ça ne peut être que ça. Et pourtant, qui aurait pu lui vouloir du mal ? Elle était si douce... si gentille... (Il secoua la tête.) Celui qui l'a tuée ne peut être qu'un monstre... oui, un monstre !

— Et vous-même, monsieur, à quoi donc avez-vous passé votre après-midi ?

— Moi ? fit M. Mercado, le regard dans le vide.

— Vous étiez au laboratoire, Joseph, lui souffla sa femme.

— Ah, oui ! c'est ça... c'est ça. Comme d'habitude.

— Vous vous y êtes rendu à quelle heure ?

De nouveau, M. Mercado jeta à sa femme un regard de noyé.

— À 12 h 50, Joseph.

— Ah, oui ! À 12 h 50.

— Êtes-vous sorti dans la cour à un moment quelconque ?

114

— Non… je ne crois pas. (Il réfléchit.) Non, je suis sûr que non.

— Quand avez-vous appris le drame ?

— Ma femme est venue me l'annoncer. Ç'a été terrible, effroyable. Je n'en croyais pas mes oreilles. Encore maintenant j'ai du mal à croire que c'est vrai.

Il se mit soudain à trembler de tout son corps.

— C'est atroce… atroce…

Mme Mercado vint à sa rescousse :

— Oui, Joseph, nous ressentons tous la même chose. Mais nous n'avons pas le droit de nous laisser aller. Ça ne ferait que rendre les choses encore plus difficiles pour ce pauvre Pr Leidner.

Le visage du professeur se crispa douloureusement et je compris combien ces déballages de sentiments devaient lui être pénibles. Il regarda Poirot comme pour implorer son secours. Et ce dernier réagit aussitôt.

— Mademoiselle Johnson ? fit-il.

— Je suis, hélas ! bien incapable de vous dire grand-chose, répondit-elle. (Son ton cultivé de fille de bonne famille parut un baume après les criailleries de Mme Mercado.) Je travaillais dans la pièce à tout faire : je relevais des empreintes de sceaux cylindriques sur de la pâte à modeler.

— Et vous n'avez rien vu, rien remarqué ?

— Rien.

Poirot lui jeta un regard. Son oreille, comme la mienne, avait perçu une infime note d'hésitation.

— En êtes-vous bien certaine, mademoiselle ? N'y aurait-il pas au contraire un détail qui vous trotterait vaguement dans la tête ?

— Non… pas vraiment…

— Quelque chose que vous auriez vu du coin de l'œil sans même vous en rendre compte ?

— Non, absolument pas, répondit-elle, catégorique.

— Que vous auriez entendu, alors ? Ah, nous y sommes : quelque chose dont vous n'êtes pas sûre de l'avoir entendu ou non ?

Mlle Johnson eut un petit rire dépité :

— Vous me poussez dans mes retranchements, monsieur Poirot. Je crains que vous ne m'incitiez à vous dire ce qui n'est peut-être que le fruit de mon imagination.

— Il y a donc bien quelque chose que vous auriez… imaginé ?

— J'ai imaginé – après coup – qu'à un moment donné de l'après-midi, j'avais entendu un très léger cri, répondit lentement Mlle Johnson en pesant soigneusement chacun de ses mots. Comprenez-moi bien, je crois pouvoir affirmer que j'ai bel et bien *entendu* un cri. Toutes les fenêtres de la pièce à tout faire étaient ouvertes et on entendait le bruit que faisaient les paysans qui travaillaient dans les cultures d'orge. Mais voyez-vous, après coup, je me suis mis dans la tête que c'était… que c'était Mme Leidner que j'avais entendue. Et ça me rend très malheureuse. Parce que si j'avais bondi jusqu'à sa chambre… qui sait ? Je serais peut-être arrivée à temps…

Le Dr Reilly intervint avec autorité :

— Sortez-vous tout de suite ça du crâne ! Je ne doute pas une seconde que Mme Leidner – pardonnez-moi, Leidner – ait été frappée quasiment à l'instant où l'homme a pénétré dans sa chambre, et que c'est ce coup qui l'a tuée. Il n'y a pas eu de second coup. Sinon, elle aurait eu le temps d'appeler au secours et d'ameuter toute la maison.

— Tout de même, j'aurais pu coincer l'assassin, insista Mlle Johnson.

— Quelle heure était-il, mademoiselle ? demanda Poirot. Aux alentours de 13 h 30 ?

— À vue de nez… oui, répondit-elle après avoir réfléchi.

— Ça concorderait, dit Poirot, songeur. Vous n'avez rien entendu d'autre ? Le bruit d'une porte qu'on ouvre ou qu'on referme, par exemple ?

Mlle Johnson secoua la tête :

— Non, je ne me rappelle rien de ce genre.

— Vous étiez à une table, j'imagine. Vous faisiez face à quoi ? La cour ? La salle des antiquités ? La véranda ? Ou la campagne environnante ?

— Je faisais face à la cour.

— Pouviez-vous, de votre place, voir Abdallah laver les poteries ?

— En levant les yeux, oui, bien entendu, mais j'étais absorbée par ma tâche. Toute mon attention était concentrée sur ce que j'étais en train de faire.

— Mais si quelqu'un était passé devant la fenêtre, côté cour, vous l'auriez aperçu ?

— Oh, oui ! ça, j'en suis presque sûre.

— Et personne n'est passé ?

— Non.

— Et si quelqu'un avait circulé, mettons, au milieu de la cour, est-ce que vous l'auriez remarqué ?

— Eh bien… sans doute pas… à moins, comme je viens de le dire, que je n'aie levé les yeux pour regarder dehors.

— Vous n'avez pas vu Abdallah abandonner son travail et sortir rejoindre les autres domestiques ?

— Non.

— Dix minutes…, médita Poirot. Ces fatales dix minutes…

Il y eut un silence.

Mlle Johnson releva soudain la tête et déclara tout à trac :

— Vous savez, monsieur Poirot, je dois vous avoir induit en erreur sans le vouloir. Quand j'y repense, je ne crois pas que, là où je me trouvais, j'aurais pu entendre un cri venant de la chambre de Mme Leidner. La salle des antiquités faisait tampon, et j'ai cru comprendre qu'on avait retrouvé les fenêtres de sa chambre fermées.

— Quoi qu'il en soit, ne vous tracassez pas, mademoiselle, dit gentiment Poirot. Ça n'a pas vraiment beaucoup d'importance.

— Non, c'est vrai. Et je m'en rends bien compte. Mais, voyez-vous, ça en a quand même pour moi, parce que je persiste à penser que j'aurais pu intervenir.

— Ne vous tourmentez pas, ma chère Anne, lui dit affectueusement le Pr Leidner. Soyez raisonnable. Ce que vous avez entendu, c'était probablement des Arabes qui s'interpellaient dans les champs.

La gentillesse de son ton fit un tantinet rougir Mlle Johnson. Les larmes lui montèrent même aux yeux. Elle détourna la tête et conclut, plus bourrue que jamais :

— Probablement. Ça se passe toujours comme ça, après un drame… On se met à inventer toutes sortes de choses qui ne riment à rien.

Poirot consulta une fois de plus son calepin :

— Je ne crois pas qu'il y ait beaucoup plus à dire. Monsieur Carey ?

Richard Carey s'exprima d'une voix lente – d'un ton machinal et compassé :

— Je n'ai rien d'utile à ajouter. J'étais de service sur le chantier. C'est là-bas qu'on m'a transmis la nouvelle.

— Seriez-vous au courant d'un événement quelconque qui aurait pu se produire au cours des tout derniers jours avant le drame et qui soit susceptible de nous fournir des lueurs ?

— Aucun.

— Et vous, monsieur Coleman ?

— Je me suis retrouvé complètement hors du coup, moi, répondit M. Coleman avec comme une nuance de regret dans la voix. Hier matin, j'étais parti chercher la paie des ouvriers à Hassanieh. Quand je suis revenu, Emmott m'a dit ce qui s'était passé et j'ai repris la route pour prévenir la police et le Dr Reilly.

— Et ce qui a pu se produire avant le drame ?

— Ben, m'sieur, tout le monde était plutôt à cran... mais ça, vous le savez déjà. On avait déjà eu la frousse au sujet de la salle des antiquités et puis deux ou trois moments de panique avant ça : l'histoire des mains et du visage au carreau, vous vous en souvenez, professeur, fit-il à l'intention du Pr Leidner, qui acquiesça. À mon avis, vous verrez, vous allez découvrir qu'un type de l'extérieur s'est bel et bien introduit ici. Pas maladroit, d'ailleurs, il faut dire ce qui est.

Poirot l'observa quelques instants en silence.

— Vous êtes anglais, monsieur Coleman ? demanda-t-il enfin.

— C'est exact, m'sieur. Anglais cent pour cent. Y a qu'à voir la marque de fabrique. Garanti d'origine.

— C'est votre première campagne de fouilles ?

— Tout juste.

— Et vous êtes passionné d'archéologie ?

Ce portrait de lui-même parut embarrasser quelque peu M. Coleman. Il rougit et jeta au Pr Leidner un regard d'écolier pris en faute.

— Bien sûr... c'est tout ce qu'il y a d'intéressant, bégaya-t-il. Je veux dire... je ne suis pas précisément le genre fort en thème...

Il s'interrompit gauchement. Poirot n'insista pas.

Songeur, il tambourina sur la table avec son stylo et rectifia avec soin la position de l'encrier posé devant lui.

— Il semble, dit-il, que nous soyons pour le moment allés le plus avant possible. S'il advenait que l'un d'entre vous se rappelle un élément qui lui échappe pour l'instant, qu'il n'hésite pas à venir me trouver. Je souhaiterais à présent m'entretenir en privé avec le Pr Leidner et le Dr Reilly.

Ce fut le signal de clôture de la réunion. Nous nous levâmes d'un même élan et, à la queue leu leu, nous dirigeâmes vers la porte. J'en étais à mi-chemin quand la voix de Poirot me retint :

— Peut-être Mlle Leatheran aura-t-elle l'obligeance de rester. Je crois que son aide nous sera précieuse.

Je retournai m'asseoir à la table.

15

POIROT FAIT UNE SUGGESTION

Le Dr Reilly s'était levé. Quand tout le monde fut sorti, il referma soigneusement la porte. Après un regard interrogateur à Poirot, il se mit en devoir de fermer les fenêtres sur la cour. Les autres l'étaient déjà. Puis il revint à son tour s'asseoir à la table.

— Parfait ! dit Poirot. Nous voici maintenant en petit comité. Nous pouvons parler en toute liberté. Nous avons entendu ce que les membres de la mission avaient à nous dire et… mais oui, ma sœur, à quoi pensez-vous ?

Je rougis. Il avait l'œil, ce drôle de petit bonhomme ! Il avait lu dans mes pensées : sans doute mon visage avait-il exprimé un peu trop clairement ce que j'avais en tête !

— Oh ! ce n'est rien…, répondis-je avec une hésitation.

— Allez-y, mademoiselle, me dit le Dr Reilly. Ne laissez pas languir notre spécialiste.

— Ce n'est pas grand-chose, m'empressai-je de souligner. Je me disais simplement que si quelqu'un savait, ou soupçonnait quoi que ce soit, il ne lui serait pas facile d'en parler devant les autres… ou devant le Pr Leidner.

À ma surprise, M. Poirot acquiesça avec vigueur.

— Absolument. Absolument. C'est très juste, ce que vous venez de dire. Mais que je vous explique. Cette petite réunion que nous venons d'avoir a rempli son rôle. En Angleterre, avant les courses, il y a présentation des chevaux, n'est-ce pas ? Ils défilent devant les tribunes, ce qui fait que chacun peut les voir et les juger. C'était ça, le but de ma petite conférence. En langage de turfiste, j'ai passé les partants en revue.

— Je ne crois pas un instant qu'un seul membre de la mission que je dirige soit impliqué dans ce crime ! s'écria le Pr Leidner avec véhémence.

Puis, se tournant vers moi, il me dit d'un ton autoritaire :

— Mademoiselle, je vous serais très obligé de bien vouloir rapporter à M. Poirot ce qui s'est au juste passé entre ma femme et vous il y a deux jours.

Ainsi sommée, je me plongeai dans mon histoire en

essayant de me rappeler le plus précisément les termes exacts de Mme Leidner.

— Excellent, excellent, me dit M. Poirot quand j'eus terminé. Vous avez l'esprit clair et méthodique. Vous me serez très utile ici.

Il se tourna vers le Pr Leidner :

— Vous les avez, ces lettres ?

— Les voilà. Je pensais bien que vous voudriez les voir très vite.

Poirot les prit et les lut tout en les examinant avec soin. Je fus un peu déçue qu'il n'y répande pas de poudre, qu'il ne les passe pas au microscope ni quoi que ce soit du même genre ; mais, après tout, ce n'était plus un jeune homme et ses méthodes n'étaient sans doute pas à la pointe du progrès. Il se contenta tout bonnement de les lire comme n'importe qui l'aurait fait.

Sa lecture terminée, il les reposa et s'éclaircit la gorge.

— Maintenant, dit-il, efforçons-nous de préciser et d'ordonner les faits. La première de ces lettres, votre femme l'a reçue aux États-Unis peu après votre mariage. Il y en avait eu précédemment, qu'elle avait détruites. Cette première lettre a été suivie par une seconde. À la suite de laquelle vous avez tous deux échappé de justesse à une intoxication par le gaz. Vous vous êtes alors rendus à l'étranger et, pendant près de deux ans, vous n'avez plus rien reçu. Les envois ont recommencé au début de la campagne de fouilles de cette année, autrement dit au cours des trois dernières semaines. C'est bien ça ?

— C'est bien ça.

— Votre femme a montré des signes de panique et, après avoir consulté le Dr Reilly, vous avez embauché

Mlle Leatheran ici présente pour qu'elle lui tienne compagnie et calme ses angoisses ?

— Oui.

— Des incidents s'étaient produits : mains tambourinant à la fenêtre, visage spectral, bruits dans la salle des antiquités. Vous n'avez vous-même été témoin d'aucun de ces phénomènes ?

— Non.

— En fait, personne d'autre que Mme Leidner ?

— Le père Lavigny a vu une lueur dans la salle des antiquités.

— Oui, je n'ai pas oublié ça.

Il s'absorba dans ses pensées un instant, puis demanda :

— Votre femme avait-elle fait un testament ?

— Je ne crois pas.

— Pourquoi ça ?

— Elle n'avait pas l'air de juger que ça en valait la peine.

— Elle ne possédait pas de fortune ?

— Si, tant qu'elle était en vie. Son père lui avait laissé une somme considérable en fidéicommis. Elle n'était qu'usufruitière. À sa mort, le capital devait revenir à ses enfants ou, en l'absence de descendance, au musée de Pittstown.

Pensif, Poirot pianota sur la table :

— Auquel cas, je crois que nous pouvons éliminer un mobile. À qui profite la mort du défunt ou de la défunte ? C'est, vous le comprendrez sans peine, ce que je recherche toujours en premier lieu. Dans le cas présent, c'est à un musée. S'il en avait été autrement, si Mme Leidner était morte intestat mais en possession d'une grosse fortune, il aurait été intéressant de se demander qui allait hériter : vous... ou le premier mari.

Il y aurait eu toutefois une difficulté : le mari aurait dû ressusciter pour réclamer sa part et couru le risque de se faire arrêter, même si je doute que la peine de mort soit appliquée si longtemps après la guerre. Quoi qu'il en soit, inutile de s'attarder à ces hypothèses. Comme je vous le disais, je règle en priorité le problème pécuniaire. Lors de l'étape suivante, je commence toujours par soupçonner le conjoint ! Dans le cas qui nous occupe, il est prouvé que : primo, vous n'avez à aucun moment approché la chambre de votre femme hier après-midi ; secundo, sa mort diminue vos revenus au lieu de vous enrichir ; tertio...

Il s'interrompit.

— Oui ? fit le Pr Leidner.

— Tertio, reprit lentement Poirot, je crois savoir mesurer la profondeur des sentiments humains chaque fois que l'occasion m'en est donnée. Je suis persuadé, professeur Leidner, que votre amour pour votre femme était la passion dominante de votre existence. Est-ce que je me trompe ?

— Non, se borna à répondre le professeur avec simplicité.

— En ce cas, nous pouvons poursuivre, conclut Poirot avec un hochement de tête.

— Allons, allons, venons-en au fait ! s'impatienta le Dr Reilly.

Poirot lui adressa un regard de reproche :

— Ne montrez pas tant d'impatience, mon bon ami. Dans une affaire comme celle-ci, tout doit être envisagé avec ordre et méthode. C'est d'ailleurs pour moi une règle de conduite absolue. Certaines hypothèses ayant été éliminées, il nous est désormais loisible d'aborder un point d'une importance extrême. Il est primordial que, comme vous le disiez, chacun joue cartes sur table et que rien ne soit dissimulé.

— Absolument, acquiesça le Dr Reilly.

— C'est pourquoi j'exige toute la vérité, poursuivit Poirot.

Le Pr Leidner le dévisagea, surpris :

— Je peux vous assurer, monsieur Poirot, que je n'ai rien dissimulé. Je vous ai dit tout ce que je savais. Sans la moindre réserve.

— Professeur, voyons... vous ne m'avez pas tout dit.

— Mais si. Je ne vois aucun détail qui aurait pu m'échapper.

Il semblait désespéré.

Poirot secoua doucement la tête :

— Non. Vous ne m'avez pas dit, par exemple, pourquoi vous aviez fait appel aux services de Mlle Leatheran.

Le Pr Leidner parut stupéfait :

— Mais je m'en suis déjà expliqué. Ça tombe sous le sens. La nervosité de ma femme, ses peurs...

Poirot se pencha en avant. Lentement, d'un geste appuyé, il agita son index en signe de dénégation :

— Non, non et non. Il y a là quelque chose qui n'est pas clair. Votre épouse est en danger, d'accord ; elle est menacée de mort, d'accord. Sur quoi vous faites appel, non pas à la police, ni même à un détective privé... mais à une infirmière ! Ça ne tient pas debout !

— Je... je...

Le professeur rougit, s'interrompit.

— J'ai pensé que...

Il s'arrêta encore.

— Nous y voilà, l'encouragea Poirot. Vous avez pensé que... quoi ?

125

Le professeur garda le silence. On le sentait réticent, pris de court.

— Voyez-vous, dit Poirot d'un ton qui se voulait à la fois persuasif et pressant, toutes vos déclarations se tiennent, sauf celle-là. Pourquoi une infirmière ? J'y vois bien une réponse, oui… une seule réponse possible. Vous n'avez pas cru vous-même un instant au danger que courait votre femme.

Poussant un cri, le Pr Leidner s'effondra.

— Dieu me pardonne, gémit-il. C'est vrai. Je n'y croyais pas.

Poirot l'épiait avec la mine du chat qui guette au trou de souris : prêt à bondir dès que sa proie pointerait le bout de son nez.

— Vous vous imaginiez quoi, alors ?

— Je ne sais pas. Je n'en sais rien…

— Mais si, vous le savez. Vous le savez parfaitement. Peut-être puis-je vous aider, grâce à une conjecture. Ne soupçonniez-vous pas votre femme, professeur Leidner, d'avoir écrit ces lettres elle-même ?

Point n'était besoin de réponse. Il n'était que trop évident que Poirot avait deviné juste. Le geste horrifié de la main que fit le professeur, comme pour implorer miséricorde, en disait long.

Je poussai un profond soupir. Moi aussi, j'avais vu juste. Je me souvins du drôle de ton sur lequel le Pr Leidner m'avait demandé mon opinion sur tout ça. J'étais en train de hocher lentement la tête d'un air pensif quand je vis que le regard de M. Poirot était posé sur moi.

— Vous pensiez la même chose, mademoiselle ?

— Cette idée m'avait traversé l'esprit.

— Pour quelle raison ?

Je lui parlai de la similitude d'écriture avec la lettre que m'avait montrée M. Coleman.

Poirot retourna au Pr Leidner :

— L'aviez-vous remarquée vous aussi, cette ressemblance ?

— Oui. L'écriture était petite et serrée et non pas haute et déliée comme celle de Louise, mais plusieurs caractères étaient formés de la même façon. Je vais vous montrer.

Il tira plusieurs lettres de la poche de poitrine de son veston et choisit un feuillet qu'il remit à Poirot. C'était un passage d'une lettre que sa femme lui avait écrite. Poirot le compara minutieusement aux lettres anonymes.

— Oui, murmura-t-il. Il y a plusieurs points de similitude : une très curieuse façon de tracer la lettre *s*, et un *e* qui sort de l'ordinaire. Je ne suis pas graphologue et ne peux donc pas me prononcer avec certitude – je n'ai d'ailleurs jamais vu deux graphologues d'accord sur quoi que ce soit –, mais il est du moins permis de dire ceci : l'analogie entre les deux écritures est très marquée. Il semble hautement probable qu'elles soient de la même main. Néanmoins, ce n'est pas certain. Et nous devons rester ouverts à toute éventualité.

Il se laissa aller contre le dossier de sa chaise et poursuivit, songeur :

— Il y a trois hypothèses. Primo, la similitude des écritures est pure coïncidence. Secundo, ces lettres de menace ont été écrites par Mme Leidner pour quelque obscure raison. Tertio, elles ont été écrites par quelqu'un qui a pris bien soin d'imiter son écriture. Pourquoi ? À première vue, ça n'a pas de sens. N'importe, l'une de ces trois hypothèses est forcément la bonne.

Il réfléchit un instant, puis, ayant retrouvé son ton enjoué, demanda au Pr Leidner :

— Quand vous vous êtes avisé que Mme Leidner pouvait être elle-même l'auteur de ces lettres, quelle hypothèse avez-vous échafaudée ?

Le Pr Leidner secoua la tête et avoua :

— Je me suis empressé de me sortir cette idée de la tête. Je la trouvais monstrueuse.

— Vous n'avez cherché aucune explication ?

— Eh bien, hasarda-t-il, je me suis demandé si le fait de ressasser le passé n'avait pas fini par affecter quelque peu le cerveau de ma femme. Je me suis dit aussi qu'il n'était pas exclu qu'elle se soit envoyé ces lettres sans même en avoir conscience. C'est possible, n'est-ce pas ? questionna-t-il en s'adressant au Dr Reilly.

Le Dr Reilly fit une grimace.

— Le cerveau humain est capable de n'importe quoi, marmonna-t-il sans préciser sa pensée.

Mais il avait jeté un regard à Poirot et ce dernier, comme s'il obéissait à un ordre muet, laissa tomber le sujet.

— Les lettres sont un élément intéressant, dit-il. Mais il nous faut envisager l'affaire dans son ensemble. Telles que je vois les choses, il y a trois solutions possibles.

— Trois ?

— Oui. Solution n° 1 : la plus simple. Le premier mari de votre femme est toujours vivant. Il commence par la menacer, puis entreprend de mettre ses menaces à exécution. Si nous admettons cette solution, notre problème consiste à découvrir comment il a pu entrer et sortir sans se faire remarquer.

» Solution n° 2 : pour des raisons bien à elle, qu'un médecin serait plus à même de pénétrer qu'un homme de loi, Mme Leidner s'adresse elle-même des lettres de menaces. L'épisode de l'empoisonnement au gaz est manigancé par elle – rappelez-vous, c'est elle qui vous a réveillé en disant qu'il y avait une odeur de gaz. Seulement voilà : si c'est bien Mme Leidner qui s'est elle-même envoyé les lettres, il est du même coup exclu que « l'auteur anonyme » représente quelque danger que ce soit pour elle. Le meurtrier, il nous faut donc le chercher ailleurs. Au sein même de votre équipe. Mais si, insista Poirot en réponse au murmure de protestation du Pr Leidner. C'est la seule conclusion logique. L'un d'entre eux l'a tuée pour assouvir une rancune personnelle. L'individu en question était sans doute au courant des lettres de menaces – ou savait du moins que Mme Leidner avait peur ou faisait semblant d'avoir peur de quelqu'un. Ce qui, du point de vue du meurtrier, lui permettait de tuer sans risque. Il avait la garantie que le coup serait porté au compte d'un mystérieux inconnu : l'auteur des lettres de menace.

» Une variante possible à cette solution, c'est que le meurtrier, au courant du passé conjugal de Mme Leidner, ait bel et bien écrit les lettres. Mais dans ce cas, on ne voit pas bien pourquoi il aurait imité l'écriture de Mme Leidner étant donné que, pour autant que nous en puissions en juger, son intérêt était qu'elles soient attribuées à un étranger.

» La solution n° 3 est à mon avis la plus intéressante. Les lettres sont authentiques. Elles sont de la main du premier mari de Mme Leidner – ou de son jeune frère – *qui fait actuellement partie de la mission.*

LES SUSPECTS

Le Pr Leidner se leva d'un bond :

— C'est impossible ! Absolument impossible ! C'est une idée grotesque !

Poirot le regarda avec le plus grand calme et sans rien dire.

— Vous insinuez que le premier mari de ma femme est l'un des membres de la mission et qu'elle ne l'avait pas reconnu ?

— Parfaitement. Réfléchissez un peu à la situation. Il y a de ça une quinzaine d'années, votre femme a partagé pendant quelques mois la vie de cet homme. L'aurait-elle reconnu en le rencontrant après tout ce temps ? Je ne le pense pas. Son visage aurait changé, sa silhouette aussi – sa voix ne se serait sans doute pas beaucoup modifiée, mais ça, c'est un détail qu'il pouvait surveiller. Et, ne l'oubliez pas, il ne lui serait pas venu à l'idée de chercher cet individu dans son entourage immédiat. Elle le voyait comme quelqu'un qui se trouve au-dehors – un étranger. Non, je ne pense pas qu'elle l'aurait reconnu. Il existe une seconde possibilité : le jeune frère, le cadet si passionnément attaché à son aîné. C'est maintenant un homme. Aurait-elle reconnu le gamin de 10 ou 12 ans dans un homme frisant la trentaine ? Oui, il faut compter avec le jeune William Bosner, croyez-moi. À ses yeux son frère n'était pas un traître mais un héros, un patriote, un martyr de son pays, l'Allemagne. Pour lui, c'est Mme Leidner qui a trahi ;

c'est elle le monstre qui a envoyé son frère bien-aimé à la mort ! Un enfant hypersensible est capable de dévotion passionnée pour son héros, et un esprit non encore formé est facilement la proie d'obsessions qui pourront subsister chez l'adulte.

— Très juste, acquiesça le Dr Reilly. On croit communément qu'un enfant a la mémoire courte, mais c'est faux. Des tas de gens vivent sous l'emprise d'une idée gravée en eux dès la prime enfance.

— Bon. Vous avez donc ces deux possibilités. Frederick Bosner, un homme mûr qui a aujourd'hui la cinquantaine bien sonnée, et William Bosner, qui devrait approcher la trentaine. Passons en revue les membres de votre équipe à la lumière de cette double hypothèse.

— C'est inouï, murmura le Pr Leidner. Mon équipe ! Les membres de ma propre mission.

— Et par voie de conséquence décrétés au-dessus de tout soupçon, fit Poirot d'un ton sec. Ce qui les met dans une situation bien commode. Allons-y ! Qui ne pourrait manifestement pas être Frederick ou William ?

— Les femmes.

— Cela va sans dire. Mlle Johnson et Mme Mercado sont rayées de la liste. Qui d'autre ?

— Carey. Nous avons collaboré pendant des années, bien avant que je ne rencontre Louise.

— Et il n'a pas non plus l'âge requis. Il doit avoir 38 ou 39 ans – trop jeune pour Frederick et trop vieux pour William. Passons au reste. Il y a le père Lavigny et M. Mercado. L'un comme l'autre pourrait être Frederick Bosner.

— Mais, cher monsieur, s'écria le Pr Leidner sur un ton où l'amusement le disputait à l'irritation, le père Lavigny est un épigraphiste de renommée mondiale et Mercado a travaillé pendant des années pour un célèbre musée new-yorkais ! Il est inimaginable que l'un des deux soit l'homme auquel vous pensez !

Poirot eut un geste dédaigneux de la main.

— Inimaginable, inimaginable… c'est là un mot qui ne signifie rien pour moi ! L'inimaginable, je l'examine toujours de fort près ! Mais ne nous attardons pas là-dessus pour le moment. Qui avons-nous d'autre ? Carl Reiter, un garçon qui a un nom allemand, David Emmott…

— Il est mon assistant depuis deux campagnes.

— Voilà un garçon qui doit avoir une patience innée. Si jamais il commettait un crime, ce ne serait pas dans la précipitation. Tout serait calculé au millimètre près.

Le Pr Leidner eut une mimique de désespoir.

— Et, pour clore la liste, William Coleman, acheva Poirot, imperturbable.

— Il est anglais.

— Qu'est-ce que ça change ? Mme Leidner n'a-t-elle pas dit que le gosse avait quitté les États-Unis et qu'on ne retrouvait pas sa trace ? Il a très bien pu être élevé en Angleterre.

— Vous avez réponse à tout, gémit le Pr Leidner.

De mon côté, je me creusais les méninges. Dès le premier coup d'œil, j'avais trouvé que M. Coleman avait davantage les manières d'un personnage de P.G. Wode-house que celles d'un garçon en chair et en os. Était-il bien comme ça ou ne jouait-il pas plutôt un rôle depuis le début ?

Poirot prenait des notes dans son calepin.

— Procédons avec ordre et méthode, dit-il. Dans le premier lot, nous avons deux noms : le père Lavigny et M. Mercado. Dans le second, nous en comptons trois : Coleman, Emmott et Reiter.

132

» Abordons le problème sous un autre angle : les moyens et l'occasion. Qui, parmi les membres de la mission avait à la fois les moyens et l'occasion de commettre le crime ? Carey était sur le site. Coleman était à Hassanieh, vous-même étiez sur la terrasse. Ça nous laisse donc le père Lavigny, M. Mercado, Mme Mercado, David Emmott, Carl Reiter, Mlle Johnson et Mlle Leatheran.

— Oh ! m'exclamai-je en faisant un bond sur ma chaise.

M. Poirot me dévisageait, l'œil pétillant de malice :

— Hé, oui, ma sœur, j'ai bien peur qu'il ne faille vous rajouter à la liste. Il vous aurait été facile comme tout d'aller tuer Mme Leidner pendant que la cour était déserte. Vous êtes du genre costaud, vous avez de la force et elle ne se serait absolument pas méfiée de vous jusqu'à ce que vous la frappiez.

Je fus si retournée que j'en restai sans voix. Le Dr Reilly, lui, semblait s'amuser comme un fou.

— Il y a eu des précédents, susurra-t-il. Le cas d'une infirmière qui tuait ses patients l'un après l'autre.

Je lui lançai un de ces regards !

Le Pr Leidner, lui, avait enfourché une autre idée.

— Pas Emmott, monsieur Poirot, objecta-t-il. Vous ne pouvez quand même pas l'inclure sur votre liste. Il était sur la terrasse avec moi, ne l'oubliez pas, pendant ces dix minutes.

— Ce n'est pas une raison non plus pour l'en exclure. En redescendant, il aurait pu aller tout droit à la chambre de Mme Leidner, la tuer et, ensuite seulement, rappeler le boy. Ou bien encore il aurait pu la tuer l'une des fois où il vous a envoyé le boy.

— Quel cauchemar ! psalmodia le Pr Leidner en secouant la tête. Tout cela est tellement... tellement inouï.

À ma stupeur, Poirot acquiesça :

— Oui, vous avez raison. C'est un crime inouï. On n'en rencontre pas souvent de semblables. D'ordinaire, un meurtre, c'est sordide – et simple comme bonjour. Mais là, c'est une affaire hors du commun. J'imagine, professeur Leidner, que votre femme, elle aussi, était hors du commun.

Poirot venait de faire mouche avec une telle précision que je ne pus m'empêcher de sursauter.

— Est-ce que je me trompe, mademoiselle ? me demanda-t-il.

— Dites-lui qui était Louise, mademoiselle, me pria le Pr Leidner avec douceur. Vous êtes sans parti pris.

Je n'y allai pas par quatre chemins :

— Elle était merveilleuse. On ne pouvait s'empêcher de l'admirer et d'avoir envie de se consacrer à elle. Je n'avais jamais rencontré quelqu'un comme ça.

— Merci, fit le Pr Leidner en m'adressant un sourire.

— Voilà un témoignage émanant d'une personne étrangère au groupe et auquel on peut par conséquent ajouter foi, dit fort poliment Poirot. Sur ce, reprenons. Sous la rubrique *moyens et occasion*, nous avons sept noms : Mlle Leatheran, Mlle Johnson, Mme Mercado, M. Mercado, M. Reiter, M. Emmott et le père Lavigny.

De nouveau, il se racla la gorge. J'ai souvent remarqué que les étrangers se laissent aller à émettre les bruits les plus incongrus.

— Supposons pour l'instant que c'est notre théorie n° 3 qui est la bonne. À savoir que le meurtrier est soit Frederick, soit William Bosner, l'un ou l'autre faisant partie de la mission. La confrontation de nos deux listes nous permet de réduire le nombre des suspects à quatre : le père Lavigny, M. Mercado, Carl Reiter et David Emmott.

134

— Le père Lavigny est au-dessus de tout soupçon, dit le Pr Leidner avec autorité. Il appartient à la compagnie des Frères Blancs de Carthage.

— Et sa barbe est authentique, précisai-je.

— Ma sœur, coupa Poirot, sachez qu'un assassin qui a de la classe ne s'affuble jamais d'une fausse barbe !

— Qui vous dit que l'assassin avait de la classe ? protestai-je.

— Si tel n'était pas le cas, j'aurais déjà découvert la vérité, à l'heure qu'il est ; or nous n'y sommes pas encore.

Quelle prétention ! me dis-je en moi-même.

— Pour en revenir à sa barbe, insistai-je, il a quand même dû lui falloir un bon moment pour pousser.

— Que voilà une observation de bon sens ! commenta Poirot.

Le Pr Leidner s'emporta :

— C'est grotesque, complètement grotesque ! Mercado et lui sont des hommes éminents. Connus depuis des années.

Poirot se tourna vers lui :

— Vous n'y êtes pas du tout. Vous négligez un point crucial. Si Frederick Bosner n'est pas mort… qu'a-t-il bien pu faire durant toutes ces années ? Il doit avoir changé de nom. Il doit s'être fait une nouvelle carrière.

— En tant que père blanc ? fit le Dr Reilly, plutôt sceptique.

— C'est un peu extravagant, je vous l'accorde, admit Poirot. Mais c'est une hypothèse que nous ne pouvons écarter pour autant. En outre, il y a les autres possibilités.

— La jeune génération ? dit Reilly. Si vous voulez mon avis, de tous vos suspects, un seul est, à la rigueur, plausible.

— Et c'est ?

— Le jeune Carl Reiter. On ne peut rien retenir contre lui mais, tout bien réfléchi, quelques constatations s'imposent : il a l'âge qu'il faut, il a un nom allemand, il est nouveau de cette année et il a eu toutes les occasions du monde. Il lui suffisait de sortir le nez de son laboratoire, de traverser la cour en vitesse pour accomplir son sale boulot, puis de détaler pour regagner ses pénates dès que la voie serait libre. Si par hasard quelqu'un était passé au labo en son absence, il aurait toujours pu soutenir mordicus qu'il se trouvait dans la chambre noire. Je ne dis pas que c'est notre homme, mais à partir du moment où vous soupçonnez tout le monde, il est, de loin, le suspect le plus plausible.

M. Poirot n'eut pas l'air convaincu. Il hocha la tête d'un air grave... mais dubitatif.

— Oui, admit-il. Il est le suspect le plus plausible, mais les choses ne sont peut-être pas aussi simples que ça. Restons-en là, ajouta-t-il. J'aimerais, si vous me le permettez, examiner la pièce où le crime a eu lieu.

— Mais certainement.

Le Pr Leidner fouilla dans ses poches, puis s'adressa au Dr Reilly :

— Le capitaine Maitland a gardé la clef sur lui.

— Il me l'a remise avant de partir, dit Reilly. Il a fallu qu'il file s'occuper de cet accrochage avec les Kurdes.

Il tendit la clef.

— Si ça ne vous ennuie pas..., balbutia le professeur. J'aimerais autant éviter de... Peut-être que mademoiselle...

— Mais bien entendu, bien entendu, fit Poirot. Je comprends très bien. Je ne voudrais surtout pas vous causer de chagrin inutile. Auriez-vous l'amabilité de m'accompagner, ma sœur ?

— Bien volontiers, dis-je.

17

UNE TACHE PRÈS DE LA TABLE DE TOILETTE

Le corps de Mme Leidner avait été transporté à Hassanieh pour l'autopsie, mais sa chambre était restée rigoureusement en l'état. Il y avait si peu de meubles qu'il n'avait pas fallu longtemps à la police pour la passer en revue.

Le lit était à droite en entrant. Face à la porte, les deux fenêtres garnies de barreaux donnaient sur la campagne. Entre elles, une simple table de chêne avec deux tiroirs avait servi de coiffeuse à Mme Leidner. Sur le mur de gauche, des robes dans des housses en coton étaient suspendues à des patères, près d'une commode en bois blanc. La table de toilette était juste à gauche en entrant. Et, au milieu de la chambre, il y avait une table en chêne de belle taille, avec un sous-main, un encrier et la mallette où Mme Leidner avait conservé ses lettres anonymes. Les rideaux étaient en étoffe du pays, orange et blanc, à rayures. Sur le sol en dallage, quelques tapis en peau de chèvre étaient épars : trois de petite taille, à zébrures blanches sur fond marron, sous les deux fenêtres et devant la table de toilette, et un quatrième, plus grand et de meilleure qualité, à zébrures marron sur fond blanc, entre le lit et la table à écrire.

Il n'y avait ni placard, ni alcôve, ni doubles rideaux : nul recoin où se cacher. Le lit, en fer, était garni d'une courtepointe en cotonnade imprimée. Les trois oreillers de duvet constituaient le seul luxe de la pièce. Personne d'autre que Mme Leidner n'avait d'oreillers comme ça.

En quelques mots, le Dr Reilly expliqua où l'on avait retrouvé le corps de Mme Leidner : recroquevillé sur le tapis, au pied du lit.

Afin d'illustrer son propos, il me pria d'approcher pour une reconstitution.

— Si cela ne vous ennuie pas, mademoiselle ? ajouta-t-il.

Je ne suis pas du genre impressionnable. Je me couchai sur le sol, en m'efforçant de prendre autant que possible la position dans laquelle on avait retrouvé le cadavre de Mme Leidner.

— Leidner lui a soulevé la tête quand il l'a vue là, dit le docteur. Mais je lui ai fait subir un interrogatoire serré et il est manifeste qu'il n'a rien modifié à la position initiale.

— Le tout me semble évident, dit Poirot. Elle était allongée sur le lit, somnolente ou endormie… Quelqu'un ouvre la porte, elle se redresse, pose un pied par terre…

— Sur quoi il l'assomme, acheva le médecin. Elle sombre dans l'inconscience, et la mort suit presque aussitôt. Voyez-vous…

La description de la blessure se fit dans un déluge de termes techniques.

— Peu de sang, dans ce cas ? fit Poirot.

— En effet, il n'y a eu d'hémorragie qu'interne.

— En résumé, dit Poirot, je ne vois pas l'ombre d'un problème, exception faite d'un détail. Si l'homme qui est entré était un étranger à la mission, pourquoi

Mme Leidner n'a-t-elle pas aussitôt crié au secours ? Si elle s'était mise à hurler, on l'aurait entendue. Mlle Leatheran l'aurait entendue, Emmott l'aurait entendue, et le boy aussi.

— La réponse est sans ambiguïté, trancha le Dr Reilly. *Ce n'était pas un étranger.*

Poirot approuva de la tête.

— Oui, dit-il, pensif. Elle a pu être surprise de voir son visiteur, mais elle n'en a pas eu peur. Ce n'est que quand il a frappé qu'elle a peut-être poussé un cri étouffé... trop tard.

— Celui que Mlle Johnson a entendu ?

— Oui, si elle l'a vraiment entendu. Ce dont, au fond, je doute. Ces murs de pisé sont épais, et les fenêtres étaient fermées.

Poirot s'approcha du lit :

— Elle était allongée, quand vous l'avez quittée ?

Je rapportai mes faits et gestes.

— Elle avait l'intention de dormir ou de lire ?

— Je lui avais donné deux livres... Un roman de quatre sous et un volume de mémoires. Elle lisait d'habitude un moment, puis s'assoupissait pour une courte sieste.

— Et elle était... comment dire... dans son état normal ?

Je réfléchis.

— Oui, elle avait l'air très bien, et de bonne humeur. Un peu distante, peut-être, mais j'avais mis ça sur le compte de ses confidences de la veille. Les épanchements, ça vous met souvent mal à l'aise, après coup.

Les yeux de Poirot pétillèrent.

— Ça, c'est bien vrai. Je ne le sais que trop moi-même.

Il balaya la chambre du regard :

— Et lorsque vous êtes revenue ici, après le meurtre, rien n'avait bougé ?

J'examinai la pièce à mon tour.

— Non, je ne crois pas. J'ai l'impression que tout était en place.

— Il n'y avait pas trace de l'arme avec laquelle elle a été frappée ?

— Non.

Poirot se tourna vers le Dr Reilly :

— C'était quoi, à votre avis ?

— Un objet de bonne taille, sans arêtes aiguës. Le socle arrondi d'une statuette, par exemple. Attention, je n'insinue pas que c'était ça mais, quelque chose dans ce goût-là. Le coup a été asséné avec beaucoup de force.

— Asséné par un bras vigoureux ? Le bras d'un homme ?

— Oui... à moins que...

— À moins que... quoi ?

— Il n'est pas à exclure que Mme Leidner ait été à genoux, énonça lentement le Dr Reilly. Auquel cas, donné d'en haut avec un instrument pesant, le coup aurait exigé moins de force.

— À genoux, fit Poirot d'un ton rêveur. C'est une idée, ça.

— Une simple idée, attention ! se hâta de souligner le médecin. Rien n'indique que c'était bien le cas.

— Mais ça n'en reste pas moins du domaine du possible.

— Oui. Et après tout, vu les circonstances, cela n'aurait rien d'extraordinaire. La panique a pu la jeter à genoux dans un mouvement de supplication plutôt que

140

de l'inciter à crier quand elle a compris d'instinct qu'il était trop tard… que personne n'arriverait à temps.

— Oui, répéta Poirot, toujours pensif. C'est une idée…

Une bien piètre idée, me dis-je. Je n'arrivais pas à imaginer une seconde Mme Leidner à genoux devant qui que ce soit.

Poirot fit lentement le tour de la chambre. Il ouvrit les fenêtres, testa la solidité des barreaux, passa la tête au travers et constata avec satisfaction que ses épaules ne pouvaient en aucun cas suivre.

— Les fenêtres étaient fermées quand vous l'avez découverte là par terre, me dit-il. L'étaient-elles aussi quand vous l'avez quittée à 12 h 45 ?

— Oui, elles étaient toujours fermées l'après-midi. Il n'y a pas de moustiquaire, ici, comme dans la pièce à tout faire ou la salle à manger. On les gardait fermées à cause des mouches.

— De toute façon, personne n'aurait pu entrer par là, rêvassa tout haut Poirot. De plus, les murs sont solides… de la brique de pisé… et il n'y a ni trappe ni lucarne. Oui, il n'y a qu'une seule façon de pénétrer dans cette chambre : par la porte. Et il n'y a qu'un seul moyen d'arriver jusqu'à cette porte : par la cour. Et il n'y a qu'un seul accès à la cour : par le porche. Or, cinq personnes se trouvaient devant ce porche, et elles racontent toutes la même chose et moi, je ne crois pas qu'elles mentent… Non, elles ne mentent pas. On ne les a pas soudoyées pour se taire. Le meurtrier était *ici*…

Je ne soufflai mot. Est-ce que je n'avais pas éprouvé ce sentiment moi-même, un peu plus tôt, quand nous étions tous réunis autour de la table ?

Poirot fureta un moment à travers la pièce. Il prit une photographie sur la commode. C'était celle d'un vieux monsieur à la barbiche blanche. Poirot m'adressa un regard interrogateur.

— Le père de Mme Leidner, soufflai-je. C'est elle qui me l'a dit.

Il la remit en place et jeta un coup d'œil aux objets qui se trouvaient sur la coiffeuse : un nécessaire en écaille, simple mais de bon goût. Puis il passa en revue les livres alignés sur une étagère en prenant soin de nous en lire les titres à voix haute :

— *Qui étaient les Grecs ? Introduction à la théorie de la relativité. La Vie de lady Hester Stanhope. Crewe Traine. Retour à Mathusalem. Linda Condon.* Eh bien voilà qui nous fournit en tout cas un renseignement. Ce n'était pas une imbécile, votre Mme Leidner. Elle avait quelque chose dans le crâne.

— Oh ! elle était très intelligente, m'empressai-je de préciser. Très cultivée et au courant de tout. Ce n'était pas quelqu'un d'ordinaire.

Il sourit en levant les yeux vers moi :

— Non. Je m'en étais déjà rendu compte.

Il alla se planter un instant devant la table de toilette, où s'alignait quantité de flacons et de pots de crème.

Et puis soudain, il se laissa tomber à genoux et se mit à scruter le tapis.

Le Dr Reilly et moi nous empressâmes de le rejoindre. Il examinait une petite tache brunâtre, presque invisible parmi les poils bruns. On ne la discernait, en fait, que parce qu'elle se trouvait à la lisière d'une des zébrures blanches.

— Qu'en dites-vous docteur ? C'est du sang ?

Le Dr Reilly s'agenouilla lui aussi :

— On dirait. Je vais m'en assurer, si vous le désirez.

— Ce serait très aimable à vous.

M. Poirot examina le broc et la cuvette. Le broc était au bord de la table de toilette. La cuvette était vide mais il y avait, à côté de la table, un vieux bidon à pétrole pour les eaux usées.

Poirot se tourna vers moi :

— Vous vous en souvenez, mademoiselle ? Ce broc, était-il hors de la cuvette ou *dans* la cuvette quand vous avez quitté Mme Leidner à 12 h 45 ?

— Je n'en suis pas tout à fait sûre, répondis-je après mûre réflexion. Mais je crois bien qu'il était dans la cuvette.

— Ah ?

— Ce que je veux dire, ajoutai-je aussitôt, c'est qu'il était à sa place habituelle. Les boys le déposent là après le déjeuner. Il me semble que s'il avait été hors de la cuvette, je l'aurais remarqué.

J'eus droit à un hochement de tête approbateur :

— Oui. Je comprends. Ça vous vient de la routine hospitalière. Si tout n'avait pas été en ordre dans la chambre, vous auriez remis les choses en place sans même vous en rendre compte. Et après le meurtre ? Tout était-il comme à présent ?

— À ce moment-là, je n'ai pas remarqué, dis-je en secouant la tête. Tout ce que je cherchais à voir, c'était si on pouvait se cacher quelque part ou si l'assassin n'avait pas laissé traîner quelque chose derrière lui.

— C'est bien du sang, annonça le Dr Reilly en se relevant. C'est important ?

Poirot fronçait les sourcils, perplexe. Il agita les mains d'un geste agacé :

— Est-ce que je sais ? Comment pourrais-je en décider ? Ça peut ne rien signifier du tout. Je pourrais bien sûr vous dire, si ça me chantait, que le meurtrier l'a tripotée... qu'il s'est mis du sang sur les mains, très peu, mais du sang tout de même, et qu'il est venu jusqu'ici pour les laver. Mais je ne peux pas sauter à la conclusion et affirmer que ça s'est passé comme ça. Cette tache peut très bien n'avoir aucun rapport avec l'affaire.

— Il n'a pu y avoir que très peu de sang, objecta le Dr Reilly, dubitatif. Il n'a pas giclé ni rien. Il n'a pu que suinter légèrement de la plaie. Bien sûr, si ce type a passé les doigts sur la blessure...

Je frissonnai. Une image horrible m'était venue à l'esprit. L'image d'un homme – pourquoi pas ce photographe au visage de goret rond et rose ? – en train d'assommer cette femme exquise et puis de se pencher ensuite pour tâter du doigt la blessure avec un plaisir répugnant, les traits soudain métamorphosés, tordus par la haine et la folie meurtrière...

Le Dr Reilly remarqua que je tremblais.

— Qu'est-ce qui vous arrive, mademoiselle ?

— Rien... J'ai la chair de poule, c'est tout. Des frissons, quoi.

M. Poirot pivota sur ses talons et me dévisagea :

— Je sais ce qu'il vous faut. Tout à l'heure, quand nous en aurons fini ici et que nous retournerons à Hassanieh, nous vous emmènerons. Vous offrirez bien le thé à Mlle Leatheran, docteur ?

— Avec grand plaisir.

— Oh, docteur ! protestai-je. Vous n'y pensez pas !

M. Poirot me gratifia d'une petite tape amicale sur l'épaule. Une petite tape qu'on eût dit anglaise, pas une de ces bourrades que vous assènent les étrangers.

— Vous, ma sœur, vous ferez ce qu'on vous dit. D'ailleurs, ça me rendra service. Il y a encore des tas de points que je veux discuter et que je ne peux pas aborder ici où je dois me contraindre à la bienséance. Ce brave Pr Leidner, qui idolâtrait sa femme et qui est convaincu – tellement convaincu ! – que tout le monde en faisait autant ! C'est du domaine de l'utopie, ça ! Non, il faut que nous puissions parler de Mme Leidner sans… – comment dites-vous ça en anglais ? – sans y mettre de gants. De toute façon, c'est décidé. Dès que nous en avons fini ici, nous vous emmenons avec nous à Hassanieh.

— J'imagine qu'il faudra d'ailleurs bien que je m'en aille, hasardai-je. Je suis dans une situation plutôt embarrassante.

— Laissez passer un jour ou deux, me conseilla le Dr Reilly. Vous ne pouvez décemment partir avant les obsèques.

— Tout ça, c'est bien beau, dis-je. Mais imaginez que je sois assassinée moi aussi, docteur ?

J'avais en partie dit ça pour rire. Le Dr Reilly le prit d'ailleurs comme tel et je le vis qui s'apprêtait à me répondre sur le même ton.

Mais, à ma stupéfaction, M. Poirot se figea au beau milieu de la pièce et se prit la tête entre les mains.

— Ah ! quand bien même il en serait ainsi, marmonna-t-il sans que je comprenne très bien le sens de cet aparté. Ça représente un danger… c'est évident… un grand danger… mais qu'y faire ? Comment s'en préserver ?

— Voyons, monsieur Poirot, l'interrompis-je, je ne faisais que plaisanter ! Qui pourrait vouloir m'assassiner, je vous le demande !

— Vous… ou quelqu'un d'autre, décréta-t-il.

Je n'aimai pas du tout le ton qu'il avait pris pour dire ça. De quoi vous glacer le sang dans les veines !

— Mais pourquoi ? insistai-je.

Il me regarda droit dans les yeux :

— Moi aussi, il m'arrive de rire et de plaisanter, mademoiselle. Mais il est des sujets qui ne prêtent pas à rire. Il est des choses que mon métier m'a enseignées. Et notamment celle-ci, la plus terrible : le meurtre peut devenir une habitude...

18

UN THÉ CHEZ LE DR REILLY

Avant de partir, Poirot passa en revue bâtiments et dépendances. Il posa également quelques questions aux domestiques, par le truchement du Dr Reilly qui traduisit questions et réponses d'anglais en arabe et *vice versa*.

Ces questions portèrent surtout sur l'aspect physique de l'étranger que Mme Leidner et moi avions surpris à regarder par la fenêtre et qui avait bavardé avec le père Lavigny le lendemain.

— Vous croyez réellement que cet homme a un rapport quelconque avec notre histoire ? demanda le Dr Reilly tandis que nous cahotions sur la piste d'Hassanieh.

— J'aime disposer du maximum possible de renseignements, rétorqua Poirot.

Et il faut reconnaître que ça décrivait bien sa méthode. Je découvris plus tard que le plus infime détail, le moindre ragot retenait son attention. Il est bien rare que les hommes se montrent pipelettes à ce point-là.

Je vous avoue franchement qu'une bonne tasse de thé fut la bienvenue quand nous arrivâmes chez le Dr Reilly. M. Poirot, je ne pus m'empêcher de le remarquer, mit cinq morceaux de sucre dans la sienne.

— Nous voici enfin libres de parler, non ? fit-il en tournant méticuleusement sa petite cuillère. Il nous est donc désormais permis d'évoquer sans fard le meurtrier de Mme Leidner.

— Lavigny, Mercado, Emmott ou Reiter ? récapitula le Dr Reilly.

— Non, non… laissons de côté l'hypothèse n° 3. Je préférerais me concentrer maintenant sur l'hypothèse n° 2 – en omettant momentanément la question du mari ou du beau-frère surgi du passé. Voyons plutôt en toute simplicité quels sont les membres de la mission qui avaient les moyens et l'occasion de tuer Mme Leidner, et qui est susceptible de l'avoir fait.

— Je croyais que vous ne faisiez pas grand cas de cette hypothèse-là.

— Au contraire ! Mais je suis doté d'un tact inné, rétorqua Poirot d'un ton de reproche. Pouvais-je, en présence du Pr Leidner, discuter des mobiles qui auraient pu pousser un des membres de la mission à tuer sa femme ? C'eût été faire preuve d'un manque de délicatesse extrême. Il fallait que je fasse semblant d'admettre qu'elle était adorable et que tout le monde l'adorait !

» Ce qui n'était bien entendu pas le cas. Nous n'avons plus personne à ménager. Nous pouvons maintenant cesser de nous attendrir et donner froidement, voire brutalement, notre avis sur la question. Et c'est ici que Mlle Leatheran va nous apporter son concours. Elle est, j'en suis convaincu, excellente observatrice.

— Oh ! ça, je n'en suis pas sûre, minaudai-je.

Le Dr Reilly me tendit une assiette de scones brûlants.

— Pour vous donner du cœur au ventre, dit-il en souriant.

Il n'y a pas, ils étaient exquis !

— Et maintenant, allons-y ! me pressa M. Poirot d'un ton amical. Vous allez me dire très précisément, ma sœur, ce que chacun des membres de la mission éprouvait pour Mme Leidner.

— Je ne suis là que depuis une semaine, me défendis-je.

— Plus qu'il n'en faut pour quelqu'un qui possède votre cervelle. Une infirmière a tôt fait de juger son monde. Elle se fait son idée, et ensuite elle s'y cramponne. Allons, tâchons de nous y mettre. Le père Lavigny, par exemple ?

— Je ne saurais trop vous dire. Mme Leidner et lui avaient l'air d'aimer bavarder ensemble. Mais ils parlaient généralement français et je n'ai jamais été bonne en français, bien que je l'aie appris à l'école. J'ai l'impression qu'ils discutaient surtout de livres.

— Ils avaient des relations de… comment qualifieriez-vous ça ? Des relations cordiales ?

— Oui, on peut dire ça comme ça. Mais en même temps, je crois qu'elle laissait le père Lavigny perplexe et… bon… que ça l'agaçait d'être perplexe, si vous voyez ce que je veux dire.

Sur quoi je lui rapportai la conversation que j'avais eue avec lui sur les fouilles, le premier jour, quand il avait traité Mme Leidner de « femme dangereuse ».

— C'est très intéressant, commenta M. Poirot. Et elle… qu'est-ce que vous croyez qu'elle pensait de lui ?

— Ça aussi, c'est assez difficile à dire. Ce n'était pas commode de savoir ce qu'elle pensait des gens.

Quelquefois, je me dis que, lui aussi, il la laissait perplexe. Je me souviens de l'avoir entendue dire au Pr Leidner qu'il ne ressemblait à aucun des religieux qu'elle avait jamais rencontrés.

— Commandons illico une longueur de corde pour le père Lavigny ! gloussa le Dr Reilly, plus facétieux que jamais.

— Mon très cher ami, le gronda Poirot, n'auriez-vous pas quelques patients à visiter, par hasard ? Pour rien au monde je ne voudrais vous soustraire à vos obligations professionnelles.

— J'en ai un plein hôpital, rétorqua le médecin.

Il se leva en faisant remarquer que même un sourd aurait compris l'allusion et sortit en riant.

— Voilà qui est mieux, dit Poirot. Ça va nous permettre une intéressante conversation en tête à tête. Mais n'en oubliez pas votre thé pour autant.

Il me passa une assiette de petits sandwichs et m'incita à prendre une seconde tasse de thé. Il avait vraiment des manières charmantes et savait se montrer attentionné.

— Revenons à vos impressions, reprit-il. Qui, à votre avis, n'aimait pas Mme Leidner ?

— Ce n'est que mon opinion, et je ne veux pas qu'on aille répéter que ça vient de moi...

— Ne vous inquiétez pas.

— Mais si vous voulez le fond de ma pensée, la petite Mme Mercado ne pouvait pas la supporter !

— Ah ! Et M. Mercado ?

— Il avait un faible pour elle. Je ne crois pas que les femmes – à part la sienne – aient jamais vraiment fait attention à lui. Mais Mme Leidner avait une façon très gentille de s'intéresser aux gens et à ce qu'ils lui disaient. Je ne peux pas m'empêcher de croire que ça lui était monté à la tête, à ce pauvre homme.

— Et Mme Mercado... elle prenait ça mal ?

— Elle crevait de jalousie – la voilà, la vérité. Il faut se méfier, avec les gens mariés, c'est moi qui vous le dis. Je pourrais vous en raconter des vertes et des pas mûres. Vous n'avez pas idée des choses saugrenues que les femmes peuvent aller imaginer dès qu'il est question de leur mari.

— Loin de moi l'idée de remettre en cause ce que vous me dites là. Ainsi, Mme Mercado était jalouse ? Et elle haïssait Mme Leidner ?

— Je l'ai vue la regarder comme si elle voulait la tuer... oh, mon Dieu ! (Je me repris :) Je vous assure, monsieur Poirot, je ne voulais pas dire que... je veux dire : je n'ai pas songé un instant que...

— Mais non, mais non. J'ai très bien compris. La phrase vous a échappé. Une phrase de circonstance. Et Mme Leidner, est-ce que ça l'inquiétait, cette animosité de Mme Mercado ?

— Bah ! dis-je tout en réfléchissant, je crois qu'elle s'en souciait comme d'une guigne. Je me demande même si elle s'en rendait compte. J'avais bien pensé lui en toucher un mot ; et puis j'ai préféré m'abstenir. Le silence est d'or, comme dit l'autre.

— Vous êtes la sagesse incarnée. Pouvez-vous me donner quelques exemples de la façon dont Mme Mercado manifestait son animosité ?

Je lui répétai notre conversation sur la terrasse.

— Ainsi, elle a mentionné le premier mariage de Mme Leidner, marmonna Poirot, pensif. Estimez-vous, en repensant à la façon dont elle vous l'a dit, qu'elle cherchait à savoir si vous connaissiez une autre version de l'affaire ?

— Vous pensez, en somme, qu'elle pouvait être au courant de la vérité ?

— Je ne l'exclus pas. Elle peut avoir écrit ces lettres... et manigancé cette histoire de main tambourinant à la fenêtre et tout ce qui s'ensuit.

— C'est bien ce que je me suis dit moi aussi. Ça lui ressemblerait assez, ce genre de vengeance mesquine.

— Oui, avec un rien de cruauté. Mais ça ne la prédispose guère au crime brutal et commis de sang-froid – à moins que, bien sûr...

Il s'interrompit un instant avant de me faire observer :

— Bizarre, cette phrase qu'elle vous a dite : « Vous croyez peut-être que j'ignore le but de votre présence ici ? » Qu'est-ce qu'elle voulait dire au juste ?

— Je n'en ai aucune idée, avouai-je.

— Elle vous croyait venue pour un autre motif que le motif avoué. Mais lequel ? Et pourquoi s'intéressait-elle tellement à ça ? Étrange aussi, ce que vous m'avez rapporté de la façon dont elle n'a pas cessé de vous sonder du regard le jour de votre arrivée.

— Que voulez-vous, monsieur Poirot, c'est tout sauf une dame, dis-je d'un ton pincé.

— Ça, ma sœur, c'est une excuse, pas une explication.

Je ne saisis pas tout de suite le fond de sa pensée. Mais il avait déjà enchaîné :

— Et les autres membres de l'équipe ?

Je réfléchis.

— Je crois que Mlle Johnson n'aimait pas non plus beaucoup Mme Leidner. Mais elle, au moins, ne prétendait pas le contraire et admettait bien volontiers qu'elle était de parti pris. Vous comprenez, ça fait des années qu'elle travaille avec le Pr Leidner et qu'elle est en admiration béate devant lui. Or, un mariage – on dira tout ce qu'on voudra –, ça vous change pas mal les choses dans l'existence.

— Oui, acquiesça Poirot. Et, du point de vue de Mlle Johnson, ce mariage était une erreur. Il aurait beaucoup mieux valu que le professeur l'épouse *elle*.

— Et ce n'est pas moi qui lui donnerai tort, renchéris-je. Seulement voilà, les hommes sont les hommes. Il n'y en a pas un sur cent qui réfléchisse à ce qui pourrait lui convenir. Notez bien que le Pr Leidner n'est pas entièrement à blâmer. Mlle Johnson, la pauvre, n'est pas une beauté. Tandis que Mme Leidner était merveilleuse – plus très jeune, bien sûr, mais... oh ! si seulement vous l'aviez vue ! Il y avait en elle un je-ne-sais-quoi... M. Coleman disait qu'elle était comme ces trucs qui surgissent des marais et qui vous embobinent avec leurs sortilèges. Ce n'était pas la chose à dire, bien sûr, mais... Vous allez me rire au nez, mais il y avait bel et bien en elle un je-ne-sais-quoi de... oui, de surnaturel.

— Elle était capable de vous ensorceler... oui, je comprends, dit Poirot.

— Je n'ai pas non plus l'impression que M. Carey et elle s'entendaient très bien, poursuivis-je. J'ai dans l'idée que lui aussi était jaloux, comme Mlle Johnson. Il se montrait toujours très guindé avec elle, et réciproquement. Voyez-vous... elle lui passait les choses et se montrait toujours polie, et lui donnait du « monsieur » long comme le bras. C'était un ami de longue date du professeur, que voulez-vous, et certaines femmes ne peuvent pas souffrir les vieux amis de leur mari. Elles n'aiment pas se dire que quelqu'un l'a connu avant elles. Je crois que je m'embrouille, mais...

— J'ai très bien compris. Et les trois jeunes gens ? Coleman, d'après ce que vous dites, avait des envolées lyriques en parlant d'elle.

Je ne pus m'empêcher de rire :

— C'était tordant, monsieur Poirot. Lui qui est si terre à terre d'habitude !

— Et les deux autres ?

— Pour ce qui est de M. Emmott, je n'en sais rien. Il est du genre placide et fermé comme une huître. Elle était toujours très gentille avec lui. Un peu familière… elle l'appelait David, et elle aimait bien le taquiner à propos de Mlle Reilly, et… des trucs comme ça, quoi !

— Tiens donc ! Et ça lui faisait plaisir, à lui ?

— Je n'en sais trop rien. Il se contentait de la regarder. D'un drôle d'air. Impossible de deviner ce qu'il pensait.

— Et M. Reiter ?

— Elle n'était pas toujours très gentille avec lui, dis-je lentement. Je crois qu'il lui tapait sur les nerfs. Elle aimait se moquer de lui.

— Et il prenait ça bien ou mal ?

— Il devenait tout rouge, le pauvre garçon. Ce n'est pas qu'elle avait l'intention d'être désagréable, mais…

Et, tout soudain, oubliant qu'à la seconde précédente je me sentais un peu peinée pour le pauvre garçon en question, j'en vins à le voir sous les traits d'un très vraisemblable assassin de sang-froid qui n'avait cessé de nous jouer la comédie depuis le début.

— Oh ! monsieur Poirot ! Qu'est-ce que vous croyez qu'il s'est vraiment passé ?

Il secoua lentement la tête d'un air méditatif.

— Dites-moi, fit-il. Vous n'avez pas peur de retourner là-bas cette nuit ?

— Absolument pas. Bien sûr, je n'ai pas oublié ce que vous avez dit tout à l'heure, mais qui pourrait bien avoir envie de me tuer ?

— Personne n'irait se risquer à une chose pareille, décréta-t-il, pince-sans-rire. Surtout maintenant que vous m'avez dit tout ce que vous pouviez avoir à me dire. Non, je suis persuadé... je suis sûr... que vous ne courez aucun risque.

— Si on m'avait dit à Bagdad..., commençai-je avant de m'arrêter en me mordant la langue.

— Vous avez entendu des commérages sur les Leidner et sur la mission avant d'arriver ici ? s'empressa-t-il de me demander.

Je lui parlai du surnom de Mme Leidner et m'arrangeai pour ne citer que quelques bribes de ce que Mme Kelsey avait dit sur son compte.

Au beau milieu de mes explications, la porte s'ouvrit et Mlle Reilly entra. Elle venait de jouer au tennis et avait sa raquette à la main.

Je supposai que M. Poirot avait déjà fait sa connaissance à son arrivée à Hassanieh.

Elle me gratifia d'un « Comment ça va ? » désinvolte et attrapa un sandwich.

— Alors, monsieur Poirot ? fit-elle. Comment vous tirez-vous de notre petite énigme locale ?

— Pas bien vite, mademoiselle.

— Je constate que vous avez sauvé l'infirmière du naufrage.

— Mlle Leatheran m'a donné d'inappréciables renseignements sur les membres de la mission. Et j'ai incidemment beaucoup appris sur la victime. Or, c'est souvent dans la personnalité de la victime, mademoiselle, que se trouve la clef du mystère.

— Pas bête, ce que vous dites là, approuva Mlle Reilly. Et c'est vrai que si jamais bonne femme n'a pas volé de se faire assassiner, c'est bien Mme Leidner !

— Mademoiselle Reilly ! m'écriai-je, scandalisée.

Elle éclata de rire ; un petit rire bref, déplaisant :

— Ha, ha ! Je me doutais bien que vous n'aviez pas eu droit à la vérité. Mlle Leatheran s'est laissé emboiner comme bien d'autres avant elle. Je vous assure, monsieur Poirot, je donnerais n'importe quoi pour que cette affaire ne devienne pas un de vos succès. Je serais ravie que le meurtrier de Louise Leidner s'en tire. En fait, je lui aurais volontiers réglé son compte moi-même.

Cette fille me révoltait tout bonnement jusqu'à l'écœurement. M. Poirot, je regrette de le dire, ne parut même pas estomaqué. Il se contenta de saluer la déclaration et de rétorquer d'un ton léger :

— J'espère, dans ce cas, que vous avez un alibi pour hier après-midi ?

Il y eut un moment de silence, que rompit la raquette de Mlle Reilly en tombant avec fracas sur le parquet. Elle ne se donna pas la peine de la ramasser. Toutes les mêmes : négligentes, adeptes du laisser-aller !

— Oh, oui, fit-elle d'une voix quelque peu entrecoupée, j'ai joué au tennis, au club. Mais, sérieusement, monsieur Poirot, je me demande si vous avez la moindre idée du genre de femme qu'était Mme Leidner ?

De nouveau, il esquissa une drôle de petite courbette :

— Je compte sur vous pour me l'apprendre, mademoiselle.

Elle hésita une seconde, puis se mit à parler avec une absence de cœur et un irrespect qui me donnèrent véritablement la nausée :

— Je sais qu'il est de bon ton de ne pas médire des morts. Mais je trouve ça stupide. La vérité est la vérité. Au bout du compte, c'est plutôt à propos des vivants qu'il vaudrait mieux se taire. On risquerait de leur nuire. Les morts, eux, n'ont plus ce genre de soucis. Mais le mal qu'ils ont fait vit après eux. Tiens ! ce n'est pas du Shakespeare, mais ça n'en est pas loin ! Est-ce que votre infirmière vous a parlé de l'atmosphère bizarre qui régnait à Tell Yarimjah ? Est-ce qu'elle vous a dit à quel point ils étaient tous sur les nerfs ? Et comment ils se regardaient en chiens de faïence ?

» Quand j'étais encore gamine, il y a de ça trois ans, c'était la plus heureuse, la plus joyeuse bande qu'on puisse imaginer. Même l'année dernière, ça se passait encore assez bien. Mais cette année, un fléau semblait s'être abattu sur l'équipe – et ça, c'était son œuvre à elle. Elle était de ces femmes qui ne supportent pas de voir les gens heureux ! Ça existe, ce genre de créature, et elle faisait partie du lot. Elle éprouvait un malin plaisir à toujours tout casser. Rien que pour se donner du bon temps, ou pour mesurer son pouvoir, ou peut-être tout bonnement parce qu'elle était ainsi faite. Et elle était aussi du genre à mettre le grappin sur tous les hommes qui passaient à sa portée !

— Mademoiselle Reilly, m'écriai-je, je ne crois pas une seconde que ce soit vrai ! En fait, je sais que ce n'était pas le cas.

Elle poursuivit, sans même m'accorder un regard :

— Être adorée de son mari, ça ne lui suffisait pas. Il fallait encore qu'elle fasse tourner en bourrique ce grand cornichon efflanqué de Mercado. Ensuite, elle a jeté son dévolu sur Bill. Bill, il a les pieds sur terre, mais elle a quand même réussi à l'abrutir et à le rendre cinglé. Carl Reiter, elle prenait un malin plaisir à le torturer. Pas sorcier ! C'est un garçon sensible. Et puis elle s'est carrément jetée à la tête de David.

» David, ç'a été une meilleure affaire pour elle, parce qu'il a rué dans les brancards. Il sentait bien qu'elle lui faisait du charme, mais il n'éprouvait rien du tout. Tout ça parce que je crois qu'il avait assez de jugeote pour se rendre compte qu'elle se moquait pas mal de lui. Et c'est pour ça que je la détestais à ce point-là. Elle n'était pas sensuelle. Elle ne mourait pas d'envie d'avoir des liaisons. De sa part, c'était juste de l'expérimentation à froid et le plaisir d'exciter les gens et de les dresser les uns contre les autres. Oui, ça l'émoustillait, ça aussi. C'était le genre de femme qui n'avait jamais dû se bagarrer dans sa vie, mais qui était toujours au centre de toutes les bagarres. Parce qu'elle les provoquait. C'était une sorte de Iago femelle. Il lui fallait du drame. Seulement elle ne voulait pas se mouiller elle-même. Elle préférait rester en dehors de la mêlée, à tirer les ficelles... à compter les coups... à prendre son plaisir. Oh ! est-ce que vous comprenez, ne serait-ce qu'un peu, ce que je cherche à vous dire ?

— J'en comprends peut-être beaucoup plus que vous ne l'imaginez, mademoiselle, dit Poirot.

Je fus bien incapable de démêler le sens de son intonation. Il n'avait pas l'air indigné. Il semblait... oh ! bon, je donne ma langue au chat.

Sheila Reilly parut comprendre, elle, parce qu'elle devint rouge comme une pivoine.

— Vous pouvez croire ce qui vous chante, répliqua-t-elle. Mais en ce qui la concerne, j'ai raison. C'était une femme intelligente, qui s'ennuyait et qui se livrait à des expériences, sur les gens, comme d'autres le font sur des produits chimiques. Elle prenait un plaisir fou à jouer sur les sentiments de cette pauvre vieille Johnson, et à la voir encaisser les coups sans broncher, en brave fille qu'elle est. Elle aimait aiguillonner la petite Mercado jusqu'à ce qu'elle soit au bord de la crise de nerfs. Elle aimait me piquer au vif, et ça marchait à tous les coups. Elle aimait découvrir les secrets des gens pour avoir barre sur eux. Oh ! je ne parle pas de chantage grossier, il s'agissait juste de leur faire savoir qu'elle savait et de les laisser mijoter en attendant de découvrir ce qu'elle ferait. Bon sang ! cette femme, c'était une artiste ! Elles étaient raffinées, ses méthodes !

— Et son mari, dans tout ça ? demanda Poirot.

— Elle n'a jamais cherché à lui faire de mal, répondit Mlle Reilly avec lenteur. Pour ce que j'en sais, elle a toujours été adorable avec lui. J'imagine qu'elle l'aimait beaucoup. C'est un ange, perdu dans son univers à lui... ses fouilles, ses élucubrations. Il était en adoration devant elle, il la trouvait parfaite. Il y a des femmes que ça aurait exaspérées. Elle, ça ne la troublait en rien. Dans un sens, il vivait dans un paradis de dupes... sans que ce soit pour lui un paradis de dupes puisqu'en ce qui le concerne, il prenait ses désirs pour des réalités. Bien qu'il ne soit pas commode de concilier ça avec...

Elle s'arrêta net.

— Poursuivez, mademoiselle, dit Poirot.

Elle se tourna soudain vers moi :

— Qu'est-ce que vous lui avez dit au sujet de Richard Carey ?

— Au sujet de M. Carey ? répétai-je, abasourdie.

— Au sujet de Carey et elle ?

— Eh bien, dis-je, j'ai mentionné qu'ils ne s'entendaient pas au mieux...

À ma stupeur, elle se tordit de rire :

— Ils ne s'entendaient pas au mieux ! Pauvre idiote ! Il en était amoureux fou. Et ça le déchirait, parce qu'il a toujours vénéré Leidner. C'est son meilleur ami depuis des années. Pour elle, il n'en fallait pas plus, ça va de soi. Elle s'est débrouillée pour se dresser entre eux. Mais, en même temps, il m'est arrivé de me demander si...

— Oui ? fit Poirot.

158

Abîmée dans ses pensées, elle fronçait les sourcils :

— Il m'est arrivé de me demander si elle n'était pas allée trop loin, cette fois… si, tout en restant chasseur, elle n'était pas aussi devenue la proie ! Carey est séduisant. Follement séduisant… Elle, c'était un monstre froid, mais je suis persuadée qu'avec lui, elle aurait pu la perdre, sa froideur.

— Je trouve ce que vous dites parfaitement scandaleux ! m'écriai-je. Enfin, voyons, c'est à peine s'ils s'adressaient la parole !

— À peine ? (Elle se tourna vers moi.) Vous m'avez tout l'air d'être drôlement renseignée. À la maison, c'était du « monsieur Carey » et du « madame Leidner » en veux-tu en voilà, seulement ils avaient pris le pli de se rencontrer dehors. Elle descendait faire un petit tour jusqu'au fleuve. Et lui, il s'absentait du chantier pour une heure. Ils avaient l'habitude de se retrouver dans les vergers.

» Une fois, je l'ai vu qui venait de la quitter et qui regagnait le chantier à grands pas. Elle, elle était restée plantée là, à le regarder s'éloigner. Je crois que je me suis conduite comme la dernière des dernières. J'avais mes lunettes de soleil sur le nez… et je les ai retirées pour le dévisager tout mon soûl. Si vous voulez mon avis, elle était folle de Richard Carey…

Elle s'était tue et regardait Poirot.

— Pardonnez-moi de m'être mêlée de votre affaire, grinça-t-elle avec une sorte de petit sourire crispé, mais je m'étais dit que ça vous plairait que j'apporte un correctif à la couleur locale.

Sur quoi elle quitta la pièce en coup de vent.

— Monsieur Poirot, m'écriai-je, je ne crois pas un traître mot de tout ça !

Il me regarda, me sourit et me déclara (très bizarrement, je trouve) :

— Mlle Reilly vient de projeter un éclairage... inédit sur cette affaire, mademoiselle. Vous ne pouvez pas dire le contraire.

19

NOUVEAU SOUPÇON

Nous ne pûmes nous étendre davantage car le Dr Reilly revint sur ces entrefaites, clamant en manière de plaisanterie qu'il venait de supprimer le plus pénible de ses malades.

M. Poirot et lui se lancèrent dans une discussion d'ordre plus ou moins médical sur la psychologie et la santé mentale des auteurs de lettres anonymes. Le docteur cita des cas qu'il avait eu à soigner, et M. Poirot raconta quelques-unes de ses expériences dans ce domaine.

— Ce n'est pas aussi simple qu'il y paraît, conclut-il. On constate chez eux une certaine volonté de domination et, très souvent, un terrible complexe d'infériorité.

Le Dr Reilly renchérit aussitôt :

— C'est d'ailleurs pourquoi on découvre si souvent que l'auteur de lettres anonymes est la personne qu'on soupçonnait le moins. Un pauvre diable inoffensif qui paraît incapable de faire du mal à une mouche – toute

douceur et humilité chrétienne au-dehors, tout bouillon-
nant des fureurs de l'enfer en dedans.

— Diriez-vous de Mme Leidner qu'elle souffrait
d'un complexe d'infériorité ? demanda Poirot, songeur.

Le Dr Reilly cura sa pipe en riant :

— C'est bien la dernière femme au monde que
j'aurais soupçonnée de ça. Chez elle, aucun refoule-
ment. Vivre, vivre et vivre plus encore… voilà ce qu'elle
voulait, et qu'elle obtenait d'ailleurs.

— Vous paraît-il possible, sur le plan psychologique,
qu'elle ait écrit ces lettres ?

— Tout à fait. Auquel cas elle se serait ainsi laissée
aller à sa propension au mélodrame. Dans sa vie privée,
Mme Leidner jouait un peu les stars de l'écran ! Elle
avait besoin d'occuper le devant de la scène, d'être sous
les feux de la rampe. La loi des contraires lui avait fait
épouser le Pr Leidner, qui est sans doute l'homme le
plus modeste et réservé que je connaisse. Il l'adorait…
mais elle, l'amour routinier ne lui suffisait pas. Il fallait
également qu'elle soit l'héroïne persécutée.

— En fait, sourit Poirot, vous ne souscrivez pas à
l'hypothèse de Leidner selon laquelle elle aurait écrit
ces lettres avant de s'empresser de l'oublier.

— Absolument pas. Cette idée-là, je n'ai pas voulu
la rejeter devant lui, point final. Pas commode de dire
à un homme qui vient de perdre la femme qu'il aime
que ce n'était qu'une exhibitionniste éhontée qui l'avait
rendu à moitié fou d'angoisse dans le seul but de satisfaire ses instincts dramatiques. De toute façon, ce n'est
jamais prudent de dire à un homme la vérité sur sa
femme ! Curieusement, je me méfierais moins d'une
femme à qui je dirais la vérité sur son mari. Qu'un
homme soit un pourri, un escroc, un drogué, un menteur
et même le roi des ordures, les femmes l'acceptent sans

broncher et sans que ça diminue le moins du monde leur tendresse pour le salopard en question ! Ce sont des créatures merveilleusement réalistes.

— En toute franchise, docteur Reilly, quelle était au juste votre opinion sur Mme Leidner ?

Le Dr Reilly se renversa dans son fauteuil et tira lentement sur sa pipe :

— En toute franchise... ce n'est pas facile à dire ! Je ne la connaissais pas assez bien. Du charme, elle en avait à revendre. De l'intelligence, de la sensibilité... Quoi d'autre ? Elle était dépourvue de tous les vices ordinaires. Elle n'était ni folle de son corps, ni paresseuse, ni même particulièrement vaniteuse. En revanche, je l'ai toujours considérée, sans toutefois en tenir la preuve, comme une menteuse consommée. Ce que j'ignore – et que je voudrais bien savoir –, c'est si elle se mentait à elle-même ou si elle réservait ça aux autres. Personnellement, j'ai un faible pour les menteuses. Une femme qui ne sait pas mentir est une créature dépourvue de sensibilité et d'imagination. Je ne crois pas que c'était vraiment une mangeuse d'hommes ; tout au plus raffolait-elle de ce sport qui consiste à les faire se traîner à vos pieds. Si vous lancez ma fille sur ce sujet...

— Nous avons déjà eu cet avantage, dit Poirot avec un petit sourire.

— Hum ! fit le Dr Reilly. Elle n'a pas perdu de temps ! Et elle n'a pas dû y aller de main morte ! La jeune génération n'a aucun respect pour les morts. C'est fou ce qu'ils sont à cheval sur les principes ! Ils vilipendent la « morale bourgeoise » et s'empressent d'en instaurer une de leur cru, bien plus rigide encore. Si Mme Leidner avait eu une demi-douzaine de liaisons, Sheila l'aurait sans doute approuvée de « vivre sa vie », ou d'« obéir à ses pulsions animales ». Ce qu'elle ne voit pas, c'est que Mme Leidner agissait selon son tempérament – son tempérament à elle. Quand le chat joue avec la souris, il obéit à son instinct. Sa nature est ainsi faite. Les hommes ne sont pas des petits garçons qu'il s'agit de défendre et de protéger. Il leur faut affronter des tigresses, des épagneuls fidèles, des créatures enamourées du style « à toi jusqu'à la mort », des mégères, des enquiquineuses, des traînées… j'en passe et des meilleures ! La vie est un champ de bataille, pas un pique-nique ! J'aimerais que Sheila ait l'honnêteté de descendre de ses grands chevaux et d'avouer qu'elle exécrait Mme Leidner pour des raisons personnelles vieilles comme le monde. Sheila est à peu près la seule fille du secteur, et elle s'imagine qu'elle devrait avoir sous sa coupe tout ce qui est d'âge consommable et qui porte la culotte. Naturellement, ça l'agace qu'une femme, vieillissante, à ses yeux, et qui compte déjà deux maris à son actif, la batte à plate couture sur son propre terrain. Sheila est une fille charmante, débordante de santé, plutôt jolie et qui a beaucoup de succès auprès du sexe fort, ainsi qu'il se doit. Mais il faut bien reconnaître que, dans ce domaine-là, Mme Leidner était hors catégorie. Elle possédait cette sorte de charme fatal qui vous ensorcelle… c'était un peu la Belle Dame sans Merci.

Je sursautai dans mon fauteuil. Quelle coïncidence, qu'il dise ça !

— Votre fille, sans indiscrétion, fit Poirot, a peut-être un petit faible pour l'un des jeunes gens des environs.

— Oh ! je ne pense pas. Elle a eu Emmott et Coleman pendus à ses basques, cela va de soi. Mais je ne crois pas qu'elle soit plus attirée par l'un que par l'autre. Il y a eu aussi un ou deux garçons de l'Air Force.

Pour le moment, tout lui est bon. À vrai dire, c'est le triomphe de l'âge mûr sur la jeunesse qui la met hors d'elle ! Elle ne connaît pas la vie comme je la connais. C'est quand on atteint mon âge qu'on se met à apprécier vraiment un teint d'adolescente, un œil clair et un corps ferme et galbé. Tandis qu'une femme qui a passé la trentaine, ça sait vous écouter d'un air conquis, ça sait glisser au moment propice le mot qui vous prouve à quel point vous êtes extraordinaire – et ils ne sont pas légion, les garçons qui peuvent résister à ça ! Sheila est jolie fille, mais Louise Leidner était belle. Des yeux magnifiques, et cette étonnante blondeur. Oui, c'était une femme superbe.

Oui, pensai-je à part moi, il a raison. La beauté est une chose merveilleuse. Elle avait été belle, ô combien ! Pas de ce genre de beauté qu'on envie, qu'on jalouse… non, de celle qu'on se contente d'admirer, en extase. Dès le premier jour, j'avais su que j'étais prête à faire n'importe quoi pour Mme Leidner !

Tout de même, tandis qu'on me raccompagnait en voiture ce soir-là – le Dr Reilly m'avait retenue à dîner –, je me remémorai quelques menus détails qui ne manquèrent pas de me troubler. Sur le moment, je n'avais pas cru un mot du déballage d'horreurs de Sheila Reilly. J'avais attribué le tout à la méchanceté et au dépit.

Mais je repensai soudain à la façon dont Mme Leidner avait un jour insisté pour aller se promener seule et dont elle avait – presque jusqu'à la grossièreté – refusé que je l'accompagne. Je ne pouvais m'empêcher de me demander si, après tout, elle ne s'était pas bel et bien précipitée rejoindre M. Carey… Et puis, finalement, est-ce que ce n'était pas un peu bizarre cette façon cérémonieuse qu'ils avaient de se parler ? La plupart des autres s'appelaient par leur prénom.

Il semblait ne jamais la regarder, ça me revenait. Peut-être parce qu'il ne l'aimait pas ; ou alors parce que c'était le contraire…

Je me secouai. Voilà que je lâchais la bride à mon imagination ; tout ça à cause de la sortie d'une gamine vexée ! Ce qui prouvait bien qu'il est dangereux de se laisser aller à de tels racontars.

Mme Leidner n'était pas du tout comme ça…

D'accord, elle n'aimait pas Sheila Reilly. Elle en avait parlé assez méchamment le jour où elle avait pris M. Emmott à partie au cours du déjeuner.

C'était drôle, la façon dont il l'avait regardée. Une façon si bizarre qu'il était impossible de savoir ce qu'il pensait. De toute façon, avec M. Emmott, il n'y avait jamais moyen de le savoir. C'était un garçon si réservé. Mais quelqu'un de bien. Quelqu'un de gentil sur qui on pouvait compter.

Tandis que M. Coleman, quel idiot, celui-là !

J'en étais là de mes réflexions quand nous arrivâmes. Il était 9 heures pile et le portail était fermé et barricadé.

Ibrahim accourut avec sa grosse clef pour m'ouvrir.

On se couchait tôt, à Tell Yarimjah. Il n'y avait aucun signe de vie dans la pièce à tout faire. La lumière brillait dans la salle de dessin et dans le bureau du Pr Leidner, mais presque toutes les autres fenêtres étaient noires. Tout le monde ou presque avait dû aller se coucher encore plus tôt que d'habitude.

En passant devant la salle de dessin pour gagner ma chambre, je jetai un coup d'œil à l'intérieur. M. Carey, en bras de chemise, travaillait à son relevé.

Il n'avait pas l'air bien du tout. Tellement tendu, tellement à bout. J'en eus un coup au cœur. Je ne sais pas ce qu'il y avait avec M. Carey : ce n'était pas ce qu'il disait, parce qu'il ne disait presque rien et que ça n'allait jamais chercher bien loin ; ce n'était pas ce qu'il faisait, parce qu'il n'en faisait pas non plus des masses ; et pourtant, pas moyen de s'empêcher de le remarquer et de se dire que tout ce qui le concernait était plus important que ce qui arrivait aux autres. Il *comptait*, si vous voyez ce que je veux dire.

Il tourna la tête et me vit.

— De retour d'Hassanieh, mademoiselle ? fit-il en ôtant sa pipe de sa bouche.

— Oui, monsieur Carey. Vous travaillez tard. Tous les autres sont allés se coucher, on dirait.

— J'ai préféré continuer. J'étais un peu en retard. Et demain, il faut que je sois toute la journée sur le chantier. On recommence à fouiller.

— Déjà ? fis-je, scandalisée.

Il me regarda d'un drôle d'air.

— C'est la meilleure solution, à mon avis. C'est ce que j'ai dit à Leidner. Il passera presque toute la journée de demain à Hassanieh pour les formalités. Mais nous autres, nous allons nous activer. Étant donné les circonstances, ça vaut mieux que de rester là à se regarder en chiens de faïence.

Il avait raison, évidemment. Surtout vu l'état de nerfs de chacun.

— D'un sens, c'est vrai, convins-je. Quand les mains sont occupées, l'imagination, elle, ne travaille pas.

Les obsèques, je le savais, étaient prévues pour le surlendemain.

M. Carey s'était repenché sur son plan. Je ne sais pas pourquoi, mais il me brisait le cœur. J'étais prête à parier qu'il ne fermerait pas l'œil de la nuit.

— Vous n'avez pas envie d'un somnifère, monsieur Carey ? lui proposai-je après une hésitation.

Il secoua la tête avec un sourire.

— Je vais continuer, mademoiselle. Sale habitude, les somnifères.

— Alors, bonne nuit, monsieur Carey. S'il y a quoi que ce soit que je puisse faire...

— Je ne crois pas, merci, mademoiselle. Bonne nuit.

— Je suis vraiment catastrophée, dis-je, un peu trop impulsivement sans doute.

Il parut surpris :

— Catastrophée ?

— Pour... pour tout le monde. C'est affreux. Surtout pour vous, d'ailleurs.

— Pour moi ? Pourquoi pour moi ?

— Vous êtes un vieil ami du couple.

— Je suis un vieil ami de Leidner. Je n'étais pas particulièrement de ses amis à elle.

Il s'était exprimé comme s'il l'avait toujours détestée. J'aurais donné cher pour que Mlle Reilly entende ça !

— Euh... bonne nuit, répétai-je.

Et je me dépêchai de gagner ma chambre.

Avant de me déshabiller, je fis mille et une petites choses. Je lavai quelques mouchoirs et une paire de gants de peau, et j'écrivis quelques lignes dans mon journal. Puis je jetai un dernier coup d'œil au-dehors avant de me préparer pour la nuit. Les lumières brillaient toujours dans la salle de dessin et dans le bâtiment sud.

Sans doute le Pr Leidner travaillait-il encore dans son bureau. Je me demandai si je ne devais pas aller lui souhaiter bonne nuit ; je ne voulais pas faire d'excès de zèle. Et puis il devait être occupé et ne pas avoir envie qu'on le dérange. En fin de compte, je fus envahie d'une espèce de scrupule. Après tout, ça n'aurait rien de gênant. Je me contenterais de lui dire bonsoir, de lui demander s'il n'avait besoin de rien et de revenir me coucher.

Mais le professeur n'était pas là. Le bureau était éclairé, certes, mais c'est Mlle Johnson que j'y trouvai. Affalée sur la table et la tête entre les mains, elle sanglotait à fendre l'âme.

Cela me fit un choc. Une femme si réservée, si maîtresse d'elle-même ! C'était navrant de la voir dans un état pareil.

— Mais qu'est-ce qui vous arrive ? m'écriai-je.

Je l'entourai de mon bras et lui tapotai le dos :

— Allons, allons, arrêtons-nous vite... Ce n'est pas bien du tout de pleurer comme ça dans son coin.

Secouée de lourds sanglots, elle ne répondit pas.

— Ne pleurez pas, ma chère, ne pleurez pas, voyons, la grondai-je. Reprenez-vous. Je vais vous faire une tasse de thé bien chaud.

Elle releva la tête.

— Non, non, ça ira, mademoiselle. Je me conduis comme une idiote.

— Qu'est-ce qui vous a mise dans cet état-là ? insistai-je.

Elle ne répondit pas tout de suite, puis elle hoqueta :

— Tout ça est tellement abominable...

— Ne vous remettez pas à y penser comme ça. Ce qui est fait est fait et ne peut se défaire. Ça ne sert à rien de se ronger les sangs.

Elle se redressa et passa la main dans sa tignasse.

— Je me rends grotesque, fit-elle de sa voix bourrue. Je déblayais un peu, je faisais un peu d'ordre. Je m'étais dit que le mieux, c'était de m'atteler à une tâche quelconque. Et puis tout d'un coup... ç'a été plus fort que moi.

168

— Oui, oui, je comprends, m'empressai-je de dire. Une bonne tasse de thé bien fort et une bonne bouillotte bien chaude, voilà ce qu'il vous faut.

Et il fallut bien qu'elle s'en accommode. Je refusai d'écouter la moindre protestation.

— Merci, mademoiselle, murmura-t-elle une fois au lit, bouillotte aux pieds et entre deux gorgées. Vous êtes une fille bien et vous avez les pieds sur terre. Ce n'est pas souvent que je me donne comme ça en spectacle.

— Dans ce genre de circonstances, ça peut arriver à tout le monde. On ne sait plus à quel saint se vouer. La tension, le choc, les allées et venues de la police… Même moi, je ne sais plus où j'en suis.

— C'est vrai, ce que vous disiez tout à l'heure, reprit-elle soudain d'une drôle de voix. Ce qui est fait est fait et ne peut se défaire…

Elle garda le silence un instant, puis reprit de la même voix bizarre :

— Ça n'a jamais été quelqu'un de bien !

Je n'allais pas me lancer dans ce genre de débat. Il m'avait toujours paru naturel qu'il y ait un certain froid entre Mlle Johnson et Mme Leidner.

Ce qui m'amena à me demander si Mlle Johnson ne se serait pas par hasard réjouie de la mort de Mme Leidner avant d'avoir honte d'une telle pensée.

— Allons, maintenant, tâchez de dormir, dis-je, et cessez de vous mettre martel en tête.

Je rangeai deux ou trois objets et mis un peu d'ordre : ses bas sur le dossier de la chaise, sa jupe et sa veste sur un cintre. Un chiffon de papier, qui avait dû tomber de sa poche, traînait par terre.

J'étais en train de le lisser pour vérifier que je pouvais le jeter sans problème quand Mlle Johnson eut une réaction qui faillit me faire tomber à la renverse.

— Donnez-moi ça !

Médusée, je m'exécutai. Elle avait dit ça sur un ton ! Elle me l'arracha carrément des mains – il n'y a pas d'autre mot – et le tint à la flamme de la bougie jusqu'à ce qu'il soit en cendres.

Comme je viens de le dire, j'étais médusée… et me contentai de la regarder faire.

Elle me l'avait arraché si vite que je n'avais pas eu le temps de voir ce qu'il y avait dessus. Mais ce qu'il y a de drôle, c'est qu'en brûlant il se tordit dans ma direction et que j'aperçus quelques mots écrits à l'encre.

Ce n'est qu'au moment de me mettre au lit que je compris pourquoi ils m'avaient paru vaguement familiers.

C'était la même écriture que celle des lettres anonymes.

Est-ce que c'était ça, la cause de la crise de remords de Mlle Johnson ? Était-ce elle qui, depuis le début, les avait écrites, ces lettres anonymes ?

20

MLLE JOHNSON, MME MERCADO, M. REITER

Je l'avoue sans ambages, cette idée me causa un rude choc. Jamais je n'aurais songé à associer Mlle Johnson aux lettres. Mme Mercado, peut-être. Mais Mlle Johnson, c'était une dame, et une personne intelligente et de sang-froid.

Et puis, en me remémorant la conversation qui avait eu lieu au cours de la soirée entre M. Poirot et le Dr Reilly, j'en vins à me dire que c'était peut-être précisément à cause de ça.

Notez que si c'était Mlle Johnson qui avait écrit les lettres, ça expliquait pas mal de choses. Je ne pensais pas une seconde qu'elle puisse avoir quoi que ce soit à voir avec le meurtre. Mais je voyais comment sa haine pour Mme Leidner avait pu la faire succomber à la tentation de… de lui flanquer une sacrée frousse, comme on dit vulgairement.

Sans doute espérait-elle que la frousse en question inciterait Mme Leidner à vider les lieux.

Sur quoi Mme Leidner avait été assassinée et Mlle Johnson s'était retrouvée bourrelée de remords ; d'abord à cause de la cruauté de sa sale blague, ensuite parce qu'elle avait compris que les lettres servaient de bouclier à l'assassin. Pas étonnant qu'elle se soit complètement effondrée. Au fond, j'étais sûre qu'elle avait un cœur d'or. Ce qui expliquait pourquoi elle avait si violemment réagi à mon « ce qui est fait est fait et ne peut se défaire ».

Ainsi d'ailleurs que sa remarque énigmatique ; justification de sa propre conduite : « Ça n'a jamais été quelqu'un de bien. »

Ma question, c'était : et maintenant, qu'est-ce que je dois faire ?

Je tergiversai pendant un bon moment et, au bout du compte, je finis par décider que je mettrais M. Poirot au courant à la première occasion.

Il vint le lendemain, mais impossible d'avoir tout de suite avec lui une conversation « en privé ». Nous ne fûmes seuls qu'un instant et je n'avais même pas eu le temps de me ressaisir et de trouver une entrée en matière qu'il me prenait déjà par le coude et me baragouinait à l'oreille dans son anglais impossible :

— Moi, parler je dois à Mlle Johnson, et à autres aussi dans la pièce à tout faire. (Contrairement à ma promesse, je vous livre pour une fois Poirot dans le texte !) Vous avoir la clef de la chambre de Mme Leidner encore ?

— Oui, dis-je.

— Combien splendide ! Allez là-bas, fermez la porte dans votre derrière et donnez un cri – pas un hurlement, juste un cri. Vous comprendre ce que je signifie ? C'est inquiétude, c'est surprise que je veux, pas folle terreur. Quant à excuse à fournir pour qui entend, je laisse soin à vous : vous avez torché la cheville ou ce que vous voulez.

À ce moment précis, Mlle Johnson montra le bout de son nez dans la cour et nous n'eûmes pas le temps d'échanger un mot de plus.

J'avais tant bien que mal compris où M. Poirot voulait en venir. Dès qu'il fut entré dans la pièce à tout faire avec Mlle Johnson, je gagnai la chambre de Mme Leidner, tournai la clef dans la serrure, entrai et refermai la porte derrière moi.

Difficile de prétendre que je ne me sentis pas grotesque, plantée là au milieu d'une pièce vide, à essayer d'émettre de but en blanc une espèce de bêlement. D'autant que ce n'était pas commode de savoir avec quelle force il s'agissait de le faire. Je poussai un « Oh ! » bien sonore, puis le risquai un peu plus haut, et enfin un peu plus bas.

Ensuite de quoi je ressortis avec l'« excuse » toute prête de m'être « torché » la cheville.

Mais il m'apparut bien vite que je n'aurais pas la moindre explication à fournir. Mlle Johnson et Poirot étaient plongés dans une conversation que rien, manifestement, n'était venu troubler.

« En tout cas, me dis-je, c'est toujours ça de réglé. Ou bien Mlle Johnson l'a rêvé, ce cri qu'elle a entendu, ou bien il s'agissait de quelque chose d'autre. »

Je n'avais pas envie d'aller les interrompre. Il y avait un transat dans la véranda et je m'y installai. Leurs voix voletaient jusqu'à moi.

— La situation est délicate, comprenez-vous, disait Poirot (dont je vous corrige à nouveau les propos). Le Pr Leidner était visiblement amoureux fou de sa femme…

— Il la vénérait, renchérit Mlle Johnson.

— Il ne cesse de me répéter à quel point toute son équipe l'adorait ! Mais eux, qu'est-ce qu'ils peuvent dire ? La même chose, cela va de soi. Par politesse ? Par respect des convenances ? Il est possible aussi que ce soit la vérité ! Mais ce n'est pas certain ! Or, je suis convaincu, mademoiselle, que seule une réelle compréhension de la personnalité de Mme Leidner fournira la clef de l'énigme. Si je pouvais avoir l'opinion – l'opinion sincère – de chacun des membres de la mission, je serais à même de me faire une impression d'ensemble. Voilà, en toute franchise, pourquoi je suis ici aujourd'hui. Je savais que le Pr Leidner serait à Hassanieh. Cela me permet de m'entretenir plus facilement avec chacun de vous et de lui demander son aide.

— Tout cela est juste…, commença Mlle Johnson, mais elle ne poursuivit pas sur sa lancée.

— Ne m'opposez surtout pas vos clichés à l'anglaise ! supplia Poirot. Ne venez pas me dire qu'il ne s'agit ni de cricket ni de football, qu'il ne faut jamais médire des morts et que la fidélité envers la mémoire de la victime, cela existe ! Dans une affaire criminelle, ce genre de fidélité-là, c'est à éviter comme la peste. Ça ne fait que repousser la vérité encore un peu plus dans l'ombre.

— Je ne me sens pas une seconde tenue de respecter la mémoire de Mme Leidner, répliqua Mlle Johnson d'un ton mordant. (Il y avait réellement une note acide dans sa voix.) Mais le Pr Leidner, c'est autre chose. Et, après tout, elle était sa femme.

— Précisément, précisément. Je comprends que vous ne souhaitiez pas dire du mal de la femme de votre patron. Mais nous ne sommes pas ici pour lui délivrer un certificat de bonnes mœurs. Nous sommes ici pour résoudre une affaire criminelle. S'il me faut partir du postulat que la victime était un ange ou qu'elle était vierge et martyre, ça ne me facilitera pas la tâche.

— Ce n'est en tout cas jamais moi qui irais la décrire comme un ange, dit Mlle Johnson d'un ton plus acide encore.

— Dites-moi franchement votre opinion, mademoiselle Johnson. Votre opinion de femme.

— Hum ! Avant tout, monsieur Poirot, je tiens à vous avertir. Je vais être partiale. Je suis – nous étions tous – dévouée corps et âme au professeur. Et, dès qu'il y a eu une Mme Leidner, je crois que nous en avons tous été jaloux. Nous lui en avons voulu d'accaparer son temps et son attention. L'adoration qu'il avait pour elle nous portait sur les nerfs. Je serai franche, monsieur Poirot, même s'il m'en coûte de parler comme je vais le faire. Sa présence ici me mettait hors de moi. Oh ! j'ai toujours pris soin de le cacher, bien sûr, mais c'est vrai qu'elle me mettait hors de moi. Pour nous, la situation changeait du tout au tout, vous comprenez ?

— Nous ? Qui nous ?

— M. Carey et moi. Nous ne nous sommes jamais vraiment quittés depuis le bon vieux temps. Et nous n'aimions pas beaucoup le nouvel ordre des choses. Réaction naturelle, sans doute, même si elle était plutôt mesquine. Mais ça avait vraiment tout changé.

— En quoi ?

— En tout ! Nous étions si heureux, avant. Beaucoup de gaieté, des plaisanteries idiotes, comme font les gens qui ont l'habitude de travailler ensemble. Le Pr Leidner était joyeux comme un pinson : un vrai gosse.

— Et à son arrivée, Mme Leidner a mis bon ordre à tout ça ?

— Je ne pense pas que c'était de sa faute. Ça n'a pas été si mal, l'an dernier. Et croyez bien, monsieur Poirot, qu'il ne s'agit pas de choses qu'elle aurait faites. Elle s'est toujours montrée charmante avec moi – absolument charmante. C'est bien pourquoi j'avais honte, parfois. Elle n'en était pas responsable, si des petites choses qu'elle faisait ou disait me prenaient à rebrousse-poil. Personne n'aurait pu se montrer plus gentil qu'elle l'était, vraiment.

— Quoi qu'il en soit, l'atmosphère avait changé, cette année. Ce n'était plus la même chose, non ?

— Absolument plus. Plus du tout. Je ne sais pas à quoi ça tenait. Tout semblait faussé : pas dans le travail, non, mais entre nous – notre humeur, nos nerfs. Nous étions tous à cran. Comme à l'approche d'un orage.

— Et vous attribuez ça à l'influence de Mme Leidner ?

— Ça n'avait jamais été comme ça avant, dit sèchement Mlle Johnson. Oh ! je ne suis qu'une vieille bourrique acariâtre, conservatrice et qui voudrait que rien ne change jamais. Vous ne devriez pas faire attention à ce que je dis, monsieur Poirot.

— Comment me décririez-vous le personnage et le tempérament de Mme Leidner ?

Mlle Johnson hésita un moment.

— Oh, évidemment, c'était une instable, dit-elle avec lenteur. Elle avait des hauts et des bas. Beaucoup de hauts et beaucoup de bas. Adorable un jour et vous faisant la tête le lendemain. Elle était très bonne, je crois. Très attentionnée. Et en même temps, on voyait bien qu'elle avait été gâtée toute sa vie. Elle trouvait naturel que le professeur soit aux petits soins pour elle. Et je ne crois pas qu'elle se soit jamais rendu compte qu'elle avait épousé un homme exceptionnel – un grand homme. Ça m'exaspérait. Et puis, bien sûr, elle était terriblement nerveuse, angoissée. Les choses qu'elle trouvait le moyen d'inventer, les états dans lesquels elle se mettait ! J'ai poussé un soupir de soulagement quand le professeur a fait venir Mlle Leatheran. Avec son travail à assumer, les angoisses de sa femme, c'était trop pour lui.

— Qu'est-ce que vous pensez des lettres anonymes qu'elle recevait ?

Impossible de résister. Je me tordis le cou sur mon transat jusqu'à apercevoir le profil de Mlle Johnson qui, tournée vers Poirot, répondait à sa question.

Elle avait l'air calme et parfaitement maîtresse d'elle-même :

— Je pense que quelqu'un, aux États-Unis, avait une dent contre elle et cherchait à lui faire peur ou à lui empoisonner l'existence.

— Rien de plus sérieux que ça ?

— Je vous dis ce que je pense. Elle était très belle, vous savez, et ça n'avait pas dû lui être difficile de se faire des ennemis. Pour moi, ces lettres ont été écrites par une rivale. Comme elle était impressionnable, elle a pris ça au tragique.

176

— C'est le moins qu'on puisse dire ! Mais souvenez-vous que… que la dernière lettre n'est pas arrivée ici par le courrier.

— Le problème de la faire déposer ne devait pas être insoluble pour quelqu'un de débrouillard. Pour satisfaire leur rancune, les femmes sont capables de prouesses, monsieur Poirot.

Ça, c'est bien vrai ! me dis-je en moi-même.

— Vous n'avez peut-être pas tort, mademoiselle. Comme vous venez de le dire, Mme Leidner était très belle. À propos, vous connaissez Mlle Reilly, la fille du docteur ?

— Sheila Reilly ? Oui, bien sûr.

Poirot prit son ton le plus cancanier :

— On m'a rapporté un bruit qui court – et il va de soi que je ne me permettrais jamais de poser la question au docteur –, bruit selon lequel il y aurait une amourette entre Mlle Reilly et l'un des membres de la mission. Vous y croyez ?

Mlle Johnson eut l'air de s'amuser beaucoup :

— Le petit Coleman et David Emmott lui ont tous deux tournicoté autour. Je crois qu'il y a eu rivalité entre eux pour savoir lequel serait son cavalier à je ne sais quelle soirée du club. Ils ont l'habitude d'y aller tous les deux le samedi soir. Mais je ne crois pas que, de son côté, elle y ait attaché la moindre importance. Elle est la seule fille du coin, vous savez, ce qui fait d'elle la beauté locale. Toute l'Air Force également est pendue à ses basques.

— Vous pensez donc qu'il n'y a rien de sérieux là-dedans ?

— Ma foi, je n'en sais rien, fit Mlle Johnson, soudain pensive. Il est exact qu'elle vient assez souvent par ici.

Sur le chantier et tout ça. Mme Leidner a même taquiné David Emmott à ce propos l'autre jour, en lui disant qu'elle lui courait après. Ce qui était assez déplaisant de sa part, à mon avis, et qu'il n'a pas très bien pris… Oui, elle est venue assez souvent. Je l'ai vue passer à cheval en direction des fouilles, l'après-midi du drame. (Du menton, elle désigna la fenêtre ouverte.) Mais ni David Emmott ni Coleman ne travaillaient sur le site, cet après-midi-là. C'était Richard Carey qui surveillait les opérations. Oui, peut-être qu'elle a le béguin pour un des garçons, mais c'est une gamine tellement moderne et si peu sentimentale qu'il n'est pas facile de la prendre au sérieux. Ce qu'il y a de sûr, c'est que je ne sais pas qui c'est. Bill est un garçon très bien, beaucoup moins tête en l'air qu'il ne cherche à le faire croire. Quant à David Emmott, c'est un ange, et il est bourré de qualités. Lui, c'est le genre sérieux et réservé.

Elle jeta à Poirot un regard intrigué :

— Croyez-vous vraiment que ça ait un rapport avec le crime, monsieur Poirot ?

M. Poirot leva les mains dans un geste bien français :

— Vous me faites rougir, mademoiselle. Je dois vous paraître bien cancanier. Mais, que voulez-vous, j'ai un faible pour les histoires sentimentales.

— Oui, soupira Mlle Johnson. C'est si beau, quand un amour naissant ne connaît pas d'obstacle !

Poirot soupira en retour. Je me demandai si Mlle Johnson songeait à quelque amour de jeunesse. Et si M. Poirot avait une femme et se conduisait comme tous ces étrangers qui, paraît-il, entretiennent maîtresses et Dieu sait quoi encore. Il avait une allure si bizarre que j'avais du mal à l'imaginer.

— Sheila a de la personnalité à revendre, reprit Mlle Johnson. Elle est jeune et mal éduquée, mais c'est une chic fille.

— Je vous crois sur parole, mademoiselle. Est-ce que d'autres membres de l'équipe se trouvent à la maison ? ajouta-t-il en se levant.

— Marie Mercado est sûrement dans les parages. Les hommes, eux, sont tous sur le site, aujourd'hui. Je crois qu'ils voulaient se trouver n'importe où sauf ici. Ce n'est pas moi qui les en blâmerai. Si vous voulez faire un tour là-bas…

Elle sortit sur la véranda et me sourit :

— … je parie que Mlle Leatheran se fera une joie de vous accompagner.

— Oh ! mais certainement, mademoiselle Johnson.

— Et vous reviendrez vous joindre à nous pour le déjeuner, n'est-ce pas, monsieur Poirot ?

— Avec plaisir, mademoiselle.

Mlle Johnson regagna la pièce à tout faire où elle était plongée dans le catalogue.

— Mme Mercado est sur la terrasse, dis-je. Désirez-vous la voir d'abord ?

— Ce ne serait pas plus mal. Montons.

Comme nous grimpions les marches, je lui demandai :

— J'ai fait ce que vous m'aviez dit. Vous avez entendu quelque chose ?

— Rien du tout.

— Au moins, ça soulagera Mlle Johnson d'un grand poids. Elle qui se rongeait les sangs à l'idée qu'elle aurait pu intervenir…

Mme Mercado était assise sur le parapet, le menton dans la poitrine et si profondément absorbée dans ses pensées qu'elle ne nous aperçut qu'au moment où Poirot s'arrêta devant elle pour lui dire bonjour.

Elle releva la tête en tressaillant.

Je lui trouvai l'air patraque, ce matin-là. Fripé, son visage étroit accusait la fatigue, et elle avait les yeux cernés.

— C'est encore moi, dit Poirot. Je viens aujourd'hui dans un but bien précis.

Il s'y prit en gros comme il venait de le faire avec Mlle Johnson, en expliquant qu'une description exacte de la personnalité de Mme Leidner lui était indispensable.

Mais Mme Mercado ne possédait pas la belle franchise de Mlle Johnson. Elle se lança dans un panégyrique outré qui, j'étais payée pour le savoir, était loin de refléter ses sentiments :

— Chère, chère Louise ! C'est si difficile de l'expliquer à quelqu'un qui ne l'a pas connue. C'était une créature tellement exotique. Tellement... à part. Cela, vous l'avez ressenti, n'est-ce pas, mademoiselle ? Elle vous mettait les nerfs à la torture, c'est vrai, et elle délirait un peu, mais on acceptait d'elle ce qu'on n'aurait jamais admis de tout autre. Elle était tellement adorable pour nous tous, n'est-ce pas, mademoiselle ? Et si profondément modeste avec ça ! Je veux dire par là qu'elle ne connaissait strictement rien à l'archéologie mais qu'elle brûlait d'envie d'apprendre. Elle ne cessait de questionner son mari sur le traitement chimique des objets en métal et aidait Mlle Johnson à reconstituer les poteries. Oh, nous étions tous en adoration devant elle !

— Les bruits qui courent seraient donc faux, madame ? Je me suis laissé dire qu'il régnait ici une certaine tension, une atmosphère de malaise...

Mme Mercado écarquilla ses grands yeux noirs impénétrables et s'écria :

— Qui a bien pu vous dire ça ? Mlle Leatheran ? Le Pr Leidner ? Mais je suis sûre que lui, il n'aurait rien remarqué, le pauvre homme.

Et elle me décocha un coup d'œil franchement hostile.

Poirot sourit d'un air dégagé.

— J'ai mes espions, madame, déclara-t-il, guilleret.

Et, le temps d'un éclair, je la vis battre des paupières.

— Ne croyez-vous pas, reprit-elle, doucereuse, qu'après un tel événement, chacun affirme tout et le contraire ? Vous savez... tension, malaise, « le sentiment qu'il va se passer quelque chose », j'ai l'impression que les gens inventent ça après coup.

— Ce que vous dites est frappé au coin du bon sens, madame, concéda Poirot.

— Et, en l'occurrence, c'était archi-faux ! Nous formions une grande famille unie.

— Cette femme est la plus fieffée menteuse que je connaisse, m'indignai-je peu après, tandis que M. Poirot et moi nous éloignions de la maison en direction des fouilles. Je suis sûre et certaine qu'elle ne pouvait pas supporter Mme Leidner !

— Ce n'est pas en effet le genre de créature qu'on irait trouver pour savoir la vérité, admit Poirot.

— Elle vous a fait perdre votre temps, grondai-je.

— Pas tant que ça, pas tant que ça. Quand quelqu'un vous raconte des mensonges, ses yeux vous disent parfois la vérité. De quoi a-t-elle peur, la petite Mme Mercado ? Car la peur, je l'ai lue dans ses yeux. Oui... pas de doute, elle a peur. C'est très intéressant, ça.

— J'ai à vous parler, monsieur Poirot, fis-je.

Je lui racontai tout ce qui s'était passé après mon retour, la veille au soir, et lui fis part de ma quasi-certitude que Mlle Johnson était l'auteur des lettres anonymes.

— Ce qui fait qu'elle aussi, c'est une menteuse ! ajoutai-je. Quand je pense au ton dégagé qu'elle a pris pour vous répondre au sujet de ces mêmes lettres !

— Oui, dit Poirot. C'était très intéressant. Parce qu'elle m'a ainsi avoué qu'elle n'ignorait rien à leur sujet. Jusqu'à présent, personne n'en a fait état en présence de l'équipe. Bien entendu, il n'est pas exclu que le Pr Leidner lui en ait touché un mot hier. Ce sont de vieux amis, tous les deux. Mais s'il ne l'a pas fait... alors là, ça devient « curieux et intéressant », n'est-ce pas ?

Mon respect pour lui grimpa d'un pouce. Ça n'était pas bête, la façon dont il avait rusé pour l'amener à parler des lettres.

— Vous allez la pousser dans ses retranchements ? demandai-je.

L'idée parut scandaliser M. Poirot :

— Jamais de la vie ! C'est toujours une erreur que de faire étalage de ses connaissances. Jusqu'à la minute fatidique, je garde tout ça là-dedans, fit-il en se tapotant le crâne. Et puis, le moment venu, je bondis comme un tigre et... ah là là !... consternation générale.

Je ne pus m'empêcher de rire sous cape en imaginant le petit M. Poirot dans le rôle du tigre.

Nous venions d'arriver sur le chantier. La première personne que nous aperçûmes fut M. Reiter, fort occupé à photographier des vestiges de pans de murs.

Des pans de murs, j'avais l'impression que les ouvriers en dégageaient de là où ça leur chantait. C'est en tout cas l'effet que ça me faisait. M. Carey m'avait déjà expliqué qu'on sentait très bien la différence sous la pioche et il avait même tenté de m'en faire la démonstration, mais je n'avais toujours pas compris. Quand un ouvrier annonçait *Libn* – pisé – je n'y voyais, pour mon compte, que terre et boue, tout ce qu'il y a de plus banal.

M. Reiter acheva sa série de photographies et confia appareil et plaques à son boy pour qu'il les rapporte au camp.

Poirot lui posa quelques questions sur l'exposition, la pellicule et tout ce qui s'ensuit, auxquelles il répondit bien volontiers. Il avait l'air ravi qu'on s'intéresse à son travail.

Il s'excusait de devoir nous abandonner quand Poirot se lança une fois encore dans son petit discours désormais bien rodé. À dire vrai, ce n'était pas toujours le même refrain car il le modifiait un peu en fonction de son interlocuteur, mais je ne vais pas vous le répéter chaque fois mot pour mot. Avec des personnes de bon sens comme Mlle Johnson, il allait droit au but, tandis qu'avec d'autres, il lui fallait tourner autour du pot. Mais, au bout du compte, ça revenait au même.

— Oui, oui, je comprends très bien ce que vous voulez dire, acquiesça M. Reiter. Mais je ne vois pas en quoi je pourrais vous être utile. Je suis nouveau, ici, et je n'ai jamais beaucoup parlé avec Mme Leidner. Je le regrette, mais je suis incapable de vous dire quoi que ce soit.

Il y avait un brin de raideur, un côté « étranger » dans sa façon de parler. Et pourtant il n'avait pas d'accent ; sauf américain, bien entendu.

— Vous pourriez peut-être me dire si elle vous inspirait de la sympathie ou de l'antipathie ? fit Poirot avec un sourire.

M. Reiter rougit et bégaya :

— C'était une personne charmante... absolument charmante. Et intelligente. Pas bête du tout... non.

— À la bonne heure ! Vous l'aimiez bien. Et elle, elle vous le rendait ?

M. Reiter rougit encore davantage :

— Oh, je ne crois pas qu'elle ait jamais fait très attention à moi. Et puis, une fois ou deux, je n'ai pas eu de chance. Chaque fois que j'ai voulu lui rendre service, ça n'a pas marché. Je crois que ma maladresse lui portait sur les nerfs. Ce n'était pas faute d'avoir essayé… j'aurais fait n'importe quoi…

Poirot voulut l'empêcher de s'empêtrer davantage :

— Mais bien sûr, mais bien sûr… Passons à autre chose. L'atmosphère, au camp de base, était-elle agréable ?

— Je vous demande pardon ?

— Vous étiez heureux, tous ensemble ? Vous bavardiez gaiement ou quoi ?

— Non, non… pas précisément. Il y avait une certaine… gêne.

Il s'arrêta, ne sachant quel parti prendre, puis :

— Vous comprenez, je ne suis pas très à mon aise, en société. Je suis maladroit. Je suis timide. Le Pr Leidner s'est toujours montré adorable avec moi. Mais, c'est idiot, je n'arrive quand même pas à surmonter ma timidité. J'ai toujours le mot malheureux. Je ne peux pas toucher à un broc sans le renverser. Je n'ai pas de veine, quoi.

Il avait vraiment tout du grand nigaud.

— Nous avons tous connu ça étant jeunes, dit gentiment Poirot. L'aisance, le savoir-faire, ça vient plus tard.

Puis, sur un mot d'adieu, nous nous éloignâmes.

— Nous venons de voir là, ma sœur, un grand naïf… ou un comédien remarquable, me confia Poirot.

184

Je ne répondis pas, effarée que j'étais une fois de plus à l'idée que parmi tous ces gens se trouvait un assassin de sang-froid. Allez savoir pourquoi, par cette belle matinée ensoleillée, cela paraissait impossible.

21

M. MERCADO, RICHARD CAREY

— Ils fouillent sur deux sites bien distincts, à ce que je vois, remarqua Poirot en s'arrêtant.

M. Reiter avait pris ses photographies à l'écart de l'excavation principale. Tout près de nous, un second essaim d'ouvriers faisaient la navette, chargés de paniers.

— C'est ce qu'ils appellent la « grande faille », expliquai-je. Ils n'y trouvent pas grand-chose, rien que des tessons de poterie qui ne valent rien, mais le Pr Leidner soutient que c'est fascinant, alors il faut croire que ça l'est.

— Allons-y.

Nous marchâmes sans nous presser, car le soleil était chaud.

C'était M. Mercado qui dirigeait les opérations. Nous le vîmes en contrebas qui parlait au contremaître, vieillard à tête de tortue affublé d'un veston de tweed par-dessus sa djellaba de coton à rayures.

Descendre jusqu'à eux ne se fit pas sans mal : le chemin d'accès était escarpé et les porteurs de paniers montaient et descendaient sans répit et, tel un envol de chauves-souris aveuglées, sans jamais s'écarter pour céder le passage.

Je suivais M. Poirot quand il me demanda tout à trac par-dessus son épaule :

— M. Mercado, il est gaucher ou droitier ?

On ne peut guère trouver question plus bizarre, non ?

— Droitier, répondis-je après avoir réfléchi un instant.

Poirot ne daigna pas me fournir d'explication. Il poursuivit sa descente et je continuai à marcher dans son sillage.

Le long visage mélancolique de M. Mercado s'éclaira quand il nous vit.

M. Poirot manifesta pour l'archéologie un intérêt qu'il était sans doute bien loin d'éprouver, mais M. Mercado s'empressa d'y répondre.

Il expliqua qu'ils avaient déjà creusé à travers douze strates de peuplement humain.

— Nous fouillons maintenant en plein quatrième millénaire, dit-il avec enthousiasme.

Et moi qui avais toujours été persuadée que le millénaire, c'était dans le futur – l'époque où tout finirait par s'arranger !

M. Mercado nous montra des couches de cendres (comme sa main tremblait ! je me demandai s'il n'avait pas attrapé la malaria), nous expliqua que les poteries changeaient de style, nous parla des sépultures, du fait qu'ils avaient découvert une couche presque entièrement constituée de tombes d'enfants – les pauvres petits ! – et évoqua les problèmes d'orientation et de position ; la disposition des ossements à ce que j'ai compris.

Et soudain, tandis qu'il se baissait pour ramasser une espèce de silex tranchant qui traînait près d'une poterie quelconque, il fit un bond en arrière en poussant un hurlement.

Pivotant dans notre direction, il vit que nous le dévisagions, bouche bée.

De la main, il étreignait son bras gauche :

— Quelque chose m'a piqué. On aurait juré une aiguille chauffée à blanc.

Poirot s'affaira aussitôt.

— Vite, mon cher, voyons cela. Mademoiselle Leatheran !

Je m'approchai.

Il saisit le bras de M. Mercado et roula jusqu'à l'épaule la manche de sa chemise kaki.

— Là, dit M. Mercado en montrant un point sur son bras.

À quelque dix centimètres de l'épaule, on distinguait une minuscule piqûre où perlait un peu de sang.

— Curieux, fit Poirot en scrutant les replis de l'étoffe, je ne vois rien. C'était une fourmi, peut-être ?

— Il vaudrait mieux y mettre un peu de teinture d'iode, décrétai-je.

J'ai toujours une dosette de teinture d'iode sur moi, que je me hâtai de lui appliquer. Mais je le fis de manière plutôt distraite, car quelque chose de tout différent avait attiré mon attention. L'avant-bras de M. Mercado était criblé jusqu'à la saignée du coude de minuscules traces de piqûres. Et je savais parfaitement qu'il s'agissait des marques d'une aiguille hypodermique.

M. Mercado baissa sa manche et reprit ses explications. M. Poirot l'écouta sans jamais essayer d'amener la conversation sur les Leidner. En fait, il ne lui demanda rien du tout, à M. Mercado.

Au bout d'un moment, nous prîmes congé et réescaladâmes le raidillon.

— C'était un joli coup, vous ne trouvez pas ? me demanda mon compagnon.

— Un joli coup ? m'étonnai-je.

M. Poirot détacha quelque chose de sous le revers de son veston et le couva des yeux avec amour. J'eus la surprise de voir qu'il s'agissait d'une longue aiguille à repriser très pointue qu'un renflement de cire à cacheter, à la place du chaton, avait transformée en épingle.

— Monsieur Poirot ! m'exclamai-je. C'est vous qui avez fait ça ?

— C'était moi, l'insecte piqueur, eh oui ! Et j'ai fait là du bien joli travail, n'est-ce pas ? Vous ne vous êtes rendu compte de rien.

C'est vrai, je n'y avais vu que du feu. Et je suis prête à parier que M. Mercado ne s'était douté de rien lui non plus. Poirot avait dû être rapide comme l'éclair.

— Mais, monsieur Poirot, pourquoi ?

Il me répondit par une autre question :

— Vous n'avez rien remarqué, ma sœur ?

— Des marques de piqûres hypodermiques, si, bien sûr.

— Nous avons donc appris quelque chose sur le compte de M. Mercado. Je soupçonnais la vérité… mais je n'en étais pas sûr. Or il faut toujours être sûr.

« Et pour ça, tous les moyens vous sont bons ! » pensai-je sans rien dire.

Poirot tapota soudain la poche de son pantalon :

— Misère ! j'ai laissé tomber mon mouchoir là en bas. Je m'en étais servi pour dissimuler l'aiguille.

— Je vais vous le chercher, dis-je en redescendant aussitôt.

À ce moment-là, voyez-vous, j'avais comme l'impression que M. Poirot et moi étions le médecin et l'infirmière chargés d'une guérison hasardeuse. À moins que ça n'ait davantage ressemblé à une opération et qu'il n'ait été le chirurgien. Peut-être ne devrais-je pas le dire mais, bizarrement, je commençais à m'amuser.

Je me souviens que, juste après mon dernier stage de formation, j'avais été en poste chez des particuliers et qu'une urgence opératoire avait été décrétée. Le mari de la patiente ne voulait pas entendre parler de clinique : pas question qu'on transporte sa femme dans un endroit pareil ; il fallait que l'opération ait lieu à domicile.

Pour moi, évidemment, quelle aubaine ! Personne sur le dos ! J'étais responsable de tout. Oh, évidemment, j'avais un de ces tracs !... j'étais sûre et certaine d'avoir pensé à tout ce dont un chirurgien pourrait bien avoir besoin, mais en même temps je mourais de peur d'avoir oublié quelque chose. On ne sait jamais, avec les médecins. Il leur arrive de vous demander des choses à peine imaginables ! À croire qu'ils le font exprès ! Mais tout s'était passé comme sur des roulettes. Chaque fois qu'il m'avait réclamé un instrument, je l'avais sous la main… Et même, après l'opération, il m'avait dit que j'avais été parfaite – les compliments, ce n'est pourtant pas leur fort, aux chirurgiens ! Le médecin de famille aussi avait été très gentil. Quand je pense que c'est moi qui avais mis tout ça sur pied !

Enfin, bref, la patiente s'était remise et tout le monde était content.

Eh bien, je me sentais à peu près dans le même état d'esprit, à l'heure qu'il était. En un sens, M. Poirot me rappelait ce chirurgien. Lui aussi, il était haut comme trois pommes. Laid comme un pou et une vraie face de singe, mais merveilleux chirurgien. Où il fallait inciser, il le savait d'instinct. J'en ai vu, des chirurgiens, et je vous assure ce n'est pas toujours vraiment le cas.

Peu à peu, j'avais pris confiance en M. Poirot. Je sentais bien que, lui aussi, il savait ce qu'il faisait. Et c'était comme s'il avait été décidé que mon rôle consistait à l'aider, à lui passer – pour ainsi dire – les pinces, le coton et tout ce qu'il faut avoir sous la main en cas de besoin. C'est pour ça qu'il me paraissait tout naturel de courir lui chercher son mouchoir, comme j'aurais ramassé l'essuie-main que le chirurgien aurait laissé tomber par terre.

Quand je revins avec le mouchoir, tout d'abord je ne le vis pas. Puis je l'aperçus enfin. Assis un peu à l'écart, il bavardait avec M. Carey. Le boy de M. Carey était planté à deux pas, avec à la main ce long bâton où sont indiqués les mètres – une toise, non ? – mais, juste à ce moment-là, M. Carey lui dit un mot et il s'éloigna avec son instrument.

J'aimerais que ce qui va suivre soit bien clair. Voyez-vous, je n'étais pas bien sûre de ce que M. Poirot attendait de moi. Autrement dit, il avait pu m'envoyer chercher son mouchoir exprès. Pour ne plus m'avoir dans ses pattes.

C'était de nouveau comme pendant une opération. Il faut avoir bien soin de tendre au chirurgien ce qu'il veut, et non ce dont il ne veut pas. Supposez, par exemple, que vous lui passiez la pince hémostatique à contre-temps ! Dieu merci, en salle d'opération, je connais mon métier. Ce n'est pas là que j'irais commettre des bévues. Mais, dans cette affaire, je n'étais que la plus novice des novices. Et je devais donc prendre bien garde de ne pas commettre d'impairs.

Ce n'est pas que je pensais une seconde que M. Poirot voulait m'empêcher d'entendre leur conversation. Mais il avait pu se dire qu'il amènerait plus facilement M. Carey à parler si je n'étais pas là.

Surtout, qu'on n'aille pas s'imaginer que je suis de celles qui passent leur temps à espionner les conversations des autres. Voilà une chose dont je serais bien incapable. Totalement incapable. Quelle que puisse être mon envie de le faire.

Ce que je veux dire, c'est que s'il s'était agi d'une conversation intime, jamais je n'aurais fait ce que j'ai fait.

Telles que je voyais les choses, j'étais on ne peut mieux qualifiée pour ça. Après tout, on a l'habitude d'en entendre de toutes les couleurs quand un patient revient à lui après une anesthésie. Le patient, lui, il voudrait bien qu'on n'entende pas ça – il s'imagine d'ailleurs le plus souvent qu'on n'a rien entendu du tout –, mais il n'en demeure pas moins qu'on n'en a pas perdu une miette. Et, après tout, c'était comme si M. Carey était le patient en question. Il ne s'en porterait pas plus mal puisqu'il ne le saurait même pas. Et si vous pensez que je manifestais là une propension à la curiosité, eh bien je l'admets, j'étais curieuse. Et je ne voulais pas perdre une occasion de me rendre utile.

Tout ça pour dire que j'empruntai un chemin détourné et, tout en restant cachée par le remblai, contournai la « grande faille » afin de parvenir à proximité de l'endroit où ils se tenaient. Et que celui qui y trouve à redire me permette de protester. Même si c'est au médecin que revient la décision, il va de soi que rien ne doit être caché à l'infirmière.

J'ignore quelles avaient été les manœuvres d'approche de M. Poirot, mais quand enfin je parvins près d'eux, il s'apprêtait à porter, comme on dit, l'estocade.

— Nul n'admire plus que moi l'amour du Pr Leidner pour sa femme, disait-il. Mais si on désire en apprendre davantage sur quelqu'un, mieux vaut souvent s'adresser à ses ennemis qu'à ses amis.

— Les vices compteraient donc plus à vos yeux que les vertus ? ironisa M. Carey.

— Quand il y a eu meurtre, oui, sans l'ombre d'un doute. C'est peut-être bizarre mais, pour autant que je sache, on n'a jamais assassiné quelqu'un parce qu'il était trop parfait ! Dieu sait pourtant que la perfection est exaspérante.

— J'ai bien peur de ne pas être l'interlocuteur adéquat, rétorqua M. Carey. Pour être honnête, nous ne nous entendions pas très bien, Mme Leidner et moi. Loin de moi l'idée de prétendre que nous étions ennemis, mais nous n'étions pas ce qu'il est convenu d'appeler amis. Sans doute était-elle un peu jalouse de ma vieille amitié pour son mari. Moi, pour ma part, même si j'avais beaucoup d'admiration pour elle et si je la trouvais très séduisante, je lui en voulais de son influence sur Leidner. Ce qui revient à dire que nous étions extrêmement courtois l'un envers l'autre, mais en aucun cas intimes.

— Qu'en termes galants ces choses-là sont dites ! s'épanouit Poirot.

Je n'apercevais que leurs têtes et vis M. Carey tourner brusquement la sienne, comme si quelque chose, dans le ton léger de M. Poirot, l'avait heurté.

— Ça n'ennuyait pas le Pr Leidner que sa femme et vous ne vous entendiez pas mieux ? poursuivit M. Poirot.

Carey hésita un peu avant de répondre :

— À dire vrai... je n'en sais rien. Il n'en a jamais rien dit. J'ai toujours espéré qu'il ne s'en apercevrait pas. Il était complètement absorbé par son travail, vous savez.

— La vérité, selon vous, serait donc que vous n'appréciiez guère Mme Leidner ?

Carey haussa les épaules :

— Je l'aurais peut-être énormément appréciée si elle n'avait pas été la femme de Leidner.

Il éclata de rire, comme s'il trouvait sa repartie tordante.

Poirot était absorbé dans l'agencement d'un petit monticule de tessons de poteries.

— J'ai parlé à Mlle Johnson, ce matin, fit-il d'une voix rêveuse, lointaine. Elle a admis qu'elle était partiale vis-à-vis de Mme Leidner et ne l'aimait pas beaucoup, tout en se hâtant d'ajouter que celle-ci s'était toujours montrée charmante avec elle.

— C'est tout ce qu'il y a d'exact, dit Carey.

— Voilà sans doute pourquoi je l'ai crue. À la suite de ça, j'ai eu une conversation avec Mme Mercado. Elle s'est lancée dans des tirades sur l'admiration et l'affection sans borne qu'elle vouait à Mme Leidner.

Carey ne releva pas. Au bout d'un instant, Poirot reprit :

— Mais là... je n'en ai pas cru un mot. Et puis voilà que je viens à vous et que, ce que vous me dites, là encore... là encore... je n'en crois pas un mot...

Carey se raidit. Je perçus de la colère – de la colère rentrée – dans le ton de sa voix :

— Que vous y croyiez ou pas, monsieur Poirot, ne me fait ni chaud ni froid. Vous avez entendu la vérité et, en ce qui me concerne, vous pouvez en faire ce que bon vous semble.

Poirot ne se fâcha pas. Il parut au contraire soudain las, presque découragé :

— Suis-je responsable de ce que je crois... ou ne crois pas ? J'ai l'oreille fine, voilà tout. Et tant d'histoires circulent... tant de rumeurs sont portées par le vent. On les écoute... et qui sait si on n'en retire pas quelque chose ! Oui, les rumeurs, ça n'est pas ça qui manque...

Carey se leva d'un bond. Je voyais la veine qui lui battait à la tempe. Il était d'une beauté foudroyante ! Si mince et si halé par le soleil... et cette mâchoire divine, dure, carrée... Pas étonnant que les femmes en soient toutes folles !

— Quelle rumeurs ? demanda-t-il d'un ton féroce.

Poirot lui coula un regard en biais :

— Vous devez bien deviner. Toujours la même histoire... sur Mme Leidner et vous.

— Ce que les gens sont ignobles !

— N'est-ce pas ? Ils sont comme les chiens. Si profondément qu'on enfouisse ce dont on veut à tout prix se débarrasser, un chien saura toujours le déterrer.

— Et vous y croyez, à ces rumeurs ?

— Je suis prêt à me laisser convaincre par... la vérité, déclara Poirot d'un ton grave.

— Même si vous l'entendiez, je doute que vous sachiez la reconnaître, ricana insolemment Carey.

— Essayez pour voir, répliqua Poirot sans le quitter des yeux.

— Eh bien, vous allez être servi ! Vous la voulez, vous allez l'avoir ! Louise Leidner, je la haïssais... la voilà, la vérité, telle que je vous l'envoie – en pleine figure ! Je la haïssais à mort !

194

22

DAVID EMMOTT, LE PÈRE LAVIGNY ET UNE DÉCOUVERTE

Pivotant brusquement sur ses talons, Carey s'éloigna à longues enjambées rageuses.

Poirot le regarda s'éloigner.

— Oui, je comprends…, murmura-t-il.

Sans tourner la tête, il ajouta en élevant un peu la voix :

— Ne bougez pas tout de suite de votre trou, mademoiselle Leatheran. Il pourrait se retourner. Là, maintenant ça va. Vous avez retrouvé mon mouchoir ? Merci infiniment. Vous êtes très aimable.

Il ne fit aucun commentaire sur le fait que j'avais écouté la conversation… Et pour ce qui est de la façon dont il s'en était rendu compte, j'avoue que ça me dépasse. Il n'avait pas regardé une seule fois dans ma direction. Je fus plutôt soulagée par son silence. Notez que j'avais ma conscience pour moi, mais lui expliquer n'aurait peut-être pas été aussi simple.

— Vous croyez qu'il la haïssait vraiment, monsieur Poirot ? demandai-je…

— Oui, me répondit-il avec un drôle d'air.

Puis il se leva et entreprit d'escalader le tumulus, en haut duquel s'activait une équipe. Je le suivis. Nous ne vîmes tout d'abord que des Arabes, puis nous repérâmes M. Emmott : à plat ventre, il époussetait un squelette qu'on venait de mettre au jour.

Il nous accueillit avec son beau sourire grave.

— Vous êtes venus faire un tour ? Je suis à vous dans deux secondes.

Il s'accroupit, sortit son couteau de poche et entreprit de gratter délicatement la boue qui enrobait les os et d'en chasser la poussière au moyen d'un petit soufflet… et même parfois en arrondissant les lèvres et en soufflant dessus. Je ne saurais trop mettre tout le monde en garde contre ce procédé antihygiénique.

— Vous allez avaler toutes sortes de microbes dégoûtants, monsieur Emmott, protestai-je.

— Les microbes sont mon régime quotidien, mademoiselle, me dit-il gravement. Contre un archéologue, ils ne peuvent rigoureusement rien : on les a à l'usure.

Il racla encore un fémur. Puis il appela le contre-maître et lui donna des directives précises.

— Ouf ! dit-il en se relevant. Tout sera prêt pour que Reiter photographie cette dame après le déjeuner. Elle avait emporté d'assez jolis objets dans sa tombe.

Il nous montra une coupe de cuivre mangée de vert-de-gris, des fibules et tout un lot de fragments d'or et de pierres bleues ; sans doute les restes d'un collier.

Ossements et objets variés étaient grattés au couteau, brossés et remis dans leur position initiale pour la photographie.

— Qui était-ce ? s'enquit Poirot.

— Premier millénaire. Une dame de quelque importance, peut-être bien. Son crâne a quelque chose de bizarre… il faudra que je demande à Mercado d'y jeter un coup d'œil. Elle m'a tout l'air d'avoir été assassinée.

— Une Mme Leidner d'il y a deux mille ans ? fit Poirot.

— Qui sait ?

Bill Coleman attaquait un pan de mur à la pioche.

David Emmott lui cria quelque chose que je ne saisis pas et s'offrit comme guide à M. Poirot.

Lorsque la petite visite commentée s'acheva, Emmott consulta sa montre :

— Nous arrêtons le travail dans dix minutes. Si nous retournions à pied jusqu'à la maison ?

— Voilà qui me convient à merveille, reconnut bien volontiers Poirot.

Nous reprîmes sans hâte le chemin raviné.

— Vous avez tous dû être heureux de vous remettre au travail, non ? commenta Poirot.

— Oui, c'était de loin la meilleure solution, répondit Emmott d'un air grave : rester à traînailler et à essayer d'échanger trois mots n'avait rien de réjouissant.

— Surtout que vous ne perdiez jamais de vue que l'un de vous est un assassin.

Emmott ne releva pas. Pas plus qu'il n'esquissa le moindre geste de protestation. J'en conclus qu'il avait soupçonné la vérité dès le début, sitôt après avoir interrogé les boys.

Après un long, très long silence, il demanda, très calme :

— Vous entrevoyez une solution, monsieur Poirot ?

— Et vous, rétorqua Poirot, seriez-vous prêt à m'aider à la voir plus clairement ?

— Ça va de soi.

Sans le quitter des yeux, Poirot ajouta :

— Le pivot de l'affaire, c'est Mme Leidner. Je veux tout savoir sur son compte.

— Qu'entendez-vous au juste par tout savoir ? fit Emmott sans se départir de son calme.

— Je me fiche de son lieu de naissance ou de son nom de jeune fille. Je me fiche de la forme de son visage et de la couleur de ses yeux. Ce que je veux, c'est elle... *elle*.

— Vous pensez que c'est ça qui compte ici ?

— J'en suis persuadé.

Emmott resta silencieux un moment.

— Vous n'avez peut-être pas tort, fit-il enfin.

— Et c'est là que vous pouvez m'aider. Vous pouvez m'expliquer quel genre de femme c'était.

— Vous croyez ? Je me suis souvent posé la question moi-même.

— Et vous n'êtes pas parvenu à vous faire une opinion ?

— Au bout du compte... si.

— Eh bien ?

M. Emmott ne répondit pas tout de suite :

— Qu'en pense notre infirmière ? On dit que les femmes se jaugent entre elles au premier coup d'œil, et une infirmière en sait long sur la nature humaine.

Même si j'avais voulu répondre, Poirot ne m'en aurait pas laissé le loisir.

— Ce que je veux savoir, coupa-t-il, c'est ce qu'un homme pouvait penser d'elle.

Emmott eut un petit sourire :

— J'imagine qu'ils vous diraient tous la même chose... Elle n'était plus très jeune, mais je crois bien que c'était la plus belle femme que j'aie jamais vue.

— Ce n'est pas vraiment une réponse, monsieur Emmott.

— Ça n'en est pourtant pas si loin, monsieur Poirot.

Il marqua encore un temps, puis reprit :

— Il y avait un conte de fées que je lisais quand j'étais gosse. Un conte de fées nordique, avec la Reine des Neiges et le petit Kay. Mme Leidner m'a toujours

198

rappelé la Reine des Neiges... toujours prête à emmener le petit Kay faire un tour sur son traîneau.

— Ah, oui ! Un conte d'Andersen, n'est-ce pas ? Et il y avait aussi une fillette, dans l'histoire. La petite Gerda, si je ne me trompe ?

— Possible. Je ne m'en souviens pas très bien.

— Pourriez-vous aller un peu plus loin, monsieur Emmott ?

David Emmott secoua la tête :

— Je ne suis même pas sûr d'avoir su la juger. Elle n'était pas facile à déchiffrer. Un jour elle vous faisait une crasse, et le lendemain c'était un ange. Mais je crois que vous n'avez finalement pas tort de dire qu'elle est le pivot de l'affaire. C'est d'ailleurs là qu'elle se voulait toujours : au centre de tout. Et elle n'aimait rien tant qu'exercer son emprise sur les autres... Je veux dire par là qu'elle ne se contentait pas qu'on lui passe les toasts et le beurre de cacahuètes ; non, ce qu'elle attendait de vous, c'est que vous mettiez votre âme à nu.

— Et si quelqu'un lui refusait cette satisfaction ?

— Alors elle était capable de se transformer en monstre.

Sa mâchoire s'était crispée et il serra les lèvres.

— J'imagine, monsieur Emmott, que vous vous refuseriez à exprimer une opinion officieuse quant à l'identité de l'assassin ?

— Je n'en sais rien, dit Emmott. Je n'ai pas la moindre opinion sur la question. Je crois bien que si j'avais été à la place de Carl – Carl Reiter –, je n'aurais eu de cesse que de la tuer. Elle était régulièrement odieuse avec lui. Mais il faut dire aussi qu'avec sa sensibilité maladive, il appelle les coups. On a toujours envie de lui botter le train.

— Et Mme Leidner lui a... botté le train ?

Emmott eut un brusque sourire :

— Non. Son plaisir à elle, c'était de vous piquer à petits coups d'aiguille à broder. D'accord, il est exaspérant. Comme un gamin idiot et qui bafouille. Mais ça finit par faire mal, les coups d'aiguille.

Je coulai un coup d'œil du côté de Poirot et crus remarquer que ses lèvres tremblaient.

— Mais vous ne croyez pourtant pas vraiment que Carl Reiter l'ait tuée ?

— Non. Je ne crois pas qu'on aille jusqu'à tuer une femme pour la simple raison qu'elle vous ridiculise et qu'elle vous humilie à tous les repas.

Poirot hocha la tête, pensif.

Pas de doute, M. Emmott faisait vraiment de Mme Leidner une mégère. Mais il y avait aussi beaucoup à dire de l'autre côté.

Il y avait toujours eu quelque chose d'exaspérant dans le comportement de M. Reiter. Il sursautait chaque fois qu'elle lui adressait la parole, et il faisait des trucs idiots comme lui passer vingt fois la confiture alors qu'il savait très bien qu'elle n'en prenait jamais. J'avais souvent eu moi-même envie de le rabrouer !

Les hommes n'arrivent jamais à comprendre à quel point leurs simagrées peuvent taper sur les nerfs d'une femme et l'inciter à se rebiffer !

Je me promis de le signaler à M. Poirot à l'occasion.

Nous étions arrivés et M. Emmott proposa à M. Poirot de l'accompagner dans sa chambre pour se rafraîchir.

Je me hâtai de traverser la cour pour gagner la mienne.

J'en ressortis en même temps qu'eux et nous nous acheminions ensemble vers la salle à manger quand le père Lavigny apparut sur son seuil et pria Poirot d'entrer un instant chez lui.

200

M. Emmott poursuivit son chemin et nous entrâmes ensemble dans la salle à manger. Mlle Johnson et Mme Mercado s'y trouvaient déjà et, au bout de quelques minutes, M. Mercado, M. Reiter et Bill Coleman se joignirent à nous.

Nous venions de nous asseoir, et Mme Mercado avait demandé au boy de prévenir le père Lavigny que le déjeuner était servi quand un cri étouffé nous parvint.

Nos nerfs n'étaient pas encore bien solides, j'imagine, car nous fîmes tous un bond sur nos chaises. Quant à Mlle Johnson, elle blêmit.

— Qu'est-ce que c'est ? balbutia-t-elle. Qu'est-ce qui se passe ?

— Vous divaguez, ma chère ? ricana Mme Mercado. Ce n'était rien qu'un bruit dans les champs.

Le père Lavigny et Poirot entrèrent à cet instant précis.

— Nous avons cru que quelqu'un s'était blessé, dit Mlle Johnson.

— Mille pardons, mademoiselle ! s'écria Poirot. C'est moi le coupable. Le père Lavigny des tablettes me montrait et en emporter une près de la fenêtre je voulais, question de mieux voir... et, doux Jésus à moi, par terre je ne regardais pas et ma cheville me suis torché. Si mal j'ai eu que cri j'ai poussé.

— Oui, eh bien, ici, nous avons tous cru qu'il y avait eu un nouveau meurtre ! pouffa Mme Mercado.

— Marie ! protesta son époux.

Il semblait si indigné qu'elle rougit et se mordit la lèvre. Mlle Johnson se hâta d'orienter la conversation sur les fouilles et les objets dignes d'intérêt qu'on avait mis au jour au cours de la matinée. Tout au long du repas, il ne fut plus question que d'archéologie.

Je crois que chacun sentait bien qu'il valait mieux s'en tenir à ça.

Après le café, nous émigrâmes dans la pièce à tout faire. Puis les hommes retournèrent sur le chantier, à l'exception du père Lavigny.

Ce dernier emmena Poirot dans la salle des antiquités et je les y suivis. Tous les objets commençaient à m'être familiers et j'éprouvai un petit frisson de fierté – je n'aurais pas fait mieux si j'en avais été propriétaire – quand le père Lavigny descendit la coupe en or et que Poirot laissa échapper un cri d'admiration ravie :

— Que c'est beau ! Quel chef-d'œuvre !

Le père Lavigny approuva avec enthousiasme et, en expert qu'il était, se mit à en détailler les splendeurs.

— Pas de cire dessus, aujourd'hui, fis-je remarquer.

— De la cire ? s'étonna Poirot en me dévisageant.

— De la cire ? répéta le père Lavigny.

Je fournis les explications nécessaires.

— Ah ! je comprends, dit le père Lavigny. Oui, oui, de la cire de bougie.

L'histoire du visiteur nocturne revint sur le tapis et, oubliant ma présence, ils se mirent tous deux à parler français. Je les plantai là et retournai dans la pièce à tout faire.

Mme Mercado reprisait les chaussettes de son mari et Mlle Johnson était plongée dans un livre. Occupation assez inhabituelle chez elle. Elle semblait d'ordinaire avoir toujours quelque chose à faire.

Au bout d'un moment, le père Lavigny et Poirot revinrent. Prétextant son travail, le premier se retira. Poirot, lui, s'installa avec nous.

— Un homme extrêmement intéressant, commenta-t-il avant de nous demander à quel genre de tâche le père Lavigny s'était attelé jusque-là.

Mlle Johnson expliqua qu'on n'avait trouvé que de rares tablettes et fort peu de briques et de sceaux cylindriques gravés. Le père Lavigny avait cependant effectué sa part de travail sur le site et faisait des progrès fulgurants en arabe parlé.

La conversation s'orienta ensuite sur les sceaux cylindriques.

— Ils servaient à la glyptique, c'est-à-dire à l'art de graver en continu des dessins répétitifs, nous expliqua Mlle Johnson – pour autant que j'aie pu comprendre son explication.

Et elle alla chercher dans un placard une empreinte obtenue en roulant un sceau sur de la pâte à modeler.

Comme nous nous penchions pour en admirer les motifs d'une finesse remarquable – ça, au moins, je pouvais le vérifier –, je m'avisai que c'était à ce genre de tâche qu'elle avait dû travailler l'après-midi du meurtre.

Tandis que nous bavardions, je remarquai que Poirot pétrissait une petite boule de pâte à modeler entre ses doigts.

— Vous utilisez beaucoup de pâte à modeler, mademoiselle ? demanda-t-il.

— Pas mal, oui. On en a déjà utilisé des quantités cette année... sans que je sache d'ailleurs trop à quoi. La moitié de nos stocks s'est déjà volatilisée.

— Vous la gardez où ?

— Là... dans ce placard.

Elle remit l'empreinte à sa place et lui montra l'étagère où s'entassaient rouleaux de pâte à modeler, Durofix, plaques photographiques et fournitures variées.

Poirot se baissa :

— Et ça... qu'est-ce que c'est, mademoiselle ?

Il avait plongé la main au fond du placard et en avait ramené un curieux objet tout ratatiné.

Comme il lui redonnait forme, nous vîmes qu'il s'agissait d'une sorte de masque dont la bouche et les yeux étaient grossièrement tracés à l'encre de Chine, le tout barbouillé de pâte à modeler pour lui conférer un aspect terreux et cadavérique.

— Mais c'est incroyable ! s'écria Mlle Johnson. Je n'avais jamais vu ça ! Comment est-ce que ça a bien pu arriver là ? Et qu'est-ce que ça peut bien être ?

— Pour ce qui est de la façon dont c'est arrivé là, dit Poirot, ma foi, une cachette en vaut une autre, et je suppose que ce placard n'aurait pas été vidé avant la fin de la campagne. Quant à ce dont il s'agit... ça non plus, ce n'est à mon avis pas bien difficile à deviner. Nous avons ici le visage décrit par Mme Leidner. La tête cadavérique collée contre la vitre au crépuscule, le visage cireux dépourvu de corps.

Mme Mercado poussa une sorte de petit couinement.

Les lèvres de Mlle Johnson étaient devenues blanches.

— Alors ce n'étaient pas des lubies, souffla-t-elle. C'était une farce... une farce ignoble ! Mais qui a bien pu faire ça ?

— Oui ! s'écria Mme Mercado. Qui a bien pu faire quelque chose d'aussi méchant, d'aussi atroce ?

Poirot ne proposa pas de réponse. Ce fut la mine sombre qu'il passa dans la pièce voisine et en rapporta un carton vide pour y loger le masque ratatiné.

— Il faut que la police voie ça, expliqua-t-il.

— C'est horrible, marmonna Mlle Johnson. Horrible !

— Vous ne croyez pas que tout est caché ici ? cria Mme Mercado d'une voix perçante. Vous ne croyez pas que l'arme… le gourdin avec lequel elle a été tuée… encore tout couvert de sang peut-être… Oh ! j'ai peur… j'ai peur…

Mlle Johnson l'agrippa par l'épaule.

— Taisez-vous ! lui jeta-t-elle sans ménagement. Voilà le professeur qui arrive. Inutile d'ajouter ça à ses tourments.

La voiture pénétrait en effet dans la cour. Le Pr Leidner en descendit et se dirigea droit vers la pièce à tout faire. Il avait les traits tirés et on lui aurait donné le double de son âge.

— L'enterrement aura lieu demain à 11 heures, annonça-t-il d'une voix somme toute normale. C'est le major Deane qui dira l'office des morts.

Mme Mercado bafouilla je ne sais trop quoi et s'esquiva.

— Vous viendrez, Anne ? demanda le Pr Leidner à Mlle Johnson.

— Nous serons tous auprès de vous, cela va de soi, répondit-elle.

Elle n'ajouta rien, mais son visage dut exprimer ce qu'elle était incapable de prononcer car l'expression du professeur s'éclaira fugitivement :

— Chère Anne !… Ma pauvre vieille amie… Vous êtes mon réconfort et mon soutien.

Il lui posa la main sur le bras et je la vis rougir tandis qu'elle marmonnait de son ton bourru :

— C'est tout naturel.

Mais, à lire dans ses yeux, je sus que, l'espace d'un instant, Anne Johnson avait été une femme comblée.

Une autre réflexion me traversa alors l'esprit. Bientôt, peut-être, suivant le cours naturel des choses, le Pr Leidner chercherait un peu de chaleur humaine auprès de sa vieille compagne de route, et qui sait si ne naîtrait pas là l'aube d'une vie nouvelle.

Loin de moi l'idée de jouer les entremetteuses, et il était d'ailleurs malséant d'envisager cela avant même les obsèques. Cela dit, pour un dénouement heureux, ce serait un dénouement heureux, non ? Il avait beaucoup d'affection pour elle, et on voyait bien qu'elle lui était dévouée corps et âme et serait folle de bonheur de lui consacrer le reste de son existence. À condition toutefois qu'elle ait la patience d'entendre vanter sans arrêt les vertus de Louise. Mais les femmes, une fois qu'elles ont ce qu'elles veulent, sont capables d'accepter tout et le reste.

Le Pr Leidner salua Poirot et lui demanda si son enquête progressait.

Mlle Johnson, qui se tenait en retrait, avait les yeux rivés sur la boîte que Poirot tenait à la main. Elle faisait non de la tête et je compris qu'elle le suppliait de ne pas parler du masque. Elle devait se dire, j'en étais sûre, que le professeur avait eu son content de chagrin pour la journée.

Poirot obéit à ses souhaits.

— Ce genre d'affaire traîne toujours en longueur, monsieur, déclara-t-il.

Puis, après avoir ajouté quelques mots anodins, il prit congé.

Je l'accompagnai jusqu'à sa voiture.

J'aurais eu des centaines de questions à lui poser mais, allez savoir pourquoi, quand il se tourna pour me regarder, je demeurai silencieuse. Ça m'aurait été plus facile de demander à un chirurgien s'il estimait s'être bien tiré d'une opération, c'est vous dire ! Je me contentai de rester plantée là, à attendre humblement ses instructions.

Il trouva le moyen de me surprendre :

— Tâchez de faire attention à vous, mon petit, fit-il avant d'ajouter : Je me demande si c'est bon pour vous, de rester là.

— Il faut de toute façon que je parle de mon départ avec le Pr Leidner, dis-je. J'avais pensé attendre le retour de l'enterrement pour le faire.

Il hocha la tête d'un air approbateur.

— En attendant, me conseilla-t-il, ne cherchez pas à en découvrir trop. Ne jouez pas au plus fin, compris ?

Et il ajouta avec un sourire :

— C'est à vous de tendre les instruments, mais c'est à moi d'opérer.

Drôle, non, qu'il ait fait cette réflexion-là ?

Sur quoi, et tout à fait hors de propos, il me fit ce commentaire :

— C'est un homme qui ne manque pas d'intérêt, ce père Lavigny.

— Un moine qui est aussi archéologue, moi, je trouve ça bizarre, grommelai-je.

— Ah oui, c'est vrai que vous êtes protestante, vous. Moi, je suis bon catholique. Et j'en sais long sur les prêtres et les moines.

Il fronça les sourcils, parut hésiter, puis lâcha :

— Méfiez-vous. Il est assez malin pour vous retourner comme une crêpe pour peu que l'envie lui en prenne.

Que ce soit lui qui me mette en garde contre les ragots, c'était le comble !

J'étais outrée et, quand bien même je m'étais retenue de lui poser toutes les questions dont je mourais d'envie d'avoir la réponse, ce n'était pas une raison pour que je me prive de lui dire au moins une bonne chose.

— Vous m'excuserez, monsieur Poirot, grinçai-je, mais en anglais, il est d'usage de dire qu'on s'est « tordu la cheville », et pas qu'on se l'est « torchée ».

— Oh ! merci infiniment, ma sœur.

— De rien. Mais autant construire les phrases correctement.

— Je vous promets de m'en souvenir, dit-il, aussi modestement qu'il en était capable.

Il monta alors dans la voiture, qui démarra aussitôt, et je retraversai lentement la cour en m'interrogeant sur tout un tas de choses.

Sur les traces de piqûres que M. Mercado avait au bras et sur la drogue qu'il pouvait bien prendre. Sur cet horrible masque barbouillé de marques jaunâtres. Et sur le fait étrange que Mlle Johnson et Poirot n'aient pas entendu mon cri ce matin-là dans la pièce à tout faire alors que celui de Poirot n'avait échappé à personne dans la salle à manger à l'heure du déjeuner – et ce, bien que la chambre du père Lavigny et celle de Mme Leidner se trouvent respectivement à égale distance de la pièce à tout faire et de la salle à manger.

N'empêche que je n'étais pas mécontente de ma leçon d'anglais à Son Excellence M. le Professeur Poirot !

Tout grand détective qu'il soit, il avait bien fallu qu'il se rende compte qu'il ne savait pas rigoureusement tout.

23

OÙ JE JOUE LES MÉDIUMS

Les funérailles furent, à mon avis, extrêmement émouvantes. Tout comme nous, la colonie anglaise d'Hassanieh y assista au grand complet. Même Sheila Reilly était là, bien comme il faut, en jupe et veste sombres. J'espérais qu'elle éprouvait un peu de remords pour toutes les méchancetés qu'elle avait dites.

Lorsque nous regagnâmes le camp de base, je suivis le Pr Leidner dans son bureau et abordai la question de mon départ. Il se montra très gentil, me remercia pour le rôle que j'avais joué auprès de sa femme – alors que je m'étais montrée au-dessous de tout ! – et insista pour que j'accepte une semaine de salaire supplémentaire.

Je protestai car je n'avais vraiment rien fait pour mériter ça :

— J'aimerais autant ne pas recevoir de salaire du tout, professeur. Si vous vous borniez à me rembourser mes frais de voyage, j'en serais plus que satisfaite.

Mais il ne voulut rien entendre.

— Vous comprenez, professeur Leidner, je trouve que je ne le mérite pas, insistai-je. Je… j'ai… eh bien, je n'ai servi à rien. Elle… ma présence ne l'a pas sauvée.

— Allons, mademoiselle, ôtez-vous ces idées de la tête, me dit-il avec bonhomie. Après tout, je ne vous avais pas engagée comme détective. Je n'ai jamais cru que ma femme était en danger. J'étais persuadé qu'elle avait un problème de nerfs et que ses symptômes étaient en partie le fruit de son imagination. Vous avez fait l'impossible. Elle vous aimait bien et avait confiance en vous. Je pense que, dans les derniers jours de sa vie, votre présence l'a aidée à se sentir plus heureuse et plus en sécurité. Vous n'avez rien à vous reprocher.

Sa voix trembla un peu et je savais à quoi il pensait. C'était lui qui était à blâmer, parce qu'il n'avait pas pris au sérieux les craintes de sa femme.

— Professeur Leidner, demandai-je, toujours curieuse, est-ce que vous avez trouvé quelque chose au sujet de ces lettres anonymes ?

— Je ne sais que penser, soupira-t-il. De son côté, M. Poirot est-il parvenu à une conclusion ?

— En tout cas, il n'avait rien trouvé hier, dis-je, naviguant avec habileté, à mon humble avis, entre vérité et fiction.

Après tout, c'était bien le cas avant que je ne lui aie parlé de Mlle Johnson.

L'envie me démangeait d'aiguiller le Pr Leidner vers la vérité pour étudier sa réaction. Tout au plaisir de les voir réunis, la veille, Mlle Johnson et lui, de mesurer l'affection et la confiance qu'il lui portait, j'en avais oublié les lettres. Je me gourmandai : ça ne serait pas vraiment chic de ma part de soulever ce problème. Même si c'était bien elle l'auteur des lettres, elle en avait éprouvé de cuisants remords après le décès de Mme Leidner. Et pourtant, je tenais mordicus à savoir si cette éventualité avait traversé l'esprit du Pr Leidner.

— Écrire des lettres anonymes, c'est d'ordinaire les femmes qui font ça, dis-je.

Je voulais savoir comment il allait le prendre.

— Il paraît, admit-il avec un soupir. Mais vous semblez oublier, mademoiselle, que celles-ci pourraient ne pas être des faux. Elles pourraient être de la main de Frederick Bosner.

— Non, je ne l'oublie pas. Mais c'est drôle, je n'arrive pas à croire que ce soit vrai.

— Moi si. Ça ne tient pas debout, cette hypothèse selon laquelle il s'agirait d'un membre de la mission. Ce n'est guère qu'une ingénieuse théorie de M. Poirot. Je suis convaincu que la vérité est beaucoup plus simple. L'individu est un fou, ça va de soi. Il a rôdé dans les parages, sous un déguisement quelconque, sans doute. Et il a trouvé le moyen – Dieu sait lequel – de s'introduire ici au cours de cet horrible après-midi. Les serviteurs mentent peut-être… on a pu acheter leur silence.

— Ça n'est pas impossible, acquiesçai-je d'un air dubitatif.

Le Pr Leidner poursuivit avec une pointe d'irritation :

— C'est trop commode, de la part de M. Poirot, de soupçonner les membres de mon expédition. Je suis sûr et certain qu'aucun d'entre eux n'a quoi que ce soit à se reprocher dans cette affaire ! J'ai travaillé avec eux. Je les connais !

Il s'interrompit brusquement, puis demanda :

— C'est votre expérience qui vous a appris ça, mademoiselle ? Que les lettres anonymes sont d'ordinaire écrites par des femmes ?

— Ce n'est pas toujours le cas. Mais il y a un certain type de rancune féminine qui trouve son soulagement de cette façon-là.

— J'imagine que vous pensez à Mme Mercado ?

Il secoua la tête.

— Même si elle était assez malveillante pour souhaiter blesser Louise, elle n'aurait jamais eu les informations nécessaires.

Je me souvins des premières lettres, dans la mallette. Si Mme Leidner avait négligé de la fermer, et si Mme Mercado s'était un beau jour trouvée seule au camp, occupée à son train-train habituel, elle aurait facilement pu mettre la main dessus et les lire. Les hommes ne pensent jamais aux explications les plus simples !

— À part elle, il n'y a que Mlle Johnson, dis-je sans le quitter des yeux.

— Ce serait grotesque !

Le petit sourire qui accompagna cette réplique me parut concluant. L'idée que Mlle Johnson ait pu écrire les lettres ne l'avait jamais effleuré ! J'eus un moment d'hésitation, mais finalement ne soufflai mot. Quelle est la femme qui aime en dénoncer une autre ? En plus, j'avais été témoin du remords poignant de Mlle Johnson. Ce qui était fait ne pouvait se défaire. Pourquoi infliger au Pr Leidner cette nouvelle désillusion et porter le comble à tous ses malheurs ?

Il fut convenu que je partirais le lendemain. Je m'étais arrangée, par l'intermédiaire du Dr Reilly, pour passer un jour ou deux auprès de la surveillante de l'hôpital, le temps de prendre mes dispositions pour rentrer en Angleterre, via Bagdad, ou directement via Nusaybin, par le car et le train.

Le Pr Leidner eut la bonté de me proposer de choisir un souvenir parmi les objets ayant appartenu à sa femme.

— Oh, non ! vraiment, professeur. Je ne pourrais pas ! protestai-je. C'est trop gentil à vous.

Il insista.

— J'aimerais pourtant que vous gardiez quelque chose. Cela aurait fait plaisir à Louise, j'en suis sûr.

Il me proposa alors d'emporter son nécessaire de toilette en écaille.

— Oh, non ! Professeur Leidner ! C'est un nécessaire qui vaut les yeux de la tête ! Vraiment, je ne peux pas l'accepter.

— Elle n'avait pas de sœur, vous savez, personne qui pourrait désirer garder ces choses-là, personne à qui je pourrais les donner.

Je me rendais bien compte qu'il n'avait aucune envie de les voir échouer entre les petites pattes cupides de Mme Mercado. Et je ne pensais pas qu'il pût souhaiter les offrir à Mlle Johnson. Il poursuivit gentiment :

— Réfléchissez-y. À propos, voici la clef du coffret à bijoux de Louise. Peut-être y trouverez-vous quelque chose qui vous plaira davantage. Et je vous serais très reconnaissant d'avoir la gentillesse d'empaqueter ses vêtements. Le Dr Reilly trouvera sans doute, parmi les familles chrétiennes nécessiteuses d'Hassanieh, à qui les donner.

Ravie de pouvoir lui rendre ce service, je lui promis de m'y mettre.

Et je m'attelai aussitôt à la tâche.

Mme Leidner n'avait apporté qu'une garde-robe très modeste et j'eus tôt fait de la trier et de la loger dans deux valises. Tous ses papiers se trouvaient dans la petite mallette. Le coffret ne contenait que quelques bijoux sans prétention : une perle montée en bague, une broche en diamants, un petit rang de perles, une ou deux broches en or et un collier de gros grains d'ambre.

Il va de soi que je n'allais pas jeter mon dévolu sur les perles ou les diamants, mais j'hésitai un peu entre le collier d'ambre et le nécessaire de toilette. Finalement il n'y avait aucune raison que je n'accepte pas ce dernier. Le Pr Leidner avait eu une attention délicate, et j'étais bien certaine qu'il n'y avait là nulle condescendance de sa part. Je prendrais le cadeau comme on me l'avait offert, sans jouer les vertus offensées. Après tout, j'avais eu beaucoup d'affection pour Mme Leidner.

Les valises étaient bouclées, j'avais refermé le coffret à bijoux en attendant de le remettre au professeur, avec la photographie du père de Mme Leidner et quelques babioles.

Après ce nettoyage par le vide, la chambre parut bien nue et désolée. Je n'avais plus rien à y faire, et pourtant – allez savoir pourquoi ? – je n'avais pas envie de quitter la pièce. Comme s'il fallait que j'y traîne encore un peu... comme s'il y restait quelque chose qu'il fallait que je voie... quelque chose qu'il fallait que je sache... J'ai beau ne pas être superstitieuse, l'idée me vint pourtant que l'esprit de Mme Leidner rôdait encore entre ces murs et cherchait à entrer en contact avec moi.

Je me rappelai qu'un jour, à l'hôpital, une des filles s'était procuré une planchette de spirite, et je vous jure qu'elle avait « écrit » des trucs étonnants.

Au fond, qui sait si, sans y avoir jamais pensé plus tôt, je n'avais pas des dons de médium ?

Comme je le dis toujours, on en arrive parfois à se mettre en tête toutes sortes de sottises.

Je me mis à errer dans la chambre, un tantinet mal à l'aise, et à tripoter ce qui me tombait sous la main. Mais, bien sûr, il ne restait plus que des meubles nus. Rien n'avait glissé derrière un tiroir, rien ne se dissimulait à l'abri des regards. Je ne pouvais rien espérer découvrir de plus.

Pour finir – vous allez trouver ça un peu fou mais, je viens de vous le dire, on se monte la tête –, je fis une chose plutôt bizarre.

J'allai m'allonger sur le lit et je fermai les yeux.

J'essayai d'oublier qui j'étais et où je me trouvais. Je tentai de me reporter par la pensée jusqu'en cet effroyable après-midi. J'étais Mme Leidner en train de faire sa sieste, calme et sans méfiance.

C'est incroyable ce qu'on peut aller chercher !

Je suis du genre équilibrée, terre à terre et pas portée sur les revenants pour deux sous, mais croyez-moi si vous voulez, après être restée allongée comme ça environ cinq minutes, je commençai à me sentir possédée.

Je n'essayai pas de résister. Au contraire, je me concentrai sur ma sensation.

Je me dis à moi-même : je suis Mme Leidner. Je suis Mme Leidner. Je suis allongée ici... je dors à moitié. Dans un instant... dans une seconde... la porte va s'ouvrir.

Je me répétai ça, comme pour m'hypnotiser moi-même.

— Il va bientôt être 13 h 30... ça va bientôt être l'heure... la porte va s'ouvrir... la porte va s'ouvrir... je vais voir qui entre...

J'avais les yeux rivés sur la porte. Bientôt, je la verrais s'ouvrir. Et je verrais la personne qui l'ouvrirait.

Je ne devais pas être vraiment dans mon assiette, cet après-midi-là, pour m'imaginer que j'allais ainsi résoudre le mystère.

Mais j'y croyais. Un frisson me parcourut l'échine et me picota les jambes. Elles étaient engourdies... comme paralysées.

— Tu entres en transe, dis-je tout haut. Et dans cette transe, tu vas voir...

Et je recommençai à répéter, sur un ton monocorde et à n'en plus finir :

— La porte va s'ouvrir... La porte va s'ouvrir...

La sensation d'engourdissement et de froid augmenta.

Et c'est alors que, lentement, je vis la porte s'entrouvrir.

Ce fut horrible.

Je n'ai jamais rien vécu d'aussi effrayant, ni avant ni depuis.

J'étais paralysée, glacée jusqu'aux os. Incapable de bouger. Même si ma vie en avait dépendu, je n'aurais pas pu faire un mouvement.

J'étais épouvantée. Folle de terreur.

Cette porte, là, qui s'ouvrait.

Sans bruit…

D'une seconde à l'autre, j'allais voir… quoi ?

Lentement… lentement… elle s'ouvrait, elle s'ouvrait.

Bill Coleman entra sur la pointe des pieds.

Il dut recevoir le choc de sa vie !

Je bondis hors du lit en poussant un hurlement de terreur et me ruai à travers la pièce.

Lui, il se figea sur place, bouche bée de surprise, le visage plus rouge que jamais.

— Youla-la !… commença-t-il.

Après un couac, il reprit :

— Bon sang ! mais qu'est-ce qui se passe ici ?

Je redescendis brutalement sur terre.

— Bonté divine, monsieur Coleman ! Vous m'avez fait une de ces peurs !

— Vous m'en voyez navré, dit-il avec une espèce de grimace.

Je vis alors qu'il tenait à la main un petit bouquet de fleurs rouges. C'étaient de jolies fleurs sauvages qui poussaient en abondance sur les flancs du Tell. Mme Leidner les adorait.

Il devint apoplectique.

— Il n'y a pas eu moyen d'avoir de fleurs ni quoi que ce soit, à Hassanieh, m'expliqua-t-il. C'était triste qu'il n'y ait pas un seul bouquet pour la tombe. Je m'étais dit comme ça que je me faufilerais ici pour mettre ce petit bouquet dans le vase où elle en mettait toujours, sur sa table. Manière de dire qu'on pense toujours à elle, quoi... Un peu puéril, je sais... mais... tout de même...

Je trouvai ça adorable de sa part. Il était rouge de confusion, comme l'est immanquablement un Anglais surpris en flagrant délit de sentimentalisme. C'était une belle pensée qu'il avait eue là.

— Je trouve ça très gentil, monsieur Coleman, lui dis-je.

Sur quoi je pris le vase en question, j'allai le remplir et j'y déposai le bouquet. Cette délicate attention fit remonter M. Coleman dans mon estime. Cela prouvait au moins qu'il avait du cœur.

Il ne me redemanda pas pourquoi j'avais poussé un hurlement aussi épouvantable, et je lui en suis reconnaissante. Si j'avais dû m'expliquer, je serais morte de honte. « À l'avenir, tâche de garder les pieds sur terre, ma fille, me dis-je en lissant mon tablier et en rajustant ma coiffe. Tu n'es pas du bois dont on fait les médiums. »

Je m'affairai à mes bagages et m'activai tout le reste de la journée.

Le père Lavigny poussa l'amabilité jusqu'à manifester un vif regret à l'annonce de mon départ. Il m'assura que ma gaieté et mon bon sens avaient réconforté tout le monde. Mon bon sens ! Heureusement qu'il ne savait rien de ma conduite stupide dans la chambre de Mme Leidner !

— Nous n'avons pas vu M. Poirot, aujourd'hui, dit-il.

Je lui expliquai que Poirot avait prévu de consacrer sa journée à l'envoi de télégrammes. Il haussa les sourcils :

— Des télégrammes ? Aux États-Unis ?

— Probablement. Il m'a dit : « Un peu partout de par le monde ! » mais vous savez qu'exagérer est bien une manie d'étranger.

Là-dessus, je rougis en me rappelant tout d'un coup que le père Lavigny était lui aussi un étranger.

Il n'eut toutefois pas l'air vexé et se contenta de rire de bon cœur et de me demander s'il y avait du nouveau au sujet de l'homme qui louchait.

Je lui répondis que je n'en savais rien et n'en avais même plus entendu parler.

Il me questionna de nouveau sur le moment où Mme Leidner et moi l'avions surpris sur la pointe des pieds, occupé à épier par une fenêtre.

— Il semble évident que cet individu s'intéressait beaucoup à Mme Leidner, dit-il d'un air songeur. Je me suis souvent demandé depuis si cet homme n'était pas un Européen qui cherchait à se faire passer pour un Irakien.

C'était pour moi une idée nouvelle, et je la retournai dans ma tête. Je n'avais jusque-là jamais mis en doute que l'inconnu était un autochtone. Mais je ne m'étais arrêtée qu'à la coupe de ses vêtements et à son teint olivâtre.

Le père Lavigny me fit part de son intention d'aller faire un tour hors de la résidence, du côté de l'endroit où nous avions repéré l'inconnu, Mme Leidner et moi.

— On ne sait jamais, il peut très bien avoir laissé tomber quelque chose par mégarde. Dans les romans policiers, c'est ce que les criminels ne manquent jamais de faire.

— J'imagine qu'ils sont moins tête en l'air dans la vie réelle, dis-je.

J'allai chercher les chaussettes que je venais de rac-commoder et les posai sur la table de la pièce à tout faire pour que les garçons récupèrent chacun leur bien à leur retour ; et, comme je n'avais rien de mieux à faire, je montai sur la terrasse.

Mlle Johnson était là mais ne m'entendit pas arriver. Il fallut que je sois à trois pas pour qu'elle s'en aper-çoive.

Mais j'avais déjà remarqué que quelque chose n'allait pas.

Elle était plantée au milieu de la terrasse et regardait droit devant elle – et elle avait un air... mais un air... Comme si elle ne pouvait pas croire à ce qu'elle venait de voir.

J'en fus frappée.

Je sais, je l'avais déjà vue bouleversée, l'avant-veille ; mais pas de cette manière.

— Que vous arrive-t-il, ma pauvre amie ? m'écriai-je en accourant à elle.

Elle détourna la tête et me regarda sans me voir.

— Qu'y a-t-il, voyons ? insistai-je.

Elle eut une drôle de grimace, comme si elle essayait d'avaler sa salive et qu'elle avait la gorge trop sèche pour y parvenir. Puis elle dit d'une voix rauque :

— Je viens de voir quelque chose.

— Qu'est-ce que vous avez vu ? Allons, dites-le-moi ! Vous avez vu quoi ? Vous avez l'air toute retournée.

Elle voulut se ressaisir mais garda la même expres-sion horrifiée et reprit de la même voix oppressée et rauque :

— Je viens de comprendre comment quelqu'un de l'extérieur a pu s'introduire ici... sans qu'on s'en aper-çoive.

219

Je suivis la direction de son regard mais ne vis rien de spécial. M. Reiter était sur le seuil du laboratoire de photographie, et le père Lavigny traversait la cour. C'était tout.

Je me tournai vers elle, intriguée, et vis qu'elle me fixait d'un regard étrange.

— Vraiment, insistai-je, je ne vois pas ce que vous voulez dire. Vous ne voulez pas m'expliquer ?

Mais elle secoua la tête.

— Pas maintenant. Plus tard. Nous aurions dû nous en rendre compte ! Oh, oui ! nous aurions dû nous en rendre compte.

— Si seulement vous m'ex…

— Il faut d'abord que j'y réfléchisse.

Et, me plantant là, elle descendit l'escalier en titubant.

Je ne la suivis pas, car il était clair qu'elle ne voulait pas de ma compagnie. Je m'assis sur le parapet et m'efforçai de résoudre le mystère. Peine perdue. Il n'y avait qu'un seul accès à la cour : le porche. Juste devant, à l'extérieur, je voyais le boy chargé de l'approvisionnement en eau avec son cheval, et le cuisinier indien qui bavardait avec lui. Personne n'aurait pu pénétrer à l'intérieur de l'enceinte à leur insu.

Je secouai la tête, perplexe, et redescendis l'escalier.

24

LE MEURTRE EST UNE HABITUDE

Tout le monde alla se coucher tôt, ce soir-là. Mlle Johnson avait paru au dîner, et s'y était plus ou moins comportée comme à l'ordinaire. Mais elle n'en semblait pas moins hébétée et, une ou deux fois, elle était même allée jusqu'à ne pas saisir ce qu'on lui disait.

L'un dans l'autre, ça n'avait pas été un dîner détendu. Vous me direz que cela n'avait rien de bien surprenant dans une maison en deuil, au soir d'un enterrement. Mais je me comprends.

Ces derniers temps, les repas avaient été plutôt silencieux et contraints, mais nous nous étions serré les coudes. Nous avions tous compati au chagrin du Pr Leidner et nous nous étions tous sentis embarqués sur le même bateau.

Ce soir-là, cependant, je m'étais remémoré mon premier repas au camp, avec Mme Mercado qui ne cessait de me dévisager et cette menace diffuse qu'on sentait planer sur nous.

Ce même sentiment, je l'avais aussi éprouvé quand Poirot nous avait tous réunis autour de cette table.

Mais ce soir-là, ç'avait été cent fois pire. Tout le monde était nerveux, à cran, sur des charbons ardents. Si quelqu'un avait laissé tomber n'importe quoi par terre, je suis sûre que nous nous serions mis à hurler.

Nous nous séparâmes presque tout de suite après le dîner. J'allai me coucher aussitôt. Les dernières paroles que j'entendis avant de m'endormir furent celles de

Mme Mercado qui souhaitait bonne nuit à Mlle Johnson, devant ma porte.

Fatiguée par mes préparatifs, et abrutie par ma « séance » ridicule dans la chambre de Mme Leidner, je sombrai dans un sommeil sans rêve qui se prolongea plusieurs heures.

Quand je me réveillai, je le fis en sursaut avec le sentiment d'une catastrophe imminente. C'était un bruit qui m'avait tirée de mon sommeil, et je m'étais assise dans mon lit quand je l'entendis de nouveau.

Une sorte d'abominable râle étranglé.

J'allumai ma chandelle et, en un éclair, sautai à bas de mon lit. J'empoignai aussi une lampe torche, pour le cas où ma bougie viendrait à s'éteindre, et sortis sur le seuil, où je m'arrêtai pour tendre l'oreille. Le bruit ne venait pas de bien loin. Il recommença. C'était de la chambre à côté qu'il venait... celle de Mlle Johnson.

Je m'y précipitai. Mlle Johnson gisait dans son lit, le corps arqué par les spasmes de l'agonie. Comme je posais ma bougie et me penchais sur elle, elle remua les lèvres et tenta de parler, mais ne parvint qu'à émettre un horrible murmure rauque. Je vis que les coins de sa bouche et la peau de son menton étaient d'un blanc grisâtre, comme brûlés.

Son regard se porta sur le verre qui, lui échappant des mains, avait roulé à terre. Une tache rouge vif marquait le tapis de couleur claire à l'endroit où il était tombé. Je le ramassai, passai un doigt sur le bord interne et retirai vivement ma main avec un cri. Puis j'examinai l'intérieur de la bouche de la malheureuse.

Pas l'ombre d'un doute quant à ce qui avait pu se passer. Dieu sait pourquoi, volontairement ou non, elle avait avalé une rasade d'acide corrosif quelconque – oxalique ou chlorhydrique, à mon avis.

Je courus alerter le Pr Leidner, qui réveilla les autres, et chacun se démena pour lui prodiguer le maximum de soins possible, mais je ne cessai de me dire que nos efforts ne serviraient à rien. Nous essayâmes une solution concentrée de carbonate de soude, suivie d'huile d'olive. Pour soulager ses souffrances, je lui fis une piqûre de morphine.

David Emmott était parti à Hassanieh chercher le Dr Reilly, mais tout était fini avant son arrivée.

Je ne m'étendrai pas sur les détails. L'empoisonnement par absorption d'acide chlorhydrique – car tel était bien le cas – est la mort la plus effroyable et la plus douloureuse qui soit.

C'est pendant que je me penchais sur elle pour lui injecter la morphine qu'elle fit une ultime tentative pour parler. Un murmure étranglé sortit de ses lèvres :

— La fenêtre…, souffla-t-elle. La fenêtre…

Et ce fut tout, elle ne put poursuivre. Elle sombra dans le coma.

Jamais je n'oublierai cette nuit-là. L'arrivée du Dr Reilly. Puis du capitaine Maitland. Et pour finir, à l'aube, celle d'Hercule Poirot.

Ce fut lui qui me prit gentiment par le bras pour m'entraîner jusqu'à la salle à manger, où il me fit asseoir et me servit une tasse de thé bien fort.

— Là, mon petit, me dit-il, voilà qui est mieux. Vous êtes épuisée.

Là-dessus, je fondis en larmes.

— C'est trop horrible, sanglotai-je, Ç'a été un cauchemar ! Elle a tant souffert ! Et son regard… Oh ! monsieur Poirot… son regard…

Il me tapota le dos. Une femme n'aurait pas été plus attentionnée.

— Je sais, je sais… n'y pensez plus. Vous avez fait tout votre possible.

— C'était un acide corrosif…, balbutiai-je.

— Je sais : une solution concentrée d'acide chlorhydrique.

— Celle qu'ils utilisent pour nettoyer les poteries ? hasardai-je.

— Oui. Mlle Johnson l'a sans doute avalée dans un demi-sommeil. Enfin… à moins qu'elle ne l'ait absorbée volontairement.

— Oh ! monsieur Poirot, comment pouvez-vous imaginer une horreur pareille ?

— C'est une éventualité, après tout. Qu'en dites-vous ?

J'y réfléchis un instant, puis secouai la tête avec vigueur.

— Je ne crois pas. Non, je ne le crois pas une seconde. Pour moi, elle avait découvert quelque chose, hier après-midi, lâchai-je après une hésitation.

— Qu'est-ce que vous dites ? Qu'est-ce qu'elle avait découvert ?

Je lui rapportai la drôle de conversation que nous avions eue.

Poirot émit un petit sifflement.

— Pauvre femme ! Elle voulait y réfléchir, n'est-ce pas ? Eh bien, c'est ce qui a signé son arrêt de mort. Ah ! si seulement elle avait parlé ! Là, sur-le-champ. Voyons ! répétez-moi ses paroles exactes.

Je les répétai.

— Elle avait découvert comment quelqu'un de l'extérieur pouvait s'introduire ici sans que personne n'y voie que du feu ? Venez avec moi, ma sœur, montons sur la terrasse et vous me montrerez à quel endroit elle se tenait.

Nous nous y rendîmes ensemble et je montrai à Poirot l'endroit très précis où j'avais trouvé Mlle Johnson la veille.

— Ici ? Comme cela ? Bien, qu'est-ce que je vois ? fit-il. Je vois la moitié de la cour... le porche... et les portes de la salle de dessin et de l'atelier de photographie et du laboratoire. Y avait-il quelqu'un dans la cour ?

— Le père Lavigny se dirigeait vers le porche et M. Reiter se tenait sur le seuil de l'atelier de photographie.

— Mais je ne vois toujours pas comment on aurait pu s'introduire là-dedans sans qu'aucun d'entre vous ne s'en doute... Or, elle, elle l'a vu. (Il finit par renoncer, branlant du chef.) Sacré nom d'un chien, va ! Que diantre a-t-elle bien pu voir ?

Le soleil se levait. L'horizon, à l'est, était une symphonie de rose, d'orange et de gris perle.

— Quel beau lever de soleil ! dit doucement Poirot.

Le fleuve serpentait à notre gauche, et le Tell détachait sa silhouette brodée d'or. Au sud, on voyait les arbres en fleurs et les cultures paisibles. La noria grinçait dans le lointain et son bruit s'égrenait, faible et presque irréel. Et au nord, par-dessus les toitures d'une blancheur féerique, se dressaient les frêles minarets d'Hassanieh.

C'était d'une beauté à vous couper le souffle.

Et soudain, à côté de moi, Poirot poussa un soupir à fendre l'âme.

— Quel idiot j'ai pu être, murmura-t-il. Alors que la vérité est tellement évidente... tellement évidente.

25

Je n'eus pas le temps de demander à Poirot ce qu'il voulait dire car le capitaine Maitland nous héla et nous pria de redescendre.

Nous le rejoignîmes à la hâte.

— Écoutez, Poirot, il y a une complication supplémentaire. Le moine a disparu.

— Le père Lavigny ?

— Oui. Jusqu'à maintenant, personne ne s'en était aperçu. Et puis quelqu'un s'est avisé qu'il était le seul à ne pas avoir montré son nez, et nous sommes allés dans sa chambre. Son lit n'a pas été défait et on a beau l'avoir cherché partout, rien à faire.

Les choses tournaient au cauchemar. D'abord, la mort de Mlle Johnson. Et maintenant la disparition du père Lavigny.

On convoqua les domestiques et on les interrogea, mais rien ne put éclaircir le mystère. Ils avaient aperçu le père Lavigny pour la dernière fois la veille au soir, aux alentours de 8 heures. Il leur avait dit qu'il partait faire un petit tour avant d'aller se coucher.

Personne ne l'avait vu revenir de sa promenade.

Comme d'habitude, on avait verrouillé les lourds battants du porche à 9 heures. Mais personne ne se souvenait de les avoir rouverts au matin. Les deux portiers se renvoyaient la balle.

Le père Lavigny était-il revenu ou non de sa promenade nocturne ? Était-il, au cours de cette promenade, tombé sur quelque chose de suspect, quelque chose qui l'aurait incité à ressortir par la suite pour pousser son enquête, s'exposant ainsi à devenir la troisième victime ?

Le capitaine Maitland courut au-devant du Dr Reilly quand il apparut, suivi de M. Mercado.

— Alors, Reilly ? Vous avez découvert du nouveau ?

— Oui. C'est bien un produit qui sort du labo. Je viens de vérifier les quantités avec Mercado. C'est l'acide chlorhydrique du laboratoire.

— Le laboratoire... tiens, tiens ! Il était fermé à clef ?

M. Mercado secoua la tête. Ses mains tremblaient et une grimace lui déformait les traits. Il offrait toutes les apparences d'un homme brisé.

— Ce n'était pas l'habitude, bafouilla-t-il. Vous comprenez... en ce moment... on s'en servait tout le temps. Je... personne n'aurait jamais pensé...

— Ce local, il est fermé à double tour pendant la nuit ?

— Oui... Toutes les pièces le sont. Les clefs sont accrochées dans la pièce à tout faire.

— Donc, si quelqu'un possède la clef de la pièce à tout faire, il peut se procurer les clefs de toute la maison ?

— Oui.

— Et c'est une clef tout ce qu'il y a d'ordinaire, j'imagine ?

— Oui, bien sûr.

— Aucun élément qui permette de déterminer si elle a pris cet acide elle-même dans le laboratoire ? demanda le capitaine Maitland.

— Elle n'aurait jamais fait ça ! m'écriai-je d'un ton péremptoire.

Je sentis qu'on me touchait le bras en signe d'avertissement. Poirot était juste derrière moi.

Il se produisit alors un incident sinistre.

Non pas sinistre en lui-même, mais d'une telle incongruité qu'il parut encore plus affreux que tout le reste.

Une voiture pénétra dans la cour et un petit homme en sauta. Il portait un casque colonial et une saharienne en grosse toile.

Il se dirigea tout droit vers le Pr Leidner, qui se tenait au côté du Dr Reilly, et lui serra chaleureusement la main.

— Vous voilà enfin, mon très cher ! s'écria-t-il. Ravi de vous voir. Je suis passé par ici samedi après-midi, en me rendant à Fugima, chez les Italiens. J'ai fait un saut jusqu'au chantier, mais il n'y avait pas un Européen en vue, et malheureusement je ne parle pas un mot d'arabe. Je n'ai pas eu le temps de pousser jusqu'à la maison. J'ai quitté Fugima ce matin à 5 heures – ce qui m'en donne deux à vous consacrer –, et puis je reprends le bateau. Eh bien, comment se déroule la campagne ?

C'était affreux.

Voix chaleureuse, façons décontractées, joie de vivre au quotidien, nous avions oublié que cela pouvait encore exister. Et lui, il était volubile, il parlait avec bonhomie, il ignorait tout et ne devinait rien.

Le Pr Leidner eut une sorte de hoquet et lança au Dr Reilly un muet appel à l'aide.

Le docteur prit le petit homme à part – j'appris plus tard qu'il s'agissait de Verrier, l'archéologue français bien connu qui effectuait des fouilles dans les îles ioniennes – et lui expliqua la situation.

Verrier fut horrifié. Il avait passé plusieurs jours sur un chantier italien, à l'écart de toute civilisation, et n'était au courant de rien.

Il se répandit en condoléances, se confondit en excuses et finit par se précipiter sur le Pr Leidner, qu'il étreignit fougueusement dans ses bras.

— Quel drame ! Mon Dieu ! quel drame ! Je ne trouve pas de mots. Mon pauvre et très cher collègue…

Et, secouant la tête dans un dernier et bien inutile effort pour exprimer ce qu'il ressentait, le petit bonhomme remonta en voiture et s'en fut.

Comme je l'ai dit, cette irruption du cocasse dans notre tragédie nous parut plus macabre encore que tout ce qui s'était déjà produit.

— Première chose, nous allons prendre un petit déjeuner, déclara avec fermeté le Dr Reilly. Si, si, j'insiste ! Venez, Leidner, il faut que vous mangiez quelque chose.

Le pauvre Pr Leidner n'était plus que l'ombre de lui-même. Il nous suivit dans la salle à manger, où eut lieu un repas lugubre. Pourtant, même si aucun d'entre nous n'avait le cœur à manger, je crois que le café chaud et les œufs frits nous firent du bien. Le Pr Leidner avala un peu de café et resta prostré, à émietter machinalement son pain. Anéanti, il avait le visage blafard et les traits tirés par le chagrin.

Après le petit déjeuner, le capitaine Maitland revint à l'enquête.

J'expliquai comment j'avais été réveillée par un bruit bizarre, et comment je m'étais précipitée dans la chambre de Mlle Johnson.

— Vous dites qu'il y avait un verre par terre ?

— Oui. Elle a dû le lâcher après avoir bu.

— Il était cassé ?

— Non, il avait roulé sur le tapis. (Je parie qu'avec cet acide, le tapis doit être fichu, entre parenthèses.) Je l'ai ramassé et reposé sur la table de nuit.

— Je suis content que vous me disiez ça. Il n'y a que deux types d'empreintes, sur ce verre, les unes sont certainement celles de Mlle Johnson. Les autres doivent être les vôtres.

Il resta un moment silencieux. Puis il reprit :

— Poursuivez, s'il vous plaît.

Je décrivis avec précision mes faits et gestes et, tout en quêtant avec anxiété l'approbation du Dr Reilly, les soins que j'avais tentés. Il me l'accorda d'un hochement de tête :

— Vous avez fait tout ce qu'il était humainement possible de faire, dit-il.

Et même si j'étais persuadée que c'était le cas, je fus soulagée d'en avoir confirmation.

— Saviez-vous exactement ce qu'elle avait absorbé ? me demanda le capitaine Maitland.

— Non… mais je voyais bien qu'il s'agissait d'un acide corrosif.

— À votre avis, Mlle Johnson a-t-elle avalé cet acide délibérément ? ajouta-t-il d'un ton grave.

— Oh, non ! m'exclamai-je. En voilà une idée !

Ne me demandez pas pourquoi j'en étais aussi sûre. En partie sans doute à cause de la mise en garde de M. Poirot. Son « le meurtre est une habitude » m'avait frappée. Et puis, qui irait croire qu'on puisse éprouver l'envie de se donner la mort par un moyen aussi douloureux ? C'est ce que j'expliquai au capitaine, qui hocha la tête d'un air pensif.

— J'admets que ce n'est pas ce qu'on irait choisir de gaieté de cœur…, reconnut-il. Mais si quelqu'un était au désespoir, et s'il savait ce produit facile à obtenir, ne serait-ce pas là une solution ?

— Est-ce qu'elle l'était, au désespoir ? demandai-je d'un air dubitatif.

— C'est ce que prétend Mme Mercado. Elle affirme que Mlle Johnson n'était pas dans son assiette hier soir, au dîner, et qu'elle répondait à peine quand on lui adressait la parole. Mme Mercado est convaincue que Mlle Johnson était au désespoir et qu'elle avait déjà songé à attenter à ses jours.

— Je n'en crois pas un traître mot, décrétai-je, catégorique.

Mme Mercado ! Non mais des fois ! Quelle ignoble petite vipère !

— Et votre opinion, on peut la connaître ?

— Je crois qu'elle a été assassinée, répondis-je sur le même ton.

Sa question suivante fut lancée de manière assez brutale. Je me serais crue dans une salle d'interrogatoire.

— Il y a une raison à ça ?

— Cela me semble être l'explication la plus plausible, et de loin.

— Ce n'est jamais que votre opinion personnelle. Il n'y avait aucune raison pour qu'on tue cette femme.

— Je vous demande bien pardon, il y en avait une. Elle avait découvert quelque chose.

— Découvert quelque chose ? Qu'est-ce qu'elle avait découvert ?

Je rapportai mot pour mot la conversation que nous avions eue sur la terrasse.

— Et elle a refusé de vous dire ce que c'était, cette découverte ?

— Oui. Elle voulait prendre le temps d'y réfléchir.

— Mais elle était très troublée par sa trouvaille ?

— Oui.

— Comment quelqu'un de l'extérieur a pu s'introduire ici.

Intrigué, le capitaine Maitland fronça les sourcils.

— Vous n'avez aucune idée de ce qu'elle entendait par là ?

— Pas la moindre. J'ai tourné et retourné ça dans ma tête, mais il ne m'est même pas venu une lueur.

— Qu'en pensez-vous, monsieur Poirot ? demanda le capitaine.

— Je pense que vous tenez un mobile.

— Pour un meurtre ?

— Pour un meurtre.

Le capitaine Maitland plissa le front.

— A-t-elle réussi à parler avant de mourir ?

— Oui, mais elle n'a dit qu'un ou deux mots.

— Lesquels ?

— La fenêtre…

— La fenêtre ? répéta Maitland. Vous avez compris à quoi elle faisait allusion ?

Je fis signe que non.

— Combien y a-t-il de fenêtres dans sa chambre ?

— Une seule.

— Qui donne sur la cour ?

— Oui.

— Elle était ouverte ou fermée ? Ouverte, me semble-t-il. Mais c'est peut-être l'un d'entre vous qui l'a ouverte ?

— Non, elle restait toujours ouverte. Je me suis demandé…

— Poursuivez, mademoiselle.

— J'ai examiné la fenêtre, bien sûr, mais je n'y ai rien vu d'anormal. Je me suis demandé s'il n'était pas possible que quelqu'un ait échangé les verres par là.

— Échangé les verres ?

— Oui. Vous comprenez, Mlle Johnson emportait toujours un verre d'eau pour aller se coucher. Je crois

232

qu'on a pu le subtiliser et le remplacer par un autre rempli d'acide.

— Qu'en pensez-vous, Reilly ?

— S'il s'agit d'un meurtre, c'est probablement comme ça que ça s'est passé, répondit aussitôt Reilly. Aucun être humain normalement constitué et à l'état de veille n'irait confondre un verre d'acide avec un verre d'eau. Mais une personne qui a l'habitude de boire en pleine nuit a pu tendre la main, trouver le verre à sa place et, dans un demi-sommeil, en avaler une dose mortelle avant de comprendre ce qui lui arrivait.

Le capitaine Maitland réfléchit un instant.

— Il va falloir que j'aille jeter un coup d'œil sur cette fenêtre. À quelle distance se trouve-t-elle de la tête de lit ?

Je réfléchis.

— En étirant bien le bras, on arrive tout juste à atteindre la table de nuit.

— Celle où elle posait son verre ?

— Oui.

— La porte était fermée à clef ?

— Non.

— Ainsi, n'importe qui aurait pu entrer dans la chambre et opérer la substitution ?

— Oh, oui !

— Ç'aurait été plus risqué par cette voie, fit remarquer le Dr Reilly. Une personne qui dort profondément se réveille souvent pour un simple bruit de pas. Si on peut atteindre la table par la fenêtre, c'est le procédé le plus sûr.

— Je ne pense pas qu'au verre, répondit Maitland, l'air absent.

Il se secoua et s'adressa de nouveau à moi :

— À votre avis, lorsque cette pauvre femme s'est vue mourir, elle a voulu à tout prix vous faire savoir que quelqu'un avait substitué un verre d'acide à son verre d'eau par la fenêtre ouverte ? Mieux aurait valu vous donner le nom du criminel !

— Elle ne le connaissait peut-être pas.

— N'aurait-il pas été plus à propos encore de vous fournir une indication sur sa découverte de la veille ?

— Quand on meurt, Maitland, coupa le Dr Reilly, on n'a pas toujours le sens des priorités. Un fait précis vous hante et oblitère tout le reste. Qu'une main meurtrière se soit glissée par la fenêtre a pu l'obséder, à ce moment-là. Il a pu lui paraître très important de le faire savoir. Et à mon avis, elle était loin d'avoir tort ! C'était important ! Sans doute a-t-elle pensé qu'on croirait à un suicide. Si elle avait eu la capacité de s'exprimer, voici ce qu'elle aurait dit : « Je ne me suis pas suicidée. Je n'ai jamais voulu avaler ça. Quelqu'un a dû le poser près de mon lit, par la fenêtre. »

Le capitaine Maitland pianota un bon moment sur la table sans répondre. Puis il se décida :

— Il y a deux façons d'envisager ça. Soit c'est un suicide, soit c'est un meurtre. Qu'en pensez-vous, professeur Leidner ?

Le Pr Leidner resta muet un instant puis répondit d'un ton calme et assuré :

— C'est un meurtre. Anne Johnson n'était pas femme à se tuer.

— Non, admit le capitaine. Pas dans une situation normale. Mais dans certaines circonstances, ç'aurait pu être un geste compréhensible.

— Quelles circonstances ?

Le capitaine Maitland se pencha vers un ballot que je l'avais vu placer à côté de sa chaise. Il le souleva, non sans effort, et le posa sur la table.

— Voici quelque chose dont vous ignorez tout, dit-il. Nous l'avons trouvé sous son lit.

Il se battit avec le nœud, défit l'emballage et en révéla le contenu : c'était une lourde meule de pierre.

L'objet n'avait rien d'extraordinaire en soi : on en avait exhumé des douzaines au cours des fouilles.

Ce qui attira notre attention sur ce spécimen-là, ce fut une tache sombre, et quelque chose qui ressemblait à des cheveux.

— À vous de jouer, Reilly, dit le capitaine Maitland. Mais je ne crois pas me tromper en affirmant que nous nous trouvons devant l'instrument qui a servi à tuer Mme Leidner !

26

LA PROCHAINE FOIS, CE SERA MON TOUR !

C'était atroce. Le Pr Leidner paraissait sur le point de s'évanouir, et j'étais moi-même à deux doigts de me trouver mal.

Le Dr Reilly examina l'arme avec une attention toute professionnelle.

— Pas d'empreintes, hein ? demanda-t-il.

— Pas d'empreintes.

Il sortit une pince de sa trousse et examina les fragments avec précaution.

— Voyons… une parcelle d'épiderme humain… et des cheveux… des cheveux d'un blond doré. Voilà le verdict officieux. Bien entendu, il faudra que je procède aux tests sanguins, à la définition du groupe, etc., mais le résultat ne fait guère de doute. Vous avez trouvé ça sous le lit de Mlle Johnson ? Tiens, tiens !… c'est donc ça, la grande idée. Elle a tué et après ça, Dieu lui pardonne, le remords l'a terrassée et elle a mis fin à ses jours. C'est une hypothèse… séduisante, ma foi.

Le Pr Leidner ne put que secouer la tête, désespéré.

— Pas Anne… pas Anne, murmura-t-il.

— J'ignore où elle avait caché ça au départ, remarqua le capitaine Maitland. Toutes les chambres ont été systématiquement fouillées après le premier meurtre.

Une pensée soudaine me traversa l'esprit et je songeai : « Dans le placard à fournitures. » Mais je me gardai de le dire.

— Où qu'elle l'ait caché au début, elle ne s'est plus fiée à sa cachette première et a préféré l'emporter dans sa chambre, qui avait été fouillée comme les autres. À moins qu'elle n'ait eu cette idée-là après avoir pris la décision de se suicider.

— Je ne crois pas un seul mot de tout ça ! m'écriai-je.

Je n'arrivais pas à me faire à l'idée que cette bonne, cette brave Mlle Johnson ait pu fracasser le crâne de Mme Leidner. Je ne pouvais pas visualiser ça ! Et pourtant, ça aurait bel et bien expliqué tout un tas de choses. Sa crise de larmes, par exemple. Après tout, le mot « remords », je l'avais prononcé moi-même – mais je ne pensais alors qu'à un délit somme toute insignifiant si on le comparait au reste.

— Je ne sais que penser, reprit le capitaine Maitland. Il y a aussi la disparition du religieux français qu'il faut tirer au clair. Mes hommes font une battue dans les environs, pour le cas où on l'aurait assommé lui aussi, et où l'on aurait fait disparaître le corps dans un providentiel fossé d'irrigation.

— Oh ! ça me revient tout d'un coup…, commençai-je.

Tout le monde me regarda d'un air interrogateur.

— C'était hier après-midi. Il m'a interrogée sur l'homme qui louchait et que nous avions surpris en train d'épier par la fenêtre. Il m'a demandé de lui préciser à quel endroit exact du chemin il se tenait, et puis il m'a annoncé qu'il irait faire un tour par là-bas. Il a ajouté que dans les romans policiers, le criminel oubliait immanquablement une preuve derrière lui.

— Du diable si je peux en dire autant de ceux auxquels j'ai affaire ! s'écria le capitaine. Alors, c'est ça qu'il cherchait, hein ? Bon sang de bonsoir ! Je me demande s'il a déniché quelque chose. Ce serait une sacrée coïncidence si Mlle Johnson et lui avaient découvert un indice sur l'identité du meurtrier pratiquement en même temps. (Il se mit à gronder, irrité :) Un homme qui louche ? Un homme qui louche ? Cette histoire d'homme qui louche est plus louche qu'il n'y paraît ! Je voudrais bien savoir pourquoi mes hommes n'ont pas encore réussi à le coincer entre quat'z'yeux.

— Sans doute parce qu'il ne louche pas, déclara tranquillement Poirot.

— Vous voulez dire qu'il faisait semblant ? Je ne savais pas qu'on pouvait faire semblant de loucher pour de bon.

— Une loucherie peut se révéler fort utile, se contenta de remarquer Poirot.

— Ça, je vous crois ! Je donnerais cher pour savoir où se trouve cet individu à l'heure qu'il est, loucherie ou pas !

— Je parie qu'il a déjà franchi la frontière syrienne, lâcha Poirot.

— Nous avons déjà alerté Tell Kotchek et Abou Kemal, plus tous les postes frontières.

— Je parierais qu'il a pris la route des montagnes. Celle qu'empruntent les camions qui transportent de la contrebande.

Le capitaine Maitland lâcha un juron étouffé :

— Alors, nous ferions mieux de télégraphier à Deir ez Zor !

— Je m'en suis occupé hier. Je les ai avertis de guetter une voiture avec deux hommes à bord, et dont les passeports seraient parfaitement en règle.

Le capitaine Maitland le gratifia d'un regard noir.

— Ah ! Vous les avez avertis, hein ? Deux hommes, hein ?

Poirot approuva d'un signe.

— Il y a deux hommes impliqués dans cette affaire.

— J'ai comme l'impression que vous nous avez fait pas mal de cachotteries, monsieur Poirot.

— Du tout, protesta Poirot. La vérité ne m'est apparue que ce matin, tandis que je contemplais le lever de soleil. Un très beau lever de soleil.

Je crois que personne d'entre nous ne s'était rendu compte de la présence de Mme Mercado. Elle avait dû se glisser dans la pièce au moment où nous étions tous atterrés par l'exhibition de cette horrible meule maculée de sang.

Et puis soudain, sans que rien ne le laisse présager, elle poussa un hurlement strident, comme un cochon qu'on égorge.

— Ah ! mon Dieu, hurla-t-elle. Je comprends tout. Maintenant je comprends tout ! C'était le père Lavigny ! Il est fou, c'est un fanatique religieux ! Il pense que les femmes sont des pécheresses. Il les tue toutes, l'une après l'autre. D'abord Mme Leidner... ensuite Mlle Johnson. Et la prochaine fois, ce sera moi...

Elle poussa un glapissement affreux et agrippa le Dr Reilly par son veston.

— Je ne veux pas rester ici, je vous préviens ! Je ne veux pas rester un jour de plus ! Le danger nous guette. Il est là, tapi quelque part... il nous guette en attendant son heure. Il va me sauter à la gorge !

Et elle ouvrit la bouche et se remit à s'égosiller.

Je volai aux côtés du Dr Reilly, qui l'avait saisie par les poignets, et je lui administrai une bonne paire de gifles. Puis, avec l'aide du docteur, je la fis s'asseoir sur une chaise.

— Personne ne vous tuera, dis-je. Nous veillerons sur vous. Restez tranquille et reprenez-vous.

Elle cessa de crier, referma la bouche et resta assise à me fixer d'un œil stupide.

Il y eut alors une seconde interruption. La porte s'ouvrit et Sheila Reilly entra.

Elle était pâle et grave. Elle se dirigea droit vers Poirot.

— Je suis passée à la poste tôt ce matin, monsieur Poirot, lui dit-elle, et comme il y avait un télégramme pour vous, je l'ai pris pour vous l'apporter.

— Merci, mademoiselle.

Il le prit et le déchira sous le regard scrutateur de la jeune fille.

Son visage ne changea pas d'expression. Il lut le télégramme, le lissa, le plia soigneusement et le glissa dans sa poche.

Mme Mercado l'avait regardé faire. Elle lui demanda d'une voix entrecoupée :

— Est-ce qu'il... est-ce qu'il vient des États-Unis ?

— Non, madame. De Tunis.

Elle le dévisagea pendant un bon moment, l'air de ne pas comprendre, puis poussa un long soupir et se laissa aller en arrière sur sa chaise.

— Le père Lavigny, dit-elle. J'avais raison. Je lui ai toujours trouvé un côté bizarre. Il m'a une fois dit de ces choses… Je crois qu'il est fou… (Elle s'arrêta un instant et reprit :) Je ne vais pas piquer de crise de nerfs. Mais il faut que je quitte cette maison. Nous pouvons loger à l'hôtel, Joseph et moi.

— Patience, madame, intervint Poirot. Je vais tout expliquer.

Le capitaine Maitland l'observait avec curiosité.

— Vous croyez que vous tenez le fin mot de l'affaire ?

Poirot lui adressa une courbette.

Une courbette on ne peut plus théâtrale. Ce qui eut le don d'exaspérer le capitaine.

— Alors, allez-y ! Crachez le morceau, mon vieux ! aboya-t-il.

Mais ce n'était pas ainsi qu'Hercule Poirot concevait le grand style. Je voyais bien qu'il avait l'intention de faire durer le plaisir. Je me demandai s'il connaissait bel et bien la vérité ou s'il faisait semblant.

— Voudriez-vous avoir l'extrême bonté de convoquer tout le monde ici, docteur Reilly ? dit-il en se tournant vers lui.

Le Dr Reilly sauta sur ses pieds et obéit complaisamment. En un rien de temps, tous les membres de la mission vinrent se rassembler dans la pièce. Reiter et Emmott arrivèrent les premiers. Ensuite, Bill Coleman. Puis Richard Carey et M. Mercado.

Le pauvre, il était pâle comme la mort. Il devait sans doute s'attendre à en entendre de toutes les couleurs pour avoir laissé traîner des produits chimiques dangereux à portée de tout un chacun.

Tout le monde s'assit autour de la table, de la même façon, en gros, que la première fois que M. Poirot était venu nous voir. Bill Coleman et David Emmott hésitèrent avant de s'asseoir et jetèrent un coup d'œil du côté de Sheila Reilly. Elle leur tournait le dos et regardait par la fenêtre.

— Un siège, Sheila ? proposa Bill.

— Vous ne vous asseyez pas ? s'enquit David Emmott de sa belle voix grave et traînante.

Elle se retourna et les considéra l'un et l'autre pendant un instant. Chacun lui avançait une chaise. Je me demandai laquelle elle allait accepter.

En fin de compte, elle n'accepta ni l'une ni l'autre.

— Je vais m'asseoir là, dit-elle avec brusquerie.

Et elle s'installa sur le rebord d'une table, près de la fenêtre.

— Enfin, ajouta-t-elle, si le capitaine Maitland n'y voit pas d'objection.

Je n'ai aucune idée de ce qu'aurait répondu le capitaine. Poirot le devança :

— J'insiste pour que vous restiez, mademoiselle. Votre présence est absolument indispensable.

Elle haussa les sourcils :

— Indispensable ?

— C'est le mot que j'ai employé, mademoiselle. J'aurai quelques questions à vous poser.

Elle haussa de nouveau les sourcils mais n'ajouta rien. Elle se remit à regarder par la fenêtre, comme si elle était résolue à ignorer ce qui allait se passer dans la pièce.

— Bon, eh bien maintenant, dit le capitaine Maitland, nous allons peut-être enfin connaître la vérité !

Il avait parlé d'un ton peu commode. C'était le type même de l'homme d'action. Je suis sûre qu'à la minute présente, il n'avait qu'une envie : s'activer et agir ; organiser une battue pour retrouver le cadavre du père Lavigny, ou lancer ses hommes à ses trousses, avec un mandat d'arrêt.

Il jeta à Poirot un regard où se devinait l'aversion : « Si ce bouffon a quelque chose à dire, pourquoi diable est-ce qu'il ne se décide pas à le dire ? »

Ces mots, je les avais quasiment lus sur le bout de sa langue.

Poirot jaugea l'assemblée et se leva.

Je ne sais trop ce que je m'attendais à entendre. Quelque chose de théâtral, certainement. C'était bien dans son style.

Mais je ne m'attendais tout de même pas à ce qu'il commence par une phrase en arabe.

Et c'est pourtant ce qui arriva. Il en prononça les mots avec lenteur et solennité, religieusement, même, si vous voyez ce que je veux dire.

— *Bismillahi ar rahman ar rahim.* (Puis il nous en donna la traduction en anglais :) Au nom d'Allah, le Compatissant, le Miséricordieux.

27

COMMENCEMENT D'UN VOYAGE

— *Bismillahi ar rahman ar rahim.* C'est cette phrase rituelle que tout Arabe prononce avant de se mettre en route. Eh bien, nous aussi, nous allons nous mettre en route. Nous allons commencer un voyage. Un voyage dans le passé. Un voyage dans les étranges replis de l'âme humaine.

Jusque-là, je n'avais jamais éprouvé ce qu'il est convenu d'appeler « les vertiges de l'Orient ». Pour être tout à fait franche, ce qui m'avait frappée, c'était la pagaille qui régnait partout. Mais soudain, à entendre M. Poirot, une espèce de drôle de vision prit forme peu à peu devant mes yeux. Je me mis à rêver de mots comme Samarkande et Ispahan, de marchands à longue barbe, de chameaux agenouillés, de porteurs titubant sous le poids des lourds ballots retenus par une corde passée autour de leur front… de femmes aux cheveux teints au henné et aux visages tatoués, agenouillées au bord du Tigre pour laver le linge, et j'entendis s'élever leur bizarre mélopée… et le grincement régulier de la noria…

C'étaient là, pour la plupart, des choses que j'avais vues et entendues, et qui ne m'avaient pas fait plus d'effet que cela. Mais à présent, allez savoir pourquoi, tout me semblait différent… comme quand vous mettez en pleine lumière un de ces vieux tissus élimés qui révèlent soudain une broderie ancienne aux couleurs extraordinaires…

Puis je regardai tous ceux qui étaient assis là, et j'eus la sensation étrange que M. Poirot avait dit vrai... nous étions bel et bien prêts à partir en voyage. Pour l'instant, nous étions réunis, mais nos routes, bientôt, se sépareraient...

Et je les regardai comme si je les voyais pour la première *et* pour la dernière fois, ce qui peut paraître absurde, mais après tout, c'était comme ça.

M. Mercado jouait nerveusement avec ses doigts, et ses drôles d'yeux clairs aux pupilles dilatées étaient fixés sur Poirot. Mme Mercado regardait son mari. Elle le surveillait de manière étrange, comme une tigresse prête à bondir. Le Pr Leidner s'était incroyablement ratatiné sur lui-même. Ce dernier coup l'avait achevé. On l'eût dit ailleurs. Il semblait errer loin, très loin, dans un lieu connu de lui seul. M. Coleman regardait Poirot bien en face. Il avait la bouche entrouverte, et les yeux lui sortaient de la tête. Il en paraissait presque idiot. M. Emmott contemplait le bout de ses chaussures et je ne distinguais pas bien son visage. M. Reiter avait l'air médusé. Ses lèvres faisaient une sorte de moue qui lui donnait plus que jamais l'air d'un charmant petit goret bien propre. Mlle Reilly regardait toujours par la fenêtre. J'ignore ce qu'elle pensait, ou ce qu'elle ressentait. Puis je posai les yeux sur M. Carey, et ce que je vis me fit mal, aussi détournai-je la tête. Oui, nous étions tous là. Et je sentais confusément que lorsque M. Poirot en aurait fini, nous nous retrouverions tous quelque part ailleurs, en un lieu tout différent...

C'était une sensation bizarre...

La voix de Poirot s'élevait, calme et souple, comme une rivière coulant sans heurt entre ses rives... comme un long fleuve roulant ses eaux jusqu'à la mer...

— Dès le tout début, j'ai eu le sentiment que, pour comprendre cette affaire, il ne fallait pas partir à la recherche d'indices ou de preuves extérieures, mais s'attacher aux affrontements des caractères et aux secrets des âmes, autrement révélateurs.

» Et je puis dire que, bien que je sois à présent parvenu à ce que je tiens pour la véritable solution de l'énigme, je n'en ai aucune preuve matérielle. Je sais qu'il en est ainsi parce qu'il ne peut en être autrement, parce que c'est la seule façon pour chaque fait de s'emboîter et de se ranger à sa vraie place.

» Et parce que c'est, selon moi, l'unique solution satisfaisante.

Il fit silence avant de reprendre :

— Le point de départ de ce voyage, je le situerai au moment où j'ai été amené à m'occuper de l'affaire – au moment où elle se présentait à moi comme un événement consommé. Chaque affaire, à mon humble avis, revêt une forme et un aspect propres. Il m'apparaissait que la trame de celle-ci dépendait entièrement de la personnalité de Mme Leidner. Tant que j'ignorerais quelle sorte de femme était au juste Mme Leidner, je serais dans l'incapacité de découvrir pourquoi on l'avait assassinée, et qui était son assassin.

» Ce fut donc là mon point de départ : la personnalité de la victime.

» Un autre élément psychologique présentait un intérêt : l'étrange tension qui, à en croire certaines descriptions, régnait entre les membres de la mission. Ce malaise était attesté par plusieurs témoins – étrangers à l'expédition pour certains – et je pris bien soin, même si cela ne constituait pas un point de départ, de le garder toutefois toujours présent à l'esprit au cours de mon enquête.

» De l'avis général, cela découlait directement de l'influence néfaste de Mme Leidner sur les membres de la mission mais, pour des raisons que je vous exposerai plus tard, cette explication ne me semblait pas entièrement satisfaisante.

» Au départ, ainsi que je l'ai déjà dit, je me suis purement et simplement concentré sur la personnalité de Mme Leidner. Je disposais de plusieurs moyens pour définir cette personnalité. Il y avait d'une part les réactions qu'elle provoquait chez un certain nombre de gens, tous très différents par le caractère et le tempérament ; et il y avait ensuite les indications que mon esprit d'observation me permettait de glaner. Sur ce dernier plan, les possibilités étaient limitées, bien entendu. Pourtant, j'appris bon nombre de choses.

» Les goûts de Mme Leidner étaient simples, voire austères. Elle ne s'adonnait pas au luxe. Par ailleurs, elle réalisait des broderies d'une grande finesse et d'une grande beauté. Ce qui indiquait un tempérament artiste et délicat. Mon jugement se confirma lorsque j'examinai les livres qui se trouvaient dans sa chambre. Elle était intelligente, et aussi et surtout, à mon avis, foncièrement égoïste.

» On avait insinué que sa préoccupation essentielle consistait à faire tomber tous les hommes possibles dans ses filets et que c'était, en gros, une Messaline. Mais je ne croyais pas que ce fût le cas.

» Dans sa chambre, j'avais remarqué sur une étagère les ouvrages suivants : *Qui étaient les Grecs ? Introduction à la théorie de la relativité, La Vie de lady Hester Stanhope, Retour à Mathusalem, Linda Condon, Crewe Traine.*

» Cela révélait un net penchant pour la culture et la science moderne – autrement dit, une tournure d'esprit intellectuelle. Parmi les romans, *Linda Condon* et, à un moindre degré, *Crewe Traine* semblaient indiquer que Mme Leidner éprouvait de la sympathie et de l'intérêt pour les femmes indépendantes, sans entraves et peu enclines à se laisser piéger par les hommes. Elle éprouvait aussi, à l'évidence, de l'intérêt pour la personnalité de lady Hester Stanhope. *Linda Condon* est l'étude tout en finesse d'une femme qui vit dans l'adoration de sa propre beauté. *Crewe Traine*, le portrait d'une individualiste forcenée, *Retour à Mathusalem* défend une approche de la vie intellectuelle plutôt qu'émotionnelle. Il me semblait que je commençais à saisir la psychologie de la défunte.

» J'analysai ensuite les réactions de l'entourage immédiat de Mme Leidner, et l'image que j'avais d'elle se précisa.

» Il m'apparut clairement, à entendre le Dr Reilly et quelques autres, que Mme Leidner était de ces femmes auxquelles la Nature a offert non seulement la beauté, mais aussi ce charme ensorceleur qui l'accompagne parfois. De telles femmes sèment d'ordinaire le drame sur leur passage. Elles se révèlent catastrophiques, soit pour leur entourage... soit pour elles-mêmes.

» J'étais convaincu que Mme Leidner était de ces créatures qui n'idolâtrent qu'elles-mêmes, et qu'elle n'aimait rien tant qu'exercer son pouvoir sur autrui. Où qu'elle fût, elle se voulait le centre de l'univers. Et dans son entourage, chacun, homme ou femme, devait lui prêter serment d'allégeance. Avec certaines personnes, c'était facile. Mlle Leatheran, par exemple, âme généreuse encline au romanesque, succomba d'emblée au charme et me fit part sans ambages de son admiration sincère. Mais Mme Leidner avait un autre moyen d'exercer son emprise : la peur. Une conquête s'avérait-elle trop facile qu'elle cédait aussitôt à la facette cruelle de son tempérament – mais je tiens à souligner ici avec insistance qu'il ne s'agissait pas de cruauté consciente. Sa conduite était aussi naturelle et instinctive que celle du chat qui joue avec la souris. Quand elle avait conscience de ses actes, elle était bonne et se montrait prévenante à l'égard de tout un chacun. Bien entendu, le problème le plus important, et le plus urgent à résoudre, était celui des lettres anonymes. Qui les avait écrites ? Et pourquoi ? Je me posai la question : Mme Leidner les a-t-elle écrites elle-même ?

» Pour répondre à ma question, il me fut nécessaire de remonter loin en arrière, de retourner à l'époque de son premier mariage. Et c'est ici que commence notre voyage proprement dit. Un voyage dans le passé de Mme Leidner.

» Tout d'abord, nous devons garder à l'esprit que la Louise Leidner d'alors ne diffère guère de celle que vous avez connue.

» Elle était jeune alors, d'une beauté exceptionnelle, cette beauté obsédante qui affecte l'esprit et les sens d'un homme comme ne le peut aucune beauté purement physique ; et, déjà, foncièrement égoïste.

» De telles femmes renâclent à la seule perspective du mariage. Les hommes les attirent, certes, mais elles préfèrent n'appartenir qu'à elles-mêmes. Elles sont vraiment la Belle Dame sans Merci de la légende. Néanmoins, Mme Leidner se maria bel et bien, d'où nous pouvons conclure, je crois, que son mari était un homme de caractère.

» C'est alors qu'elle découvre les activités d'espionnage de son époux et agit ainsi qu'elle l'a dit à Mlle Leatheran : elle le dénonce au gouvernement.

» Je soutiens qu'il y avait une explication psychologique à son geste. Elle a raconté à Mlle Leatheran qu'elle était une jeune patriote idéaliste, et que là résidait le secret de son geste. Mais nous connaissons tous notre habileté à justifier nos actions à nos propres yeux. D'instinct, nous optons pour le motif le plus flatteur ! Mme Leidner a pu croire qu'elle avait agi par patriotisme, mais je crois, moi, que ce fut là l'expression du désir inavoué de se débarrasser de son mari ! Elle détestait être dominée, elle détestait cette impression d'appartenir à autrui, elle détestait les seconds rôles. Par le biais du patriotisme, elle trouva le « truc » pour reconquérir sa liberté.

» Mais, sans qu'elle en fût consciente, un sentiment de culpabilité la rongeait qui devait jouer son rôle dans sa destinée future.

» Venons-en aux lettres, à présent. Mme Leidner faisait des ravages parmi le sexe fort. Et, en plusieurs occasions, il lui arriva de succomber elle aussi. Mais chaque fois, une lettre de menaces remplit son office et la liaison tourna court.

» Qui a écrit ces lettres ? Frederick Bosner ou son frère William ? Ou Mme Leidner elle-même ?

» Chaque hypothèse tient. Il me semble évident que Mme Leidner était de ces femmes capables d'inspirer à un homme une passion dévorante susceptible de tourner à l'obsession. Je crois sans peine que Louise, sa femme, était tout pour Frederick Bosner ! Elle l'avait trahi une fois et il n'osait plus l'approcher à découvert, mais il était résolu à ce qu'elle n'appartienne jamais à un autre. Plutôt la savoir morte que possédée par un autre homme.

» Par ailleurs, si, au fond d'elle-même, Mme Leidner répugnait aux liens du mariage, il est possible qu'elle ait eu recours à ce moyen pour se tirer de situations difficiles. Elle était de ces chasseurs qui se désintéressent de leur proie sitôt qu'ils l'ont à leur merci ! Par goût du drame, elle avait pu inventer la tragédie du mari revenu de l'au-delà pour interdire la noce ! Cela satisfaisait ses instincts les plus profonds. Cela faisait d'elle une héroïne tragique et lui permettait de se soustraire au remariage.

» Cet état de fait se prolongea pendant plusieurs années. Chaque fois que le mariage se profilait à l'horizon, une lettre de menace arrivait.

» Or, voici que nous touchons un point très intéressant. Le Pr Leidner entre en scène… et aucune lettre de menace n'arrive ! Rien ne s'oppose à ce que Louise devienne Mme Leidner. S'il survient une missive, ce n'est qu'après la noce.

» Pourquoi ? nous demandons-nous aussitôt.

» Examinons tour à tour chacune des hypothèses.

» Si c'est Mme Leidner qui a écrit les lettres, on peut facilement résoudre l'énigme. Mme Leidner désirait épouser le Pr Leidner. Et elle l'a bel et bien épousé. Mais alors, pourquoi s'est-elle adressé une lettre après coup ? Par besoin irrépressible de se poser en héroïne ? Et pourquoi seulement ces deux lettres ? Car aucune autre missive n'est arrivée ensuite pendant un an et demi.

» Passons à la seconde hypothèse, celle selon laquelle c'est le premier mari, Frederick Bosner – ou son frère – qui est l'auteur des lettres. Pourquoi la lettre de menaces n'est-elle arrivée qu'après le mariage ? On peut supposer que Frederick ne voulait pas que Louise épouse Leidner. Pourquoi, dans ces conditions, ne pas empêcher la noce ? Il y était fort bien parvenu en de précédentes occasions. Et pourquoi, ayant attendu que le mariage ait eu lieu, reprend-il alors ses menaces ?

» La réponse, qui ne saurait satisfaire personne, est qu'il n'avait pu protester plus tôt pour une raison quelconque. Il avait pu se trouver en prison ou bien voyager à l'étranger.

» Vient ensuite la tentative d'intoxication par le gaz, qu'il nous faut bien considérer. Il paraît totalement improbable qu'elle ait été le fait d'éléments extérieurs. Les personnes les plus susceptibles de l'avoir mise en scène sont M. et Mme Leidner eux-mêmes. On ne voit guère pourquoi le Pr Leidner irait commettre pareil acte. Il nous faut donc conclure que c'est Mme Leidner qui l'a imaginé et exécuté.

» Pourquoi ? Pour un peu plus de mélodrame ?

» Après cela, le Pr et Mme Leidner partent pour l'étranger et mènent, pendant dix-huit mois, une vie heureuse et sereine que ne vient troubler aucune menace de mort. Ils en concluent qu'ils ont réussi à brouiller leur piste. Mais cette explication ne tient pas debout. De nos jours, on ne sème pas un ennemi en partant pour l'étranger. Et cela d'autant moins dans le cas des Leidner. Le professeur dirige une mission archéologique connue. En questionnant le musée qui la finance, Frederick Bosner aurait obtenu sans peine son adresse. En admettant même qu'il ait été dans l'impossibilité de traquer le couple jusque dans son refuge, il n'aurait eu aucune difficulté à envoyer d'autres lettres de menace. Rien, me semble-t-il, n'aurait pu empêcher un homme hanté par une obsession de renouveler son geste.

» Au lieu de cela, il cesse de se manifester pendant près de deux ans, jusqu'au jour où les lettres recommencent.

» Pourquoi recommencent-elles ?

» Voilà une question fort délicate. On peut opter pour la solution de facilité et dire que Mme Leidner s'ennuyait et avait besoin de drame. Mais cette réponse ne me satisfaisait pas. Ce mélodramatisme forcené ne cadrait pas avec sa personnalité raffinée.

» La seule attitude possible était de faire le tour de la question. Il y avait trois hypothèses : 1) Mme Leidner était l'auteur des lettres ; 2) c'était Frederick Bosner – ou le jeune William Bosner – qui les avait écrites ; 3) elles avaient pu être rédigées à l'origine par Mme Leidner ou son premier mari, mais les plus récentes étaient des faux – c'est-à-dire qu'elles étaient l'œuvre d'une tierce personne informée de l'existence des premières.

» J'en viens à présent à l'étude de l'entourage immédiat de Mme Leidner.

» J'ai commencé par déterminer qui, parmi les membres de la mission, avait eu la possibilité matérielle de commettre le meurtre.

» En gros, et pour dire les choses carrément, chacun en avait eu l'occasion, exception faite de trois personnes.

» Le Pr Leidner, selon des témoignages indiscutables, n'avait pas quitté la terrasse. M. Carey était sur le chantier. M. Coleman, à Hassanieh.

» Seulement voilà, mes amis, ces alibis n'étaient pas tout à fait aussi irréfutables qu'ils le paraissaient. Excepté pour le Pr Leidner. Il ne fait aucun doute qu'il se trouvait sur la terrasse au moment du meurtre et qu'il n'en est descendu qu'une heure et quart après que le crime eut été commis.

» Mais était-il absolument certain que M. Carey n'avait pas quitté le site ?

» Et M. Coleman se trouvait-il bien à Hassanieh au moment de l'assassinat ?

Bill Coleman rougit, ouvrit la bouche, la referma et regarda autour de lui, gêné.

M. Carey resta impassible.

Poirot poursuivit tranquillement :

— J'ai examiné aussi le cas d'une autre personne qui, à mon sens, aurait été parfaitement capable de commettre un meurtre, si elle en avait eu le désir. Mlle Reilly possédait pour cela le courage, l'intelligence et la dose de cruauté nécessaires. Alors qu'elle me parlait de la défunte, je lui avais demandé, en plaisantant, si elle avait un alibi. Je crois que Mlle Reilly était consciente, à ce moment-là, d'avoir nourri un désir de meurtre. Toujours est-il qu'elle me servit aussitôt un mensonge aussi inutile que puéril. Dès le lendemain, au détour d'une conversation avec Mlle Johnson, j'appris qu'au lieu d'avoir joué au tennis, elle s'était trouvée dans les parages de la résidence à l'heure du crime. Je m'avisai que, si elle n'était pas coupable, Mlle Reilly pourrait peut-être me fournir des informations utiles.

Il marqua une pause avant de demander d'une voix calme :

— Voulez-vous nous dire ce que vous avez vu cet après-midi-là, mademoiselle Reilly ?

La jeune fille ne répondit pas tout de suite. Elle continua de regarder par la fenêtre, sans bouger, et quand elle parla, ce fut d'une voix neutre et mesurée :

— Je me suis rendue à cheval sur le site, après le déjeuner. J'y suis arrivée vers 13 h 45.

— Y avez-vous trouvé vos amis de la mission ?

— Non, il n'y avait que le contremaître arabe.

— Vous n'avez pas vu M. Carey ?

— Non.

— Curieux, observa Poirot. M. Verrier ne l'a pas vu non plus, lorsqu'il est passé au chantier, cet après-midi-là.

D'un regard, il invita Carey à parler, mais celui-ci resta muet comme une carpe et ne bougea pas d'un pouce.

— Avez-vous une explication à nous fournir, monsieur Carey ?

— Je suis allé faire un tour. Les fouilles ne révélaient rien d'intéressant.

— Et dans quelle direction êtes-vous allé le faire, ce tour ?

— Vers le fleuve.

— Pas vers le camp de base ?

— Non.

— Je suppose, dit Mlle Reilly, que vous attendiez quelqu'un qui n'est pas venu.

Il leva les yeux sur elle sans répondre. Poirot n'insista pas. Il s'adressa de nouveau à la jeune fille :

— Avez-vous vu quelque chose d'autre, mademoiselle ?

— Oui. Je n'étais pas très loin de la maison lorsque j'ai aperçu la fourgonnette garée dans un *wadi*. Cela m'a paru bizarre. C'est alors que j'ai aperçu M. Coleman. Il marchait tête baissée, comme s'il cherchait quelque chose.

— Écoutez, explosa M. Coleman, je…

Poirot l'arrêta d'un geste impérieux.

— Un instant. Lui avez-vous adressé la parole, mademoiselle Reilly ?

— Non.

— Pourquoi ?

— Parce que, dit-elle avec lenteur, de temps en temps il levait les yeux et regardait autour de lui d'un air incroyablement furtif. Cela… m'a mise mal à l'aise. J'ai fait faire demi-tour à mon cheval et me suis éloignée. Je ne crois pas qu'il m'ait vue. J'étais assez loin de lui et il était très absorbé par ce qu'il était en train de faire.

— Écoutez, fit M. Coleman que rien n'arrêterait, cette fois. J'ai une excellente explication à vous fournir, même si – d'accord, je l'admets – tout ça paraît plutôt louche. La veille, j'avais fourré dans ma poche un assez remarquable sceau-cylindre au lieu d'aller l'entreposer dans la salle des antiquités, et ça m'était sorti de la tête. Et puis tout d'un coup, ça m'est revenu en même temps que je m'apercevais qu'il ne se trouvait plus dans ma poche… que j'avais dû le perdre quelque part. Comme je n'avais pas envie de me faire sonner les cloches, je me suis dit que j'allais essayer de le retrouver sans me faire repérer. J'étais à peu près sûr de l'avoir semé en allant au chantier ou en en revenant. J'ai bâclé ce que j'avais à faire à Hassanieh, chargé un *walad* de faire les courses et suis rentré dare-dare. J'ai caché la fourgonnette dans un coin et j'ai ratissé tout le secteur pendant une bonne heure. Sans réussir à mettre la main sur ce fichu machin ! Alors, j'ai repris la fourgonnette et je suis rentré. Bien entendu, tout le monde a cru que j'arrivais à peine.

— Et vous n'avez détrompé personne ? demanda Poirot d'un ton suave.

— Eh bien, vu les circonstances, c'était plutôt naturel, non ?

— Je ne suis pas de votre avis, fit Poirot.

— Oh ! allons… À quoi bon s'attirer des ennuis ? C'est ma devise ! Mais vous ne pouvez rien me reprocher. Je n'ai pas mis le nez dans la cour, et vous ne trouverez pas un chat pour vous dire le contraire.

— C'est bien là le hic, cette déposition des domestiques selon laquelle personne n'est entré du dehors. Mais voyez-vous, à la réflexion, il m'est apparu que tel n'était pas le sens exact de leurs déclarations. Ils ont juré qu'aucun étranger n'avait franchi le porche. Personne ne leur a demandé si un membre de la mission était rentré cet après-midi-là.

— Eh bien, qu'est-ce que vous attendez ? répliqua Coleman. Posez-leur la question. Je veux bien être pendu s'ils m'ont vu, ou s'ils ont vu Carey, d'ailleurs.

— Ah ! mais voilà qui soulève une intéressante question. Ils auraient bondi face à l'intrusion d'un étranger, sans aucun doute. Mais auraient-ils seulement remarqué un membre de la mission ? Les gens de l'équipe entrent et sortent toute la journée. Les domestiques ne doivent même pas enregistrer leurs allées et venues. À mon avis, il est fort possible que M. Carey ou M. Coleman ait pénétré dans le camp sans que les domestiques y aient pris garde et s'en souviennent.

— Foutaises ! fit M. Coleman.

Poirot poursuivit sans se démonter :

— Des deux, il me semble que c'est M. Carey qui devait passer le plus aisément inaperçu. M. Coleman étant parti ce matin-là pour Hassanieh avec la fourgonnette, on s'attendait à le voir revenir avec cette même fourgonnette. S'il était revenu à pied, on l'aurait remarqué à coup sûr.

— Et comment ! lâcha M. Coleman.

M. Carey releva la tête et fixa sur M. Poirot son regard bleu.

— M'accuseriez-vous de meurtre, monsieur Poirot ? demanda-t-il.

Son attitude restait réservée, mais une note menaçante avait percé dans le ton de sa voix.

Poirot esquissa une courbette dans sa direction :

— Je ne fais encore que vous entraîner tous sur la route que j'ai suivie… dans mon voyage vers la vérité.

J'avais donc à présent établi ceci : tous les membres de la mission, Mlle Leatheran y compris, avaient eu la possibilité matérielle de commettre l'assassinat. Que certains d'entre eux ne me paraissent guère des coupables plausibles était une question secondaire.

» J'avais fait le tour de l'opportunité et des moyens. Je pouvais dès lors chercher le mobile. Et je découvris que chacun d'entre vous en avait un.

— Oh ! monsieur Poirot, m'écriai-je, pas moi ! Enfin, voyons ! J'étais une étrangère. Je venais d'arriver.

— Eh bien, ma sœur, n'était-ce pas précisément ce que Mme Leidner redoutait par-dessus tout ? Quelqu'un venant du dehors ?

— Mais… mais… Mais le Dr Reilly me connaissait ! C'est lui qui avait suggéré qu'on fasse appel à moi !

— Que savait-il de vous, au juste ? À part ce que vous lui en aviez dit vous-même ? On a déjà vu des imposteurs se faire passer pour des infirmières.

— Vous pouvez écrire au St Christopher Hospital ! m'emportai-je.

— Pour le moment, je vous prie de vous taire. Comment voulez-vous que j'avance dans ma démonstration si vous m'interrompez pour ergoter ? Je ne dis pas que je vous soupçonne… Ce que je dis, c'est que rien ne s'oppose à ce que vous soyez quelqu'un d'autre que ce que vous prétendez être. Ce ne sont pas les imposteurs en jupon qui manquent, vous savez. Le jeune William Bosner en est peut-être un, lui aussi.

Imposteurs en jupon ! Et puis quoi, encore ? J'allais lui dire ma façon de penser mais il éleva la voix, et son ton sans réplique m'incita à m'abstenir pour l'instant.

— Je vais être franc, brutal même. C'est nécessaire. Je vais vous révéler tous les dessous de cette affaire.

» J'ai étudié la personnalité de chaque occupant de cette maison. En ce qui concerne le Pr Leidner, je me suis très vite convaincu que son amour pour sa femme était le moteur même de son existence. C'était un homme miné, ravagé par le chagrin. J'ai déjà évoqué le cas de Mlle Leatheran. Si c'était une fausse infirmière, elle était diantrement bonne comédienne, et je fus enclin à croire qu'elle était bien ce qu'elle se prétendait : une infirmière hospitalière d'une grande compétence.

— Merci du compliment ! fis-je.

— Mon attention se porta sitôt après sur M. et Mme Mercado, qui étaient tous deux, à l'évidence, dans un état de grande agitation, voire de fébrilité. J'étudiai d'abord Mme Mercado. Était-elle capable de tuer ? Et si oui, pour quelles raisons ?

» Mme Mercado est de constitution plutôt frêle. À première vue, elle ne semblait pas avoir la force nécessaire pour assommer Mme Leidner avec un objet en pierre de bonne taille. Mais si Mme Leidner s'était trouvée à genoux à l'instant du meurtre, la chose devenait possible sur le plan physique. Une femme ne manque pas de moyens d'amener une autre femme à s'agenouiller devant elle. Oh ! rien de sentimental, voyons ! Il suffit, par exemple, que la première fasse mine de vouloir raccourcir l'ourlet de sa jupe et demande à la seconde de le lui épingler. Celle-ci se met aussitôt à genoux sans méfiance.

» Mais le mobile ? Mlle Leatheran m'avait parlé des regards haineux que Mme Mercado décochait à Mme Leidner. Il était clair que M. Mercado n'avait que trop facilement succombé au charme de Mme Leidner. Mais il ne me semblait pas que la simple jalousie fût l'explication. J'étais certain que Mme Leidner ne s'intéressait pas le moins du monde à M. Mercado, et sûr que l'épouse de celui-ci en était bien consciente. Mme Mercado avait pu mal prendre les choses sur le coup, mais pour aller jusqu'au meurtre, il lui aurait fallu une raison autrement puissante. Or, Mme Mercado est avant tout une épouse maternelle. À voir comme elle couvait son mari du regard, j'ai compris que non seulement elle l'aimait, mais qu'elle était prête à lutter bec et ongles pour le défendre : et, plus encore, qu'elle envisageait d'avoir à le faire. Elle était constamment inquiète, sur le qui-vive. C'était pour lui qu'elle s'inquiétait, pas pour elle-même. Et lorsque je me suis penché sur le cas de M. Mercado, j'ai deviné sans peine ce qui provoquait cette inquiétude. Je me suis arrangé pour avoir la confirmation de mes soupçons. M. Mercado est toxicomane, à un stade extrêmement avancé.

» Point n'est besoin de vous dire que l'usage prolongé de la drogue provoque une altération notable du sens moral.

» Sous son influence, un homme peut en venir à commettre des actes auxquels il n'aurait pas songé du temps où il n'était pas toxicomane. Parfois même, il va jusqu'au meurtre… et l'on est bien embarrassé pour dire s'il faut le considérer comme pleinement responsable de ses actes. Les lois des différents pays varient d'ailleurs sur ce point. La caractéristique principale du tueur toxicomane est une confiance excessive en sa propre habileté.

» Qu'il y eût, dans le passé de M. Mercado, un incident inavouable – peut-être même criminel – que sa femme aurait réussi à étouffer ne me parut pas impossible. Si ce secret venait à être ébruité, la carrière de M. Mercado serait ruinée. Sa femme était aux aguets sans répit. Mais il fallait compter avec Mme Leidner. Elle était fine mouche et n'aimait rien tant que dominer.

Elle avait pu amener le pauvre homme à se confier à elle. Suivant la pente de son caractère, elle aurait sûrement eu plaisir à jouer d'un secret dont les conséquences auraient été désastreuses si jamais elle l'avait révélé.

» Et voilà, les Mercado avaient eux aussi un mobile pour tuer. Pour protéger son compagnon, j'étais sûr que Mme Mercado était capable de tout ! Et pendant ces dix minutes où la cour était restée déserte, ils avaient eu, l'un comme l'autre, la possibilité de commettre le meurtre…

— Ce n'est pas vrai ! s'écria Mme Mercado.

Poirot ne releva pas l'interruption.

— J'en vins ensuite à Mlle Johnson. Et elle, était-elle capable de commettre un assassinat ?

» J'estimai que oui. Elle était dotée d'une volonté de fer et d'un sang-froid à toute épreuve. De tels caractères se contrôlent sans répit… et puis un beau jour, la digue cède ! Si Mlle Johnson était l'auteur du crime, son acte ne pouvait qu'être relié au Pr Leidner. Si elle avait eu la conviction que Mme Leidner gâchait l'existence de son époux, alors, la jalousie inconsciente enfouie au-dedans d'elle-même aurait pu, sous couvert de cette justification, se donner libre cours.

» Oui, Mlle Johnson était une coupable possible.

» Puis il y avait les trois jeunes gens.

» Et d'abord Carl Reiter. Si l'un des membres de la mission était William Bosner, alors, c'est Reiter que l'on pouvait d'abord soupçonner d'avoir une identité d'emprunt. Si Reiter était William Bosner, c'était un acteur de première force ! Mais s'il était tout bonnement lui-même, avait-il un motif pour tuer ?

» Si nous nous plaçons du point de vue de Mme Leidner, Carl Reiter était une conquête trop facile. Il ne demandait qu'à tomber à ses genoux et à l'adorer.

Or, Mme Leidner méprisait l'adoration inconditionnelle, et un homme faible éveille toujours les pires instincts chez la femme. Avec Carl Reiter, Mme Leidner fit preuve de cruauté froidement délibérée. Ce fut une pique ici... et là un coup de griffe. Elle transforma l'existence du pauvre garçon en un enfer.

Poirot interrompit soudain le cours de sa démonstration pour s'adresser au jeune homme de façon très personnelle :

— Mon bon ami, que cela vous serve de leçon ! Vous êtes un homme. Conduisez-vous donc en homme ! Il est contraire à la nature de l'homme de se mettre à plat ventre devant qui que ce soit ! La nature et les femmes ont plus ou moins les mêmes réactions ! N'oubliez jamais qu'il vaut mieux saisir la plus lourde assiette à portée de main pour la lancer à la tête d'une femme que de se tortiller comme un ver amoureux des étoiles chaque fois qu'elle pose les yeux sur vous !

Abandonnant là le ton badin, il reprit de sa voix de conférencier :

— Carl Reiter avait-il pu souffrir au point de se rebeller contre son bourreau et de l'assassiner ? La souffrance a parfois d'étranges effets sur un être humain. Je ne pouvais affirmer que ce n'était pas ce qui s'était produit !

» Passons à William Coleman. Sa conduite, telle qu'elle nous apparaît à travers le témoignage de Mlle Reilly, est indubitablement louche. S'il était le criminel, son caractère enjoué dissimulait avec art une autre personnalité souterraine : celle de William Bosner. Selon moi, William Coleman en tant que William Coleman ne possède pas le tempérament d'un assassin. Peut-être faut-il chercher ailleurs sa culpabilité ? Ah ! on dirait que Mlle Leatheran devine de quoi il s'agit !

Mais comment ce diable d'homme faisait-il donc pour tout deviner ? J'aurais juré que j'avais l'air particulièrement obtuse à ce moment-là.

— Oh ! ce n'est pas grand-chose, dis-je à contrecœur. Mais puisqu'on en est à déballer toute la vérité, eh bien, M. Coleman m'a fait remarquer une fois qu'il aurait fait un parfait faussaire.

— Excellente remarque, dit Poirot. En conséquence, s'il avait eu les lettres de menaces entre les mains, il aurait pu facilement en imiter l'écriture.

— Ouille, ouille, ouille ! couina M. Coleman. C'est ce qu'on appelle un coup fourré ou je ne m'y connais pas !

Poirot balaya la protestation d'un geste :

— Qu'il soit ou ne soit pas William Bosner n'est pas facile à déterminer. Mais M. Coleman a parlé d'un *tuteur*, pas d'un père, donc rien ne s'oppose à cette hypothèse.

— Foutaises ! tempêta M. Coleman. Pourquoi vous écoutez tous ce type, franchement, ça me dépasse.

— Des trois jeunes gens, ne reste plus que M. Emmott, poursuivit Poirot. Là encore, nous avons peut-être affaire à un paravent derrière lequel se dissimule William Bosner. Mais quelles que soient les raisons personnelles qui auraient pu le pousser à tuer Mme Leidner, j'ai bien vite compris que ce n'était pas lui qui me les apprendrait. Il sait garder le silence sur ses pensées intimes, et il est impossible – que ce soit par provocation ou par ruse – de l'amener à se trahir. De tous les membres de la mission, c'est lui qui a émis le jugement le plus juste et le plus impartial sur Mme Leidner. Je crois qu'il la jugeait à sa juste valeur... mais lui avait-elle fait une impression profonde, ça, je n'ai pas réussi à le déterminer. J'incline à penser qu'en revanche il ne déplaisait pas à Mme Leidner et que son assurance tranquille devait exaspérer notre Messaline.

» J'en ai conclu que, de tous les membres de l'expédition, et en termes de tempérament et de capacités, M. Emmott semblait le plus à même d'accomplir sans anicroche un crime habile et bien organisé.

M. Emmott daigna s'arracher pour la première fois à la contemplation de ses chaussures.

— Merci, dit-il.

Il y avait comme un brin d'amusement dans sa voix.

— Les deux dernières personnes de ma liste étaient Richard Carey et le père Lavigny.

» À en croire le témoignage de Mlle Leatheran et de quelques autres, M. Carey et Mme Leidner ne s'aimaient guère. Ils faisaient l'un et l'autre un effort pour être polis. Mlle Reilly me proposa néanmoins une interprétation toute différente de l'attitude glaciale qu'ils se montraient réciproquement.

» Je ne tardai pas à me convaincre que Mlle Reilly voyait juste. J'acquis cette certitude en me contentant de pousser M. Carey à me livrer le fond – assez explosif – de sa pensée. Ce ne fut pas difficile. Je découvris qu'il se trouvait dans un état d'extrême tension nerveuse. Il était – il est – au bord de la dépression. Et un homme qui souffre au-delà de ce qu'il peut supporter ne peut guère vous opposer de résistance.

» M. Carey baissa sa garde aussitôt. Il m'avoua, avec une sincérité qui ne pouvait être mise en doute, qu'il haïssait Mme Leidner.

» Il disait la vérité. Il la détestait bel et bien. Mais pourquoi la détestait-il ?

» J'ai évoqué les femmes qui exercent un charme fatal. Mais les hommes aussi peuvent détenir ce pouvoir. Il est des hommes qui séduisent les femmes sans même avoir à lever le petit doigt. C'est ce qu'on appelle de nos jours le sex-appeal ! Et M. Carey en avait à revendre. Au début, il était tout dévoué à son ami et patron, et indifférent à l'épouse de celui-ci. Cela ne fut pas du goût de Mme Leidner. Il lui fallait dominer... et elle entreprit de séduire Richard Carey. Mais il se produisit alors, à mon avis, une chose qu'elle n'avait pas du tout prévue. Pour la première fois de son existence, sans doute, elle succomba à une passion dévorante. Elle tomba amoureuse – réellement amoureuse – de Richard Carey.

» Quant à lui... il ne put lui résister. Voilà la cause de ce terrible état de nerfs qui le torture. C'est un homme déchiré entre deux passions contraires. Il aimait Louise Leidner, oui... mais il la haïssait aussi. Il la haïssait parce qu'elle avait miné les fondements de sa loyauté envers son ami. Il n'est pire haine que celle d'un homme contraint d'aimer une femme en dépit de sa propre volonté.

» Mon mobile, je n'avais nul besoin d'aller le chercher ailleurs. J'étais convaincu qu'à certains moments, rien n'aurait été plus naturel pour Richard Carey que de frapper de toute la force de son bras le beau visage qui l'avait ensorcelé.

» Dès le départ, j'avais été persuadé que le meurtre de Louise Leidner était un crime passionnel. En M. Carey, j'avais trouvé le coupable idéal pour ce genre de meurtre.

» Il reste encore un dernier candidat au titre d'assassin : le père Lavigny. Mon attention fut tout de suite attirée du côté de ce bon père par la différence entre sa description de l'individu mystérieux qu'on avait surpris à épier par une fenêtre et celle que m'en avait fournie Mlle Leatheran. Les témoignages varient souvent quelque peu selon les témoins, mais dans ce cas précis, la contradiction était par trop… aveuglante. En outre, le père Lavigny insistait sur un détail caractéristique – le strabisme – qui aurait dû, en principe, faciliter l'identification de l'inconnu.

» Il m'apparut très vite que si Mlle Leatheran nous fournissait une description précise, avec le père Lavigny, il en allait tout autrement. On aurait dit qu'il cherchait au contraire à nous aiguiller sur une fausse piste, comme s'il avait voulu que l'homme nous échappe.

» Dans ce cas, il devait avoir des informations sur cet étrange individu. On l'avait vu en train de lui parler, mais nous ne pouvions nous en remettre qu'à lui pour savoir ce qui s'était dit.

» Que faisait l'Irakien au moment où Mme Leidner et Mlle Leatheran l'avaient vu ? Il tentait de regarder par une fenêtre… celle de Mme Leidner, avaient-elles pensé. Mais lorsque je me rendis sur les lieux, je m'avisai qu'il pouvait tout aussi bien s'agir de celles de la salle des antiquités.

» La nuit suivante, l'alerte fut donnée. Quelqu'un se trouvait dans la salle des antiquités. On ne découvrit cependant aucune trace de vol. Le point qui me paraît important, est celui-ci : lorsque le Pr Leidner arriva sur place, il découvrit que le père Lavigny l'avait précédé. Celui-ci prétendit y avoir aperçu une lumière. Mais une fois encore, il fallait nous en remettre à son seul témoignage.

» Il commençait à sérieusement m'intriguer, ce père Lavigny. L'autre jour, lorsque j'ai suggéré que notre moine pouvait être Frederick Bosner, le Pr Leidner a traité l'hypothèse par le mépris. Il a objecté que c'était une célébrité. J'ai alors suggéré que Frederick Bosner, qui avait eu vingt ans pour se bâtir une carrière sous une nouvelle identité, pouvait très bien être une célébrité aujourd'hui ! Quoi qu'il en soit, je doute qu'il ait passé ces vingt ans dans une communauté religieuse. Il existe une solution beaucoup plus simple.

» L'un de vous connaissait-il le père Lavigny de vue, avant son arrivée ici ? Apparemment pas. Alors, pourquoi ne s'agirait-il pas d'un individu qui se faisait passer pour lui ? J'ai découvert qu'un télégramme, avait été adressé à Carthage dès l'annonce de la maladie du Pr Byrd, qui aurait dû participer à la campagne de cette année. Intercepter un télégramme, quoi de plus facile ? Pour ce qui est du travail, aucun épigraphiste n'était attaché à l'équipe. Avec quelques bribes de connaissances, un homme débrouillard pouvait faire illusion. Or il est cependant évident que, même s'il n'y avait eu jusqu'ici que peu de tablettes et d'inscriptions à déchiffrer, les interprétations du père Lavigny avaient été jugées pour le moins... originales.

» Tout tendait à prouver que le père Lavigny était bel et bien un imposteur.

» Mais était-il Frederick Bosner pour autant ?

» Les pièces du puzzle ne semblaient pas idéalement s'emboîter si l'on suivait cette piste-là. La vérité, selon toute vraisemblance, était à rechercher dans une direction fort différente.

» J'eus une conversation poussée avec le père Lavigny. Je suis catholique pratiquant et je connais de nombreux prêtres et divers membres de communautés religieuses. Je fus frappé par son attitude, qui ne cadrait guère avec son apostolat. Frappé également par le fait qu'il évoquait pour moi un tout autre genre de personnage. Un genre de personnage qui m'était, certes, familier mais n'avait que peu à voir avec les ordres religieux. Et j'use là d'un euphémisme !

266

» J'entrepris d'expédier bon nombre de télégrammes.

» Sur quoi, et sans même s'en rendre compte, Mlle Leatheran me fournit un renseignement précieux. Nous admirions les objets en or que vous conservez dans la salle des antiquités quand elle mentionna que l'on avait trouvé une parcelle de cire sur la coupe en or. « De la cire ? » m'étonnai-je. « De la cire ? » répéta le père Lavigny. Et son intonation me suffit ! En un éclair, je sus ce qu'il faisait parmi vous.

Poirot s'interrompit pour s'adresser au seul Pr Leidner :

— Je regrette de devoir vous dire, monsieur, que les objets précieux de la salle des antiquités – la coupe, le poignard, les diadèmes et autres ne sont pas les originaux que vous avez découverts. Ce ne sont que d'habiles copies. Le père Lavigny, ainsi que m'en informe le dernier télégramme que je viens de recevoir, n'est autre que Raoul Menier, escroc bien connu des services de police français. C'est un spécialiste du vol de pièces de musée, objets d'art, etc. Il a pour associé Mi Youssouf, à moitié Turc et joaillier hors pair. Sa première apparition, Menier la fit lorsqu'on s'aperçut que certains objets exposés au Louvre n'étaient pas authentiques. On découvrit qu'un archéologue distingué, mais que le conservateur ne connaissait pas de vue, s'était présenté pour visiter le musée et avait eu chaque fois entre les mains l'un des objets contestés. Vérification faite auprès des sommités mises en cause, on s'aperçut qu'aucune d'entre elles ne s'était rendue au Louvre aux dates incriminées !

» J'ai appris que Menier se trouvait à Carthage – où il préparait un vol au monastère – lorsque votre télégramme est arrivé. Le père Lavigny, dont la santé était chancelante, était contraint de vous répondre par la négative. Mais Menier s'arrangea pour subtiliser le télégramme et lui substituer une réponse positive. Ce faisant, il ne courait pas grand risque. Même si les moines lisaient dans les journaux – ce qui était peu probable – que le père Lavigny se trouvait en Irak, ils croiraient que les journalistes avaient reçu une information tronquée : cela se produit si souvent !

» Arrivent donc Menier et son complice. Ce dernier est surpris alors qu'il repère, du dehors, la salle des antiquités. Leur plan prévoit que le père Lavigny effectue des moulages de cire. Ali réalise ensuite de fort adroites copies. Il se trouve toujours des collectionneurs prêts à payer un bon prix des antiquités authentiques sans poser de questions embarrassantes. Le père Lavigny procédera aux échanges, substituant les faux aux originaux, de préférence pendant la nuit.

» C'est sans aucun doute ce à quoi il est en train de s'activer lorsque Mme Leidner l'entend et donne l'alerte. Que fait-il alors ? Il invente précipitamment son histoire de lumière aperçue dans la salle des antiquités.

» Ça a fonctionné. Mais Mme Leidner était loin d'être sotte. Peut-être se rappela-t-elle les traces de cire et en tira-t-elle la conclusion qui s'imposait. Dans ce cas, comment aurait-elle réagi ? N'aurait-il pas été dans son caractère de ne rien faire dans l'immédiat mais de s'amuser à glisser des allusions pour jouir de la déconfiture du bon père ? Elle lui laissera entendre qu'elle a des soupçons... mais pas qu'elle sait. C'est peut-être là un jeu dangereux, mais, les jeux dangereux, elle aime ça.

» Seulement cette fois-ci, peut-être le fait-elle durer trop longtemps. Le père Lavigny entrevoit la vérité et frappe avant qu'elle ne puisse se défendre.

» Le père Lavigny est Raoul Menier... un voleur. Est-il également... un assassin ?

Poirot se mit à arpenter la pièce. Il tira un mouchoir de sa poche, s'épongea le front et poursuivit :

— Voilà où j'en étais ce matin. J'avais huit possibilités... et j'ignorais laquelle était la bonne. Je ne savais toujours pas qui était le meurtrier.

» Mais le meurtre est une habitude. Homme ou femme, qui a tué tuera.

» C'est le second meurtre qui me livra le nom du meurtrier.

» Tout du long, une pensée ne m'avait pas quitté : l'une des personnes en cause devait détenir une information qu'elle avait gardée pour elle, une information qui désignait le meurtrier.

» Dans ce cas, cette personne était en danger.

» Je m'inquiétais surtout pour Mlle Leatheran. C'est une personne entreprenante, dotée d'un esprit vif et curieux. J'avais peur qu'elle n'en découvre plus qu'il n'était souhaitable pour sa sécurité.

» Comme vous le savez tous, il y eut un second meurtre. Mais la victime n'en fut pas Mlle Leatheran ; ce fut Mlle Johnson.

» J'aime à croire que j'aurais, en tout état de cause, trouvé la solution par pure déduction, mais il n'en demeure pas moins que l'assassinat de Mlle Johnson m'a permis d'y parvenir plus rapidement.

» Ne serait-ce que parce que j'avais du même coup un suspect de moins : Mlle Johnson elle-même car, autant vous l'avouer, je n'avais pas cru un instant à la thèse du suicide.

» Mais examinons plutôt les circonstances de ce second meurtre.

» Fait n° 1 : dimanche soir, Mlle Leatheran trouve Mlle Johnson en larmes, et un peu plus tard, cette dernière brûle un fragment de lettre que notre infirmière croit de la même main que les missives anonymes.

» Fait n° 2 : le soir même de la mort de Mlle Johnson, Mlle Leatheran la trouve sur la terrasse, plongée, nous dit-elle, dans un état de stupeur horrifiée et incrédule. À Mlle Leatheran qui la presse de questions, Mlle Johnson répond : « Je viens de comprendre comment on a pu s'introduire ici de l'extérieur… sans que personne ne puisse s'en douter. » Elle refuse d'en dire davantage. Le père Lavigny traverse à cet instant la cour, et M. Reiter est sur le seuil de l'atelier de photographie.

» Fait n° 3 : on découvre Mlle Johnson à l'agonie. Elle ne parvient à articuler que ces seuls mots : « La fenêtre… la fenêtre. »

Voilà pour les faits. Et voici les questions auxquelles nous sommes confrontés :

» Quelle est la vérité à propos des lettres ?

» Qu'a vu Mlle Johnson lorsqu'elle était sur la terrasse ?

» Qu'a-t-elle voulu dire par : « La fenêtre… la fenêtre » ?

» Eh bien, attaquons-nous d'abord au deuxième de ces problèmes, sans doute le plus facile à résoudre. Je suis monté sur la terrasse avec Mlle Leatheran et me suis posté là où s'était tenue Mlle Johnson. De là elle voyait la cour, le porche, le bâtiment nord et deux membres de la mission. Ses paroles avaient-elles à voir avec M. Reiter ou avec le père Lavigny ?

» Presque aussitôt, une explication possible se présenta à mon esprit. Si un étranger s'était introduit ici, ce ne pouvait être que sous un déguisement. Et il n'y avait qu'une seule personne dont l'aspect général permettait la réalisation d'un tel tour de passe-passe : le père Lavigny ! Avec un casque colonial, des lunettes de soleil, une barbe noire et une longue robe de bure, un étranger pouvait passer le porche sans éveiller la méfiance des domestiques qui n'y verraient que du feu.

» Est-ce ce que Mlle Johnson avait voulu dire ? Ou bien était-elle allée plus loin ? Et avait-elle compris que le père Lavigny était *lui-même* un imposteur ?

» Étant donné ce que je savais sur son compte, j'inclinais à croire l'énigme résolue. Raoul Menier était l'assassin. Il avait tué Mme Leidner pour l'empêcher de le dénoncer. Sur quoi une autre personne lui avait laissé entrevoir qu'elle connaissait son secret. Elle aussi, il avait fallu l'éliminer.

» Ainsi, tout s'expliquait ! Le second meurtre. La fuite du père Lavigny... sans robe et sans barbe. Nul doute que son complice et lui n'aient filé en Syrie, munis de passeports en bonne et due forme les présentant comme d'honnêtes citoyens voyageant pour affaires.

» S'expliquait aussi ce qu'il avait souhaité en plaçant la meule de pierre sous le lit de Mlle Johnson.

» Comme je vous l'ai avoué, j'étais presque satisfait... mais pas tout à fait. Car pour être parfaite, une solution doit *tout* expliquer, or tel n'était pas le cas de celle-ci.

» Elle n'expliquait pas, par exemple, pourquoi Mlle Johnson avait dit « La fenêtre... la fenêtre » avant de mourir. Elle n'expliquait pas non plus sa crise de larmes. Et pas davantage sa réaction sur la terrasse, son horreur incrédule et son refus de confier à Mlle Leatheran ce qu'elle soupçonnait ou découvrait soudain.

» C'était une solution qui expliquait les faits bruts, mais qui ne cadrait avec aucune des données psychologiques du problème.

» Et c'est là, sur la terrasse, tandis que je retournais dans mon esprit ces trois données : les lettres, le toit, la

271

fenêtre, que moi aussi j'ai vu… ce qui avait tant frappé
Mlle Johnson.

» Et cette fois, ce que je voyais expliquait rigoureusement tout !

28

LE TERME DU VOYAGE

Poirot promena son regard sur nous. Tous les yeux
étaient rivés sur son visage. L'atmosphère s'était
détendue, la tension relâchée. Mais ce fut de courte
durée.

Il allait se passer quelque chose… quelque chose
de…

La voix neutre et mesurée de Poirot s'éleva de nouveau :

— Les lettres, la terrasse, la fenêtre… Oui, tout
s'expliquait, tout se mettait en place.

» J'ai dit un peu plus tôt que trois hommes possédaient un alibi pour l'heure du crime. J'ai déjà démontré
que deux de ces alibis ne tenaient pas. Or je comprenais
à présent ma grosse erreur, mon énorme erreur. Le troisième alibi, lui non plus, ne tenait pas. Non seulement
le Pr Leidner avait eu la possibilité de commettre le
crime, mais j'étais convaincu qu'il l'avait bel et bien
commis.

Il y eut un silence – un silence stupéfait, incrédule. Le Pr Leidner ne pipa mot. Il était, comme toujours, perdu dans son monde à lui. David Emmott, cependant, s'agita sur son siège et prit la parole :

— Je ne comprends pas ce que vous cherchez à insinuer, monsieur Poirot. Je vous ai déclaré que le Pr Leidner n'avait pas un instant quitté la terrasse avant 14 h 45 au bas mot. Ceci est l'absolue vérité. Je le jure solennellement. Je ne mens pas. Et il lui aurait été impossible d'agir sans que je le voie.

Poirot hocha la tête.

— Oh ! je vous crois. Le Pr Leidner n'a pas quitté la terrasse. C'est là un fait établi. Mais ce que j'ai compris – et ce que Mlle Johnson avait compris, elle aussi –, c'est que le Pr Leidner pouvait avoir tué sa femme de là où il se trouvait, sans quitter la terrasse.

Nous le dévisageâmes avec stupéfaction.

— La fenêtre ! s'écria Poirot. Sa fenêtre à elle ! C'est là ce que j'ai compris, tout comme l'avait compris Mlle Johnson. La fenêtre de Mme Leidner se trouvait juste au-dessous, elle ne donnait pas sur la cour mais sur la campagne. Et le Pr Leidner était seul sur cette terrasse, sans que personne puisse être témoin de sa machination. Et toutes ces pierres, ces lourdes meules qui se trouvaient là, à portée de sa main. Oh ! c'est simple, très simple, à une condition : que l'assassin ait eu la possibilité de déplacer le corps avant que quelqu'un ne le voie... Oh ! c'est magnifique... admirable de simplicité !

» Écoutez, voilà comment ça s'est passé :

» Le Pr Leidner est sur la terrasse, occupé à trier les poteries. Il vous appelle, monsieur Emmott, et, pendant que vous bavardez, il voit que, comme d'habitude, le jeune boy profite de votre absence pour délaisser son travail et sortir bavarder. Il vous retient auprès de lui pendant dix minutes, puis il vous libère, et dès que vous êtes en bas, à la recherche du boy, il passe à l'action.

» Il tire de sa poche le masque maculé de pâte à modeler avec lequel il a déjà terrorisé sa femme une fois, et le fait descendre au bout d'une ficelle par-dessus le parapet, jusqu'à ce qu'il heurte ses vitres.

» N'oubliez pas qu'il s'agit d'une fenêtre qui donne sur la campagne, et non pas sur la cour.

» Mme Leidner est allongée sur son lit, plongée dans un demi-sommeil. Elle est heureuse et détendue. Soudain, le masque qui heurte la fenêtre attire son attention. Mais ce n'est pas le crépuscule, cette fois – il fait grand jour et ce qu'elle découvre n'a rien de terrifiant. Elle comprend aussitôt de quoi il s'agit : d'une farce grossière ! Elle n'est pas effrayée mais indignée. Elle fait ce qu'aurait fait n'importe qui à sa place. Elle bondit hors de son lit, court à la fenêtre, l'ouvre, passe la tête entre les barreaux et regarde en l'air pour identifier le mauvais plaisant.

» Le Pr Leidner est aux aguets. Il tient à la main une lourde meule. Et à l'instant propice, il la lâche...

» Avec un faible cri – entendu par Mlle Johnson –, Mme Leidner s'effondre sur le tapis placé sous la fenêtre.

» Or la meule en question est percée d'un trou, et le Pr Leidner y a, au préalable, passé une corde. Il n'a plus qu'à ramener cette corde pour hisser la meule. Il remet l'arme en place, parmi les autres objets de même espèce qui se trouvent sur la terrasse, en ayant soin de placer le côté maculé de sang contre le sol.

» Et il continue à travailler pendant une heure ou plus, jusqu'à ce qu'il juge le moment venu de passer au deuxième acte. Il descend alors l'escalier, dit un mot à

M. Emmott et à Mlle Leatheran, traverse la cour et pénètre dans la chambre de sa femme. Voici le compte rendu qu'il a lui-même donné de ses faits et gestes à ce moment précis :

» J'ai vu le corps de ma femme recroquevillé près du lit. Pendant un instant, je suis resté paralysé, je me disais que je ne pourrais plus jamais bouger. Je me suis enfin approché d'elle, je me suis agenouillé et lui ai soulevé la tête. J'ai vu qu'elle était morte... J'ai fini par me relever. Je me sentais hébété, comme si j'avais bu. J'ai réussi à me traîner jusqu'à la porte et à appeler.

» C'est là un compte rendu parfaitement plausible des gestes d'un homme ravagé par le chagrin. Écoutez à présent ce que je crois être la vérité. Le Pr Leidner entre dans la chambre, court à la fenêtre et, ayant enfilé une paire de gants, se hâte de la refermer ; puis il soulève le corps de sa femme et le transporte au pied du lit, non loin de la porte. Il aperçoit alors une petite tache sur le tapis placé sous la fenêtre. Il ne peut l'échanger avec celui qui est au pied du lit, ils sont de taille différente. Il s'y prend alors autrement et place le tapis taché de sang devant la table de toilette, et le tapis de la table de toilette devant la fenêtre. Si on remarque la tache, on l'étudiera en fonction de la table de toilette, et pas de la fenêtre. C'est là un point très important. Il faut que rien ne permette d'imaginer que la fenêtre a joué un rôle dans l'affaire. Puis il sort sur le seuil où il joue la comédie du mari effondré, et j'imagine que ça ne lui est pas difficile. Car il aimait sa femme.

— Mais enfin, mon bon monsieur, s'emporta le Dr Reilly, s'il l'aimait, pourquoi diable l'a-t-il tuée ? Où est le mobile ? Bon sang, Leidner, vous avez perdu votre langue ou quoi ? Dites-lui qu'il est fou !

Le Pr Leidner resta muet et sans réaction.

— Ne vous ai-je pas dit tout du long qu'il s'agissait d'un crime passionnel ? fit Poirot. Pourquoi son premier mari, Frederick Bosner, avait-il menacé de la tuer ? Parce qu'il l'aimait… et il a tenu parole…

» Mais oui, mais oui ! Dès que j'ai compris que c'était le Pr Leidner qui avait commis le meurtre, chaque élément a trouvé sa place…

» Pour la seconde fois, je reprends mon voyage depuis le début : le premier mariage de Mme Leidner, les lettres de menaces, son second mariage. Les lettres lui ont interdit d'épouser un autre homme… mais ne l'ont pas fait lorsqu'il s'est agi du Pr Leidner. Tout devient limpide… si le Pr Leidner n'est autre que Frederick Bosner.

« Refaisons donc notre voyage, mais cette fois du point de vue de Frederick Bosner jeune.

» Il aime sa femme, Louise, d'une passion dévorante que seule une créature comme elle est capable d'éveiller. Elle le dénonce. Il est condamné à mort. Il s'évade. Il est victime d'un accident de chemin de fer mais s'en tire indemne et doté d'une nouvelle identité – celle d'un jeune archéologue suédois, Éric Leidner, dont le cadavre a été défiguré dans la catastrophe et qui passera aisément pour celui de Frederick Bosner.

» Quels sont les sentiments de ce nouvel Éric Leidner envers la femme qui a voulu l'envoyer à la mort ? D'abord et avant tout, il l'aime toujours. Il se met en devoir de se bâtir une nouvelle existence. C'est un homme doué, sa nouvelle profession lui convient à merveille et il y réussit brillamment. Mais il n'oublie jamais la passion dominante de sa vie. Il se tient informé des faits et gestes de sa femme. Il est animé d'une détermination inébranlable – n'oubliez pas la description que Mme Leidner a donnée de lui à Mlle Leatheran : si doux et si gentil… mais implacable : sa femme n'appartiendra jamais à un autre. Chaque fois qu'il l'estime nécessaire, il envoie une lettre de menaces. Il imite certaines caractéristiques de son écriture à elle, pour le cas où elle songerait à montrer ces lettres à la police. Il est si courant que des femmes s'adressent à elles-mêmes des lettres anonymes que les enquêteurs, étant donné la similitude des écritures, opteront fatalement pour cette explication. Dans le même temps, il se garde de lui faire savoir s'il est réellement vivant ou pas.

» Enfin, après bien des années, il juge que son heure est venue : et il réapparaît dans sa vie. Tout se passe bien. Sa femme ne se doute pas un instant de son identité réelle. Il est célèbre. Le beau garçon vigoureux d'autrefois est aujourd'hui un homme d'âge mûr, barbu et aux épaules tombantes. Et nous voyons ainsi l'histoire se répéter. Comme par le passé, Frederick parvient à exercer son pouvoir sur Louise. Pour la seconde fois, elle accepte de l'épouser. Aucune lettre de menace ne vient alors interdire la noce.

» Mais par la suite, une lettre arrive bel et bien. Pourquoi ?

» Je crois que le Pr Leidner ne voulait courir aucun risque. L'intimité du mariage a pu ranimer des souvenirs. Il veut persuader sa femme, une fois pour toutes, qu'Éric Leidner et Frederick Bosner sont deux personnages bien distincts. Tant et si bien qu'une lettre de menace arrive, qui a trait au premier et émane du second. Suit alors la puérile tentative d'intoxication par le gaz – organisée par le Pr Leidner, bien sûr –, toujours dans la même perspective.

» Après quoi il s'estime satisfait. Inutile que des lettres continuent d'arriver. Ils peuvent mener ensemble une vie conjugale heureuse.

» Et soudain, après quasiment deux ans, les missives reprennent.

» Pourquoi ? Eh bien, je crois tenir l'explication. Parce que les menaces que contenaient ces lettres étaient bien réelles. Voilà qui explique les angoisses continuelles de Mme Leidner. Elle savait l'ange de douceur que pouvait être Frederick, mais connaissait aussi sa nature impitoyable. Si elle se donne à un autre homme, il la tuera. Or, elle appartient désormais à Richard Carey.

» Ayant fait cette découverte, le Pr Leidner prémédite l'assassinat et le prépare de sang-froid.

» Comprenez-vous à présent le rôle capital dévolu à Mlle Leatheran ? L'étrange raison pour laquelle le Pr Leidner l'a engagée – et qui m'a intrigué dès le début – devient claire. Il était vital pour lui qu'un témoin compétent et digne de foi puisse affirmer sans conteste que Mme Leidner était décédée depuis plus d'une heure au moment de la découverte du corps. Autrement dit, à un moment où, selon tous les témoignages, son mari se trouvait sur la terrasse. On aurait pu le soupçonner de l'avoir tuée au moment où il prétendait avoir découvert le corps, mais il n'en serait pas question si une infirmière professionnelle certifiait qu'elle était morte depuis une heure.

» Un autre fait trouve également son explication : l'étrange état de tension et de gêne qui a régné cette année sur la mission. Je n'ai jamais cru que la seule influence de Mme Leidner en était responsable. Ce groupe de travail avait, depuis plusieurs années, la réputation de vivre en bonne harmonie. À mon sens, l'état d'esprit d'une communauté dépend directement de l'influence qu'exerce sur elle son chef. Le Pr Leidner, tout discret qu'il fût, avait une forte personnalité. C'était grâce à lui, à son tact, à son sens des relations humaines, que la bonne humeur avait toujours régné sur les campagnes précédentes.

» S'il y avait un changement, il fallait donc que celui qui dirigeait la communauté – le Pr Leidner – fût à l'origine de ce changement. C'était lui, et non sa femme, qui provoquait la tension et le malaise. Son équipe avait perçu la modification sans en saisir la cause. Le bon, l'affable Pr Leidner était resté le même en apparence, mais il ne faisait que s'imiter lui-même. L'homme n'était plus, au fond de lui, qu'un fanatique obsédé par le meurtre qu'il projetait.

» Et nous en venons à présent au second meurtre, celui de Mlle Johnson. En rangeant les papiers du Pr Leidner dans son bureau – tâche qu'elle entreprit de sa propre autorité, pour s'occuper –, Mlle Johnson découvre par hasard le brouillon inachevé de l'une des lettres anonymes.

» Cette découverte la déconcerte et la bouleverse au plus haut point ! Ainsi le Pr Leidner terrorisait délibérément sa femme ! Elle s'avoue incapable de comprendre, mais elle est sens dessus dessous. C'est là que Mlle Leatheran la trouve en larmes.

» Je ne crois pas qu'elle soupçonnait déjà le professeur d'être un assassin. Mais elle a par la suite enregistré les petites expériences que j'avais tentées dans la chambre de Mme Leidner et dans celle du père Lavigny. Elle a compris que si c'était bien le cri de Mme Leidner qu'elle avait entendu, c'est que sa fenêtre devait être ouverte et non pas fermée. Sur le moment, elle n'en a tiré aucune déduction importante, mais elle a gardé le fait en mémoire.

» Son esprit travaille... se frayant la voie jusqu'à la vérité. Peut-être laisse-t-elle échapper devant le Pr Leidner quelque allusion au sujet des lettres, et peut-être celui-ci change-t-il d'attitude. Elle constate alors qu'il a peur.

» Seulement voilà, le Pr Leidner n'a pas pu tuer sa femme. Il était sur la terrasse.

» Et puis, un soir, comme elle se trouve elle-même sur la terrasse et qu'elle s'interroge, la vérité lui apparaît en un éclair. C'est d'ici que Mme Leidner a été tuée, depuis la terrasse, par la fenêtre ouverte.

» C'est là que Mlle Leatheran la rejoint. Et aussitôt, son ancienne affection pour le professeur reprenant le dessus, Mlle Johnson se hâte de brouiller la piste. L'infirmière ne doit pas se douter de l'horrible découverte qu'elle vient de faire. Elle se tourne alors délibérément dans la direction opposée – vers la cour – et improvise la réponse que lui suggère l'allure du père Lavigny en train de traverser la cour.

» Elle refuse d'en dire davantage. Il lui faut « le temps de la réflexion ». Et le Pr Leidner, qui l'a observée avec angoisse, devine qu'elle a tout compris. Elle n'est pas femme à lui dissimuler son horreur et son désarroi.

» Jusque-là, elle ne l'a pas dénoncé, c'est vrai... mais jusqu'à quel point peut-il se fier à elle ?

» Le meurtre est une habitude. Cette nuit-là, il substitue à son verre d'eau un verre d'acide. Qui sait si on ne croira pas à un suicide ? Qui sait si on ne verra pas en elle l'auteur du premier meurtre et qui ne peut survivre au remords ? Dans le but d'accréditer cette dernière hypothèse, il glisse la meule sous son lit.

» Pas étonnant, après ça, que la malheureuse Mlle Johnson, dans son agonie, ait désespérément tenté de transmettre la découverte qu'elle payait si cher. Par la fenêtre, voilà par où on avait tué Mme Leidner, et non par la porte. Par la fenêtre...

» Et ainsi, tout s'explique… tout prend sa place… Tout est psychologiquement parfait.

» Mais nous n'avons pas de preuves… nous n'avons aucune preuve…

Personne ne soufflait mot. Nous étions submergés par l'horreur… et pas seulement par l'horreur. Par la pitié, aussi.

Le Pr Leidner n'avait toujours pas bougé. Il était depuis le début resté immobile et muet, prostré. Ce n'était plus qu'un homme épuisé et vieilli.

Il finit par s'arracher quelque peu à sa torpeur et posa sur Poirot un regard doux et las.

— Non, dit-il, il n'y a pas de preuve. Mais quelle importance ? Vous saviez que je ne nierais pas la vérité… Je n'ai jamais reculé devant la vérité… Je crois même que je suis content… Je suis si fatigué…

Puis il ajouta simplement :

— Je regrette, pour Anne. C'était ignoble… stupide… ça ne me ressemble pas ! Et elle a tant souffert, la pauvre. Non, je n'étais plus moi-même. C'est la peur qui m'a poussé…

L'ombre d'un sourire étira ses lèvres crispées par le chagrin.

— Vous auriez fait un bon archéologue, monsieur Poirot. Vous avez le don de recréer le passé. Tout était bien tel que vous l'avez décrit.

» J'aimais Louise, et je l'ai tuée… si vous l'aviez connue, vous comprendriez… Mais je crois d'ailleurs que vous avez compris…

29

ÉPILOGUE

Il n'y a plus grand-chose à ajouter.

Le « père Lavigny » et son acolyte ont été arrêtés au moment où ils montaient à bord d'un paquebot, à Beyrouth.

Sheila Reilly a épousé le jeune Emmott. Je crois que ça va lui faire du bien. Il n'a rien d'une chiffe molle – il saura lui tenir la dragée haute. Elle aurait mené le pauvre Bill Coleman par le bout du nez.

À propos, je l'ai soigné, il y a un an, quand il a eu une crise d'appendicite. Et je me suis prise d'affection pour lui. Son tuteur l'a envoyé en Afrique du Sud, pour y être fermier.

Je n'ai jamais remis les pieds en Orient. C'est drôle… parfois, je voudrais y retourner. Je pense au grincement de la roue à eau, aux femmes au lavoir, au regard hautain que les chameaux posent sur vous… et j'ai comme le mal du pays. Après tout, la saleté, ce n'est peut-être pas aussi malsain qu'on veut bien vous le faire accroire !

Le Dr Reilly vient maintenant me voir chaque fois qu'il est en Angleterre. Et comme je l'ai déjà dit, c'est lui qui m'a fourrée dans tout ça.

— Que ça vous plaise ou non, c'est du pareil au même, lui ai-je dit en lui tendant mon manuscrit. Je sais que c'est plein de fautes de conjugaison, et que c'est mal écrit… mais lisez-le ou faites-en ce que vous voulez.

Il l'a pris. Sans rechigner. Si jamais il est publié, ça me fera un drôle d'effet.

M. Poirot est retourné en Syrie et puis il est rentré chez lui quelques jours plus tard, par l'Orient-Express, où il s'est retrouvé mêlé à une autre histoire de meurtre. Il est malin, je ne dis pas le contraire, mais je ne lui pardonnerai jamais de m'avoir fait marcher comme ça. Faire mine de croire que je pouvais être impliquée dans le meurtre et que je n'étais pas une véritable infirmière !

Les médecins sont parfois comme ça. Ils vous font des niches, pour rien, pour rire, et tant pis si vous en avez le cœur gros.

J'ai pensé et repensé bien des fois à Mme Leidner, à la femme qu'elle était vraiment... Parfois, il me semble que c'était un monstre... À d'autres moments, je me souviens comme elle pouvait être gentille avec moi... et aussi de sa voix douce, de ses jolis cheveux blonds et tout ça... et je me dis qu'après tout, peut-être bien qu'elle était plus à plaindre qu'à blâmer...

Et puis je ne peux pas m'empêcher d'avoir pitié du Pr Leidner. Je sais qu'il a commis deux meurtres, mais je n'y peux rien, c'est plus fort que moi. Il était si follement amoureux d'elle. C'est atroce d'aimer quelqu'un à ce point-là.

En un sens, comme dit l'autre, plus je vieillis, plus je connais les gens, la tristesse, la maladie, et plus j'ai pitié de tout un chacun. Il y a des fois, je vous jure, c'est à se demander où vont les bons vieux principes que m'a inculqués ma tante. C'était une femme qui avait de la religion, à sa façon. Il n'y avait pas un seul de nos voisins dont elle ne pouvait réciter les péchés par cœur – et à l'envers...

Oh doux Jésus ! c'est bien vrai, ce que me disait le Dr Reilly. Ce n'est pas tout de commencer, il faut savoir terminer. Comment diable est-ce qu'on peut bien s'arrêter ? Ah ! si je pouvais trouver une belle phrase, bien sentie.

Il faudra que je demande au Dr Reilly de me souffler quelques mots d'arabe.

Du genre de ceux que M. Poirot nous avait dits.

Au nom d'Allah, le Miséricordieux, le Compatissant...

Quelque chose dans ce goût-là.

Composition réalisée par PCA

PAPIER À BASE DE
FIBRES CERTIFIÉES

JC Lattès s'engage pour
l'environnement en réduisant
l'empreinte carbone de ses livres.
Rendez-vous sur
www.jclattes-durable.fr
L'empreinte carbone en éq. CO$_2$
de cet exemplaire est de 500 g

Dépôt légal : avril 2012

Achevé d'imprimer en France en août 2024
par Dupliprint à Domont (95)
N° d'impression : 2024080333 - N° d'édition : 5258546/05